안개의 천국

안개의 천국

초판 1쇄 인쇄   2017년 4월 10일
초판 1쇄 발행   2017년 4월 19일

지은이   김희봉
펴낸이   지현구
펴낸곳   물레
등 록   제406-2006-00007호
주 소   경기도 파주시 광인사길 223
전 화   (031)955-7580
전 송   (031)955-0910

저작권자 (C) 김희봉, 2017, *Printed in Korea.*
이 책은 저작권법에 의해 보호를 받는 저작물이므로 저자와 출판사의 허락 없이
내용의 일부를 인용하거나 발췌하는 것을 금합니다.
* 저작권자와 연락이 닿지 않아 부득이 허가를 구하지 못한 인용글에 대해서는 연
락주시는 대로 적법한 절차를 따르겠습니다.

값은 뒤표지에 있습니다.

ISBN 978-89-88653-54-8   03810

안개의 천국

김희봉 지음

"환경과 글과 사람"

첫 번째 수필집 『불타는 숲』을 발간한 지 오랜 시간이 지났다. 16년 전, 첫 출판기념회 때 태학사의 지현구 발행인이 좋은 글을 써서 조만간 2집도 엮으라고 격려했었다. 내심 나은 글을 쓰려고 긴 세월 안간힘을 썼다.

결국 나은 글들을 쓰지 못했다. 1집 때처럼 누르고 눌러도 가슴 깊은 데서 뜨겁게 용솟음치는 글들을 쓰지 못했다. 한 해 두 해 세월 가면서 『샌프란시스코 한국일보』에 매달 발표된 칼럼들이 백 수십여 편 차곡차곡 고였다. 고인 글들을 엮지 않으니 점점 퇴색해갔다. 어느 날, 첫사랑 같은 첫 책보다 나은 글을 바라는 건 제 능력을 모르는 과욕임을 깨달았다. 결국 부끄러운 대로 추려낸 글들로 2집을 엮기로 했다.

돌이켜 생각하면 나는 세 가지를 사랑했다. "환경과 글과 사람"이다. 지난 30여 년 간. 세계적 미항인 샌프란시스코만의 수질(水質) 관리가 내 천직이었다. 여전히 겉과 속이 청정한 항구를 바라볼 때마다 환경 보전에 평생을 바친 긍지를 느낀다. 글, 또한 "환경과 삶"이란 칼럼을 통해 생태계 문제와 이민의 삶에 관한 담론을 많은 독자들과 나누었다.

그러나 내 가장 큰 관심은 사람이다. 납북 당하신 생부와 초인적인 의지로 자식들을 키워 내신 어머니. 고락을 같이한 식솔들과 형제들, 그리고 내 곁의 소중한 이웃들과 친지들에 대한 이야기는 내 삶과 글의 중심이었다. 은퇴 후 각고 끝에 한의학(韓醫學)에 입문한 것도 사람에 대한 관심 때문임이 사실이다.

하 세월 흘러도 사람 간의 인연은 애중(愛重)할 가치가 있음을 믿는다. 시간과 공간은 결코 인간(人間)을 넘어설 수 없음을 믿는 휴머니스트의 심정으로 살아왔다.

글도 문정(文情)을 나눈 문우들과 함께 써 왔다. 1997년 〈샌프란시스코 문학회〉의 결성을 도왔고, 2009년부터는 〈버클리 문학협회〉를 발족, 행복한 창작과 배움의 장을 펼쳐왔다. 정기적으로 펴내는 『버클리 문학』을 통해 필력 있는 동포 문인들을 발굴하고, 한국 문인들과 교류하며, 글쓰기의 기쁨을 나누었다.

이번 졸작의 제목을 "안개의 천국"으로 정했다. 지난 40년간, 혼과 몸을 바쳐 살아온 샌프란시스코의 메타포다. 이곳의 수려한 풍광과, 지구 온난화로 몸살을 앓는 생태계, 또한 그 속에서 부대끼며 올곧게 살아가는 사람들의 족적을 담았다.

 부족한 사람을 위해 발문을 써주신 버클리대학 및 서울대 명예교수이신 권영민 교수님과 『버클리 문학』을 함께 발간해 온 한남대 김완하 시인께 특별한 감사를 드린다.

 또한 수년간 고정칼럼을 맡겨 준 샌프란시스코 한국일보 강승태 지사장, 부족한 글들을 흔쾌히 출판해 준 태학사의 지현구 발행인, 그리고 오랜 세월 〈버클리 문학협회〉를 위해 헌신해 온 정은숙 총무를 비롯한 여러 문우들께도 큰 사랑을 보낸다.

 늘 아들을 위해 기도하시는 어머님과 사랑하는 아내에게 이 책을 바친다.

2017년 봄
샌프란시스코 근교 댄빌에서
김희봉

1장

내 마음의 풍차

내 마음의 풍차

바람 부네/ 바람 가는 데 세상 끝까지/
바람 따라 나도 갈래/
햇빛이야/ 청과 연한 과육에/ 수태를 시키지만/
바람은 과원 변두리나 슬슬 돌며/ 외로운 휘파람이나마/
될지 말지 하는 걸/⋯

바람 불면/ 바람 따라 나도 갈래/
바람 가는 데 멀리멀리 가서/
바람의 색시나 될래

— 김남조 「바람」 중에서

훠이훠이 떠도는 바람이 좋아, 기둥서방 같은 그 바람기를 알면서
도 바람의 색시가 되고파 하는 여인. 그 철없는 여심이 조금은 가엽다.
여인은 아는지 모르지만 바람의 색시가 되는 것은 햇빛의 시앰으로 들어가는 것이다. 세상의 모든 바람은 해의 아들이기 때문이다.

　바람이 해의 아들인 이치는 이렇다. 햇볕은 적도 위에 뜨겁게 내리 쬐고 열을 받은 더운 공기가 적도에서 추운 극지방으로 흐르는 것이 바람이다. 만약 지구가 자전하지 않는다면 바람은 영원히 적도에서 극지방, 한 방향으로만 불었을 것이다. 그러나 잘 알려진 대로, 지구는 23.5도 기우뚱 경사진 축을 중심으로 서쪽에서 동쪽으로 돈다. 그래서 지구엔 3개의 대규모 항풍(恒風)이 늘 방향을 달리해 부는 것이다.

　3대 항풍은 무역풍, 편서풍, 그리고 극동풍이다. 무역풍(貿易風)은 적도의 뜨거운 공기가 항상 위로 상승하기 때문에 그 빈 곳을 채워주 느라 적도 쪽으로 부는 바람이다. 단지 지구 자전 때문에 동에서 서로 분다. 무역풍이라 부르는 이유는 돛을 단 옛 무역선들이 이 바람을 타 고 순항했기 때문이다. 그런가 하면, 편서풍(扁西風)은 북미대륙이 있 는 위도 30~60도 사이에서 끝임없이 부는 서풍이다. 추운 극지방에 서 부는 극동풍은 편서풍과는 거꾸로 동에서 분다.

　흥미로운 건 옛 중국사람들은 바람을 벌레의 아비로 알았다. 이는 바람 풍(風)자를 뜯어보면 안다. 무릇 범(凡)과 벌레 충(蟲)의 결합인 데, 곧 모든 벌레는 바람 때문에 생겼다고 믿었던 것이다. 벌레는 사면 팔방에서 오는 바람을 하루에 한 방향씩 쐬어 8일만에 탄생한다고 알 았다. 이런 연고로 '모든 벌레'란 뜻인 풍(風)자는 바람의 의미로 굳어지게 된 것이다.

그러나 21세기 들어와 바람은 더 이상 하릴없는 건달이 아니다. 벌레의 아비도 아니다. 지구의 생존이 달린 미래에너지의 총아로 떠오르고 있다. 무궁무진한 천연자원이요, 석탄이나 석유같이 공해를 일으키지 않는 청정에너지원이다.

1메가와트(MW) 풍차 하나로 바람을 추수(秋收)하면 1년에 3백 가구를 불 밝힌다. 게다가 약 1,500톤의 이산화탄소와 황산가스의 발생을 줄인다. 최근 남가주에 세워지는 415피트 짜리 최신 풍력터빈은 3MW 출력으로 2,200가구의 에너지를 공급할 수 있다.

현재 미국의 풍력에너지는 매년 급속도로 증가해 75기가와트(GW)에 달한다. 2030년이 되면 전 미국 전력 생산량의 20%로 늘어난다. 선두주자인 덴마크는 벌써 총 에너지의 42%가 풍력이다.

물론 풍력에너지가 만능은 아니다. 출력이 고르지 않아 보조발전시설이 필요하거나 새들이 풍차에 치어죽는 결점들이 있다. 그러나 최근 시설보완으로 점차 개선되고 있다.

최인호는 소설 『내 마음의 풍차』에서 풍차를 거듭남과 희망의 상징으로 묘사했다. 바람이 인간들의 허위와 위선을 풍차에 넣고 갈아

찬연한 곡식으로 탈바꿈하는 비전을 그리고 있다. 철없어 보이던 바람의 색시가 사실은 바람의 쓰임새를 잘 알아채고 있었다는 생각이 든다.

바람(風)은 우리들 미래의 기둥서방이다.

나비 효과

"나비 한 마리의 미세한 날갯짓이 지구 반대편에 거대한 폭풍을 몰고 올 수 있습니다. 당신도 세계를 바꿀 능력이 있습니다."

'지구의 날' 포스터에 쓰인 유명한 나비효과(Butterfly effect)의 표어다.

그런데 과연 사실일까? 지구 한 모퉁이의 희미한 한 파장이 다른 먼 지역의 자연현상에 큰 영향을 끼칠 수 있을까? 설사 연관이 있다고 해도 어떻게 증명할 수 있을까?

에드워드 로렌츠(Lorentz)는 이를 증명해 낸 미 기상학자이다. MIT 교수 시절부터 그는 한 가지 의문을 품고 있었다. 현대과학이 슈퍼 컴퓨터를 이용, 천체나 로켓 운동 등은 한 치의 오차 없이 예측하면서도, 왜 유독 날씨만은 정확하게 예견하지 못하는가 하는 점이었다.

그는 1979년 실험을 통해 다음을 밝혀냈다. 우선 이 세상 현상은 질서계와 혼돈계로 나뉜다. 질서계는 기존의 과학 체계(유클리드 기하학)로 설명할 수 있다. 쉬운 예가 시계추 운동이다. 시계추의 주기적인 반복 운동은 정확하게 예측할 수 있다. 작은 충격을 가해도 추 운동에는 큰 영향이 없다.

그러나 혼돈의 세계는 다르다. 기상 변화나 주식시장처럼 전혀 예측할 수 없다. 새벽 안개의 퍼짐 같이 불규칙적이고 반복되지 않기 때문이다. 그리고 지구상 어디에선가 일어나는 미세한 변화들에 영향을 받기 때문이다 – 이것이 로렌츠의 카오스 이론(Chaos Theory)이다.

그래서 나비의 날갯짓, 혹은 타는 모닥불 같은 작은 변화가 대기에 영향을 주고, 이 영향이 시간이 갈수록 증폭(增幅)되어 결국 멕시코만을 강타하는 허리케인 같은 엄청난 결과를 가져온다는 것이다. 로렌츠는 이 현상을 기존의 질서 물리학으로는 설명할 수 없는 이른바 "초기 조건에의 민감한 의존성"이라고 표현했다. 만약 이 나비가 가만히 꽃에 앉아 있었다면 허리케인이 일어나지 않았을 수도 있었음을 의미하기도 한다.

나비 효과는 두 가지 관점에서 뜻이 깊다. 첫째, 자연계의 변화를 일으키는 가장 중요한 것은 그 시발(始發)점에 있으며, 둘째, 아주 작은 것이라 할지라도 그 증폭현상으로 인해 엄청난 결과를 불러일으킬 수 있다는 사실이다. 오늘날 글로벌 시대에선 나비효과를 쉽게 피부로 느낄 수 있게 되었다. 디지털과 매스컴의 혁명으로 정보의 흐름이 매우 빨라지면서, 지구촌 한 구석의 미세한 변화가 순식간에 전세계적으로 확산되고 있기 때문이다.

근래, 지구의 나쁜 변화들의 시발점을 보면 인간들이 서 있다. 우리가 무심코 태워버린 폐지더미에서 배출된 이산화탄소가 증폭되어 결국 지구온난화를 가져온다. 아무도 보지않는다고 수챗구멍에 쏟아버린 페인트가 바다 플랑크톤에 독이 된다. 그래서 태평양 고래가족들이 죽어간다. 사회적 현상도 마찬가지다. 내가 별 가책 없이 낭비한 회사 공금, 대통령이 개인 감정에 휩쓸려 내린 정책 하나 등이 증폭되어 나라의 몰락을 초래한다.

나비의 팔랑대는 날갯짓을 눈여겨본 사람이 있는가? 올해도 색동 나비들은 어김없이 고향에서 피어났다. 캘리포니아 색동 나비들의 고향은 역설적으로 데스 밸리(죽음의 계곡)이다. 겨울 동안 사막에서 애벌레로 자라다가 2~3월 우기 한철 뿌리는 비에 야생화들이 흐드러지게 만발할 즈음 나비들은 피어난다.

이곳은 수백, 수천만 색동나비들의 눈부신 시발점이다. 그리고 4월이면 북쪽으로 떼를 지어 철새처럼 대이동을 시작한다. 여름이면 캐나다까지 올라간다. 이것이 나비들의 세계변방에로의 증폭이다. 이들

나비 효과는 생태계의 엄청난 긍정적 결과를 가져오고 있다.

　우리 인간들도 긍정적인 나비들로 거듭나야 한다. 창조적이고 건설적인 능력으로 증폭해야 한다. 그래서 지구를 천국으로 만드는 나비 효과를 내야한다. 한사코 우리 인간들은 세상을 아름답게 바꾸는 한 마리 꿈꾸는 색동 나비로 탈바꿈해야 한다.

명왕성이 보낸 연서

태양계의 끝. 햇빛은 스러지고 별들만 숨쉬는 곳. 불 꺼진 변방의 간이역처럼 홀로 떠있는 우주의 섬.

그 외로운 명왕성에서 기척이 왔다. 미국의 우주 탐사선 '뉴 호라이즌스' 호가 근 10년을 날아 근접한 명왕성에서 사진을 보내온 것이다. 2006년 태양을 등지고 날아간 무인선이 보내온 첫 영상엔 놀랍게도 커다란 "하트" 무늬가 새겨져 있었다. 달 표면의 계수나무처럼 명왕성엔 "하트"가 선명했다. 명왕성이 보낸 연서(戀書)였다.

내 마음의 명왕성은 와이오밍이다. 졸업 후 첫 직장을 잡은 미국의 변방이었다. 인구 불과 5만의 소도시엔 우리가 첫 한국인 가족이었다. 갓 스물 지난 우리 부부에겐 외롭고 황량한 곳이었다. 그러나 그 메마른 땅은 5년을 사는 동안 이민자인 내게 "하트"를 보내준 첫 오아시스가 되었다.

탐사선이 날아 간 세월의 3배나 긴 30여 년 만에 그 변방 도시를 찾기로 하였다. 나를 뽑아준 첫 상사인 밥(Bob)의 부인 엘비라(Elvira)가 90세 생신을 맞는 해이다. 꼭 축하의 포옹을 해 드리리라 마음먹는다. 혈육 같은 사람들…

그 옛날, 밥은 내 고물차를 꽁꽁 언 콘크리트 바닥에 누워 거의 매일 밤 수리해 주었고, 엘비라는 따뜻한 스튜로 언 몸을 녹여주었다. 밥은 애송이 동양인인 나를 와이오밍 방방곡곡 데리고 다니며 일을 가르쳤고 요직의 사람들을 소개했다. 엘비라는 내 첫 아들의 대모가 되었다.

망백(望百)에도 엘비라는 여전히 금발이 빛났다. 근래 일을 자꾸 잊어버린다고 했지만 옛날 일은 아내의 신발 치수 까지 기억해냈다. 밥이 수년 전 별세한 뒤 혼자 살아온 베이지색 언덕배기 집은 여전히 부모님 집 같다. 우리가 수개월 머물렀던 방엔 내 첫아이 젖내가 묻어있고, 밥이 고물 차를 고치던 차고에도 빛 바랜 74년형 올즈 모빌 달력포스터가 마치 어제 본 듯 웃고있다. 타임 머신을 타고 30년을 건너뛰었지만 엘비라의 "하트"는 조금도 변하질 않았다. 나는 알았다. 시간과 공간은 인간(人間)을 넘어서지 못한다는 것을…

문득 명왕성이 보내준 "하트"를 생각했다. 탐험선이 지구와 태양의 38배나 되는 거리를 한치의 오차없이 10년간 날아갈 수 있었던 것은 인간이 우주의 운행 법칙을 정확히 이해하고 지킨 덕이다. 그런데 마침내 도달한 태양계 끝에 누가, 왜 "하트"를 새겨 놓았을까?

알다시피 우주의 가장 큰 법칙은 에너지 불변의 법칙이다. 우주의 별들이 수없이 명멸하고 원자의 수가 증감해도 총량 에너지는 변하지 않는다. 또 있다. 빛의 속도나 만유인력 상수(常數), 전자의 전하 등도 변하지 않는다. 빛 입자의 에너지 크기를 결정하는 플랑크 상수도 불변이다. 이 물리적 상수들은 우주 생성 초기부터 지금까지 한치도 변하지 않는 우주 운행의 법칙이었다.

명왕성에서 신호가 빛의 속도로 오는데도 6시간이나 걸리는 거리. 비행 연료를 아끼기 위해 처음 7년간은 초기 속도를 유지하는 동면 상태로 잠재웠다가 근접 직전 엔진을 다시 깨어나게 만든 경이로운 과학기술도 이런 우주 운행의 법칙을 이용한 것이었다.

우주의 법칙은 작은 눈으로 보면 모든 게 변하나 큰 눈으로 보면 하나도 변하지 않는다. 조물주의 섭리도 그럴 것이다. 그 섭리를 이해하고 탐험선의 운행에 운용하는 것이 과학이요, 그 섭리를 인간관계에 적용하는 것이 사랑일 것이다.

엘비라의 "하트"는 조금도 변하지 않았다. 마치 태양계의 끝, 명왕성에서 조물주가 인간들에게 보내온 사랑의 연서처럼…

체 게바라의 일기

낡은 모터사이클을 타고 떠나는 청년의 이름은 에르네스토. 23살의 의학도. 고향 아르헨티나를 넘어 칠레, 페루를 가로지르며 남미 대륙을 온몸으로 체험키 위해 길을 나선다.

친구 미알과 함께 배낭을 메고 나선 길 위에서 그는 가난에 찌든 이웃들의 얼굴을 만난다. 땅을 잃고 황량한 광산으로 향하는 늙은 노동자 부부. 침략자의 상흔이 뚜렷한 고대도시 쿠스코에서 수공품을 파는 병든 인디오들. 정글 사이에 묻혀있는 산 파블로 나환자촌의 뭉그러진 주민들…

K 형, 영화 모터사이클 다이어리(The Motorcycle Diaries)를 보셨습니까? 전설적인 혁명아 체 게바라가 아직 '체(Che)'로 불리기 이전 대학생 시절의 이야기입니다. 브라질 감독 살레스는 게바라와 그의 친구 그라나도, 두 청년이 쓴 여행 일기를 열어 그들이 밟았던 여정을 서두

르지 않고 쫓아갑니다. 호숫가 시골의 정겨운 흙길. 흰 눈 덮인 안데스의 연봉들 사이로 희미하게 지는 달. 그리고 잉카제국의 마추픽추 유적지를 바라보며 경이와 감격 속에 나누던 뜨거운 포옹…

청년 게바라는 남미 대륙이 낙원이 되길 바랐습니다. 이 낭만적인 꿈을 품었던 의학도가 어찌 폭력혁명으로 거대한 대륙을 불사르려 했는지, 그것도 배낭여행을 마친 불과 8년 후에 쿠바의 마에스트라 산맥 속의 게릴라 전사로 변신했는지, 영화는 그의 영혼을 천천히 열어 보입니다. 안데스 산록에서 날아온 한 장의 엽서처럼 혁명의 붉은 빛이 아닌 대륙의 신선한 초목의 색깔로 보여줍니다.

K 형, 아시다시피 체 게바라는 그의 무장 혁명의 이상을 실현키 위해 1956년 카스트로를 만납니다. 그리고 쿠바 혁명을 성공시킵니다. 젊은 날, 두 번에 걸친 남미 답사 후, 게바라는 이미 민초들의 극심한 가난의 해결책은 무력 혁명 밖에 없다고 확신한 터입니다. 인간의 병 치유 보다 본질적인 모순, 미 제국주의의 착취가 빚어낸 제3 세계의 가난을 타도하기 위해 항거하는 것이 자신의 사명이라고 단정합니다.

그는 59년 쿠바 혁명이 성공한 후에도 권력의 양지에 머무르지 않습니다. 카스트로의 후계자로 주어진 정치적 특권의 유혹을 뿌리치고 내전 중이던 아프리카 콩고로 달려가 혁명을 지휘합니다. 그 후, 그는 볼리비아로 잠입, 혁명의 불씨를 남미 전역에 확산시키려다 67년 정부군에 체포되어 두 팔이 잘린 채 처형되었습니다. 불과 39세.

그의 혁명가로서의 위대성은 혁명을 자신의 영달에 이용하지 않고 끝까지 민중 곁에 섰던 참 구도자의 모습 때문이었습니다. 그래서 프랑스 철학자 장 폴 사르트르는 그를 "우리 세기의 가장 성숙한 인간"이라고 불렀지요.

K 형, 체 게바라가 간지도 벌써 50년이 되었습니다. 그러나 그가 추구했던 무장 혁명은 남미의 어느 나라도 가난에서 해방시키지 못했습니다. 오히려 쿠바처럼 공산 독재와 경제적 고립으로 더 피폐해져 갔습니다. 폭력적 수단은 아무리 그 목표가 숭고해도 결국 폭력으로 망할 밖에 없다는 역사적 교훈을 다시 한번 실감합니다.

K 형, 무장 혁명의 허상이 깨어진 지금, 체 게바라가 다시 살아난다면 그가 어떤 과업에 헌신했을까요? 저는 단언컨대 남미의 자연을 지키는 일에 몸바쳤을 것이라고 믿습니다. 그가 젊었던 날, 모터사이클을 타고 목도했던 그 수려한 산하들 - 그래서 일기장에 또박또박 새겨 놓았던 그 경이로운 자연을 보호하는 데 전력을 다했을 것이라고 추측해봅니다.

지금 남미 대륙은 심각한 환경문제로 앓고있습니다. 대표적인 공해가 아마존 정글의 벌채와 광산 개발로 인한 오염이지요. 그중에 브라질과 베네주엘라 국경 지역의 대규모 금광 채굴로 빚어진 수은 오염은 심각합니다. 수은으로 사금 입자들을 응집시켰다가 금만 정제하기 위해 태웁니다. 그 때 수은은 증발해 사람들의 폐로 들어가지요. 또 물로 씻으면 먹이사슬인 생선을 통해 사람 몸 속에 쌓입니다.

수은은 중추신경이 마비되는 미나마타병을 일으키는 맹독성 중금속입니다. 특히 유아의 신경 발육에 치명적이지요. 생계를 위해 광산으로 모여드는 가난하고 무지한 남미의 이농민들과 노동자들은 광산폐수와 중금속의 위험 앞에 아무 대책 없이 노출돼 있습니다.

K 형, 저항하는 젊은이들의 우상으로 대학 기숙사 벽마다 걸려있던 체 게바라의 초상(肖像)을 기억하시지요. 검은 베레모에 흩날리는 긴 머리칼, 굳게 다문 입술. 그리고 타는 듯한 눈빛으로 그의 시선은 먼 곳을 응시하고 있습니다.

볼리비아로 떠나오기 직전, 자신의 귀여운 자식들에게 '코끼리 만한' 키스를 보낸다고 했습니다. 그가 후세에게 물려줄 희망의 나라를 바라본 게 틀림없습니다. 그는 처형된 뒤 눈을 반쯤 뜬 채 죽었다고 합니다. 사람들은 그가 한번도 눈을 감지 않은 빈민들의 수호자라고 말했습니다. 아마도 자연의 큰 파수꾼이기도 했을 것입니다.

파라론 섬의 비밀

파라론(Farallone)은 샌프란시스코 서쪽 약 30마일 떨어진 바위섬이다. 태평양을 건너온 선박들이 항구의 품으로 들어오기 직전 만나는 고도(孤島). 금문교의 파수꾼이자 바닷새와 물개들의 왕국이다.

독도의 2배 남짓한 120에이커 크기의 무인도지만 북미에선 알래스카 다음가는 조류 서식처다. 이 섬에 25만 바닷새 가족들이 부리를 맞대고 산다. 갈매기와 코모란을 위시해, 바다오리(murre), 갈색 펠리컨, 바다쇠오리, 섬새(puffins) 등 12종 조류들이 바위틈과 벽에 둥지를 틀고 산다. 멸종위기에 놓인 코끼리 물개와 바다사자들도 군집을 이루고 있다. 이 섬에 들려면 미 연방 야생 자원국(USFWS)의 상륙 허가를 받아야한다. 새 왕국의 비자인 셈이다.

아침 8시. 버클리 부둣가. 아직도 샌프란시스코만은 여름 안개가 자욱하다. 몇 달 전부터 오두본(Audubon) 소사이어티 생태 관찰반에 명단을 올리고 허가를 기다렸다. 그러나 상륙은 불허되고 섬 주위만 돌아보라는 연락이 왔다. 우리 일행은 방한복에 구명조끼를 입고 43피트 급 전세 배에 탔다. 배 이름은 흥미롭게도 조나단 리빙스턴. 리처드 바크의 소설에 나오는 불굴의 갈매기 이름이다.

금문교를 나서자 바람이 드세고 파고가 높다. 작은 북섬과 제법 큰 남섬으로 나뉜 파라론의 윤곽이 점점 드러난다. 9천만년 전, 바다 밑 화강암이 솟아 생긴 이 섬은 오늘도 거센 강풍과 파도에 할퀴고 있다. 나무 한 그루, 풀 한 포기 없는 황폐한 섬. 그러나 남섬 꼭대기엔 등대가 서 있고 아래쪽엔 생태 연구 방갈로 두어 채가 눈에 띈다. 돌 틈마다 마치 피난수용소같이 새들이 둥지를 틀고 있다.

60세쯤 돼 보이는 선장의 해풍에 거슬린 얼굴이 친근해 보인다. 연어잡이 배를 몰며 북가주에서 평생을 보냈다고 했다. 그는 파라론 섬의 역사를 꿰뚫고 있었다. "이 보잘 것 없는 무인도가 지난 200년간 얼마나 많은 수난을 당했는지 아는 사람이 별로 없어요. 1800년 초엔, 모피 사냥꾼들이 들어와 물개와 바다사자, 12만 마리나 전멸시켰습니다. 코끼리 물개는 거의 멸종위기까지 갔는데 지금도 회복이 안됐지요."

그는 인간들의 "새알 전쟁" 이야기를 할 때는 얼굴까지 붉혔다. "1849년 골드러시 무렵 샌프란시스코 인구가 급증했습니다. 그때 주위에 닭 농장이 없었어요. 아침 식사 달걀 수요가 급등하자 투기꾼들은 파라론 섬에 침입, 새알을 걷어 가기 시작했습니다."

소위 파라론 새알 회사란 걸 차려 한해 60만 개를 수거해갔다고 한다. 1900년 초까지 무려 1,400만 개의 알을 걷어갔다는 것이다. 섬 새들이 격감해도 아랑곳 없이 새알 수거의 이권을 놓고 갱단과 수거 업자들 간에 OK 목장의 결투를 방불케 하는 총격전이 벌어졌다고 한다. 이 혈투는 지금도 파라론 섬의 새알 전쟁(Egg War)으로 알려져 있다.

20세기 들면서 섬의 생태계적 중요성이 알려지자 비로소 테드 루스벨트 대통령이 섬을 보호지역으로 선포했다. 그리고 1970년대부턴 사람 출입이 금지되고 새와 물개들이 왕국을 되찾게 된 것이다.

"파라론 섬엔 두 가지 비밀이 있습니다." 선장이 의미심장하게 말을 던진다. "1946년 남태평양 비키니 섬에서 원폭 실험이 있었지요. 그때 타깃으로 쓰였던 배가 퇴역한 미 항모 인디펜던스였지요. 그 잔해가 이 곳에 수장(水葬)됐습니다. 그 후 1970년까지 수만 드럼의 방사성 폐기물들도 함께 버려졌지요." 요즘 뉴스에 떠들썩하는 일본 원전들의 방사성 물질로 오염된 앞바다 생각에 섬뜩한 생각이 든다.

"또 하나의 비밀은 올해 플랑크톤이 격감한 겁니다. 파라론 섬 지역은 깊은 수심으로 바닷물의 용승 작용이 활발한 곳입니다. 플랑크톤의 보고지요. 그러나 근래 바닷물이 뒤섞이질 않아 플랑크톤이 사라졌습니다. 그 여파로 먹이사슬의 대 혼란이 오고 있지요."

선장은 돌섬 가에 있는 바닷새와 물개들의 사체들을 손으로 가리킨다. "특히 크릴을 좋아하는 청고래를 올핸 보지 못했습니다." 선장이 문득 새 울음소리 나는 하늘을 올려다본다. 배의 마스터엔 조나단 리빙스턴을 닮은 오뚝한 부리의 갈매기 한 마리가 앉아 멀리 바라보고 있다. 마치 청고래가 오면 비밀을 알려줄 것처럼…

2장

모차르트의 성

여행은 버림이다
동유럽을 향하여

여행은 버림이다. 버리기 위해 떠나라는 말이다. 무언가 하나라도 더 얻기 위해 지금껏 부산스레 떠났던 내게 누군가 여행 벽두에 들려준 이 한마디는 신선한 충격이었다.

길을 가면서 때묻은 나를 버리란 말이다. 삶에 찌들어 마음의 여유 없이 살아온 나를 보헤미안 시골길을 지나며 훨훨 날려보내라는 것이다. 세상 끝에 사는 낯선 인종들과 그 문화에 대한 편견과 고정관념을 깨어 버리라는 것이다. 봇짐을 내려놓고 오랜 역사가 서린 프라하 광장 모퉁이 카페에 앉아 커피 향내를 맡는 여유를 부려 보란 말이다. 조급함을 버리고 시간이 잠시 선 모습을 국외자(局外者)처럼 지켜보란 뜻이다.

예전의 여행에서 나는 떠나기 전부터 피곤하였다. 가장 싼값에 가장 많은 것을 보는 것이 목표였다. 하나라도 더 배우고, 놓치지 않으려고 전전긍긍하였다. 여행 코스도 가급적 많은 곳을 돌아야 하고, 역사책도 서둘러 읽고 외우며 아는 만큼 보인다는 한마디를 금과옥조처럼 여기고 떠났다. 그러나 여행 끝에는 늘 덜 채워진 듯한 미진함에 더 큰 피로가 몰려왔다.

이젠 얻으려는 욕심을 버리니 마음이 한결 가벼워진다. 닦은 창처럼 눈도 맑아진다. 시간에 쫓기지 않고 함께 흘러가리라고 마음먹는다. 설사 내가 역사 한 조각을 지나쳤다 해도 그리 대수가 아니다. 오히려 허물어진 농가의 지붕을 고치는 헝가리의 가족들을 보며, 비엔나 거리의 남루한 악사가 켜는 바이올린 소리를 들으며 그들의 기막힐 듯한 사연을 상상해 보는 것이다. 그래서 여행은 상상력임을 깨닫게 된다. 상상하는 만큼 보이는 것이다.

이번 2주간의 동유럽 여행 가족들의 반장 격인 클라라 님은 테마와 이야기가 있는 여행을 제안하였다. 보헤미안처럼 떠나 보자는 것이었다. 그래서 우리는 M 님을 인솔자로 만났다. 그는 학창시절, 수년간 세계를 배낭을 지고 다녔던 역사학도였다. 책에서 배운 역사를 발로 체험하며 살아온 젊은 분이었다. 그가 걸었던 땅의 역사와 만난 사람들의 이야기를 누에가 실을 풀듯 잔잔히 풀어헤치는 해박하고 호감 가는 길동무를 만난 셈이었다.

"역마살이 낀 제가 세계 방방곡곡 다녔던 곳들 중에 어디가 가장 좋으냐고 사람들은 물어봅니다. 저는 서슴없이 대답할 수 있지요. 결코 세상 절경이 아닙니다. 제가 젊은 날, 아내에게 사랑을 고백했던 경포대 백사장입니다. 바다 경치는 수수했어도, 내 뜨거운 마음과 아내의 미소가 지금도 선명하게 제 마음속에 박혀 있지요. 이 세상에서 제일 아름다운 곳은 우리의 사연이 담긴 곳입니다."

그는 또 말했다. "프랑스의 유명한 화가의 한국방문을 도운 적이 있지요. 2주간 우리나라 명승지와 유적지를 낱낱이 돌아본 후 가장 인상 깊었던 곳이 어디냐고 물었습니다. 그는 놀랍게도 신도시 일산을 꼽았습니다. 끝없이 늘어선 성냥갑 같은 아파트군들을 바라보면서 4차원의 세계를 보는 충격에서 벗어날 수 없었다는 겁니다. 여행은 내가 경험하지 못한 것을 경험하는 것입니다. 선입견을 접고 가장 그 나라다운 것을 내가 느끼는 것이지요"

그렇다. 집시처럼 떠나자. 여행은 감성을 열고 느끼는 것이다. 잠시 머무는 곳에 내 사연을 심는 것이다. 상상의 나래를 펼쳐 그 사람들의 사정에 귀 기울여 보는 것이다. 시간에 쫓기지 말고 유유하게 물처럼 흘러가는 것이다.

그래서 자꾸 나를 버리는 것이다. 내 선입견과 자만심을 버리는 것이다. 본전을 뽑으려는 욕심을 버리는 것이다. 여행은 내가 있어야 할 곳에 결코 없는 것이다

모차르트의 성, 잘츠부르크
여행은 천재와의 조우이다

　여행은 천재와의 만남이다. 예술가의 삶을 먼발치에서 관조함이다. 성채를 떠나는 천재의 슬픈 뒷모습을 안타깝게 배웅함이다. '로코코의 아들' 젊은 모차르트는 고향 땅 호헨잘츠부르크성에서 버림받은 채 쫓겨나고 말았다.

　'사운드 오브 뮤직'의 무대, 잘츠부르크는 꿈에서나 봄직한 환상의 고도(古都)였다. 알프스의 연봉들이 병풍처럼 둘러싸고, 융단 같은 초원이 펼쳐진 전원도시. 옥색 잘자흐 강이 흐르는 시가지엔 바로크식 건물들이 파스텔 화폭처럼 황금 구도를 이루고 있었다. 이런 낙원에서 천재 모차르트가 태어났음은 지극히 당연해 보였다. 그런데 이 아름다운 성채에서 그는 왜 그토록 불행했을까?

　20세기 초 극작가 호프만슈탈도 잘츠부르크가 천재의 고향일 수밖에 없음을 자랑하였다. 이곳은 천상과 지상, 도시와 시골, 과거와 현재의 연결고리로서의 지형조건. 그리고 바로크 왕후의 기품과 농민의 순박함을 함께 지닌 문화적 유산이 모차르트를 낳게 했다고 썼다. 그런데 과연 그럴까? 그게 사실이라면 왜 고향은 생전에 그를 홀대했을까?

우리 일행이 시내로 들어가자 산정에 우뚝 선 호헨잘츠부르크 요새가 철옹성 같은 권위를 뽐내고 있었다. 흰 성곽의 웅대함이 권력의 상징처럼 빛났다. 당시 이 성채의 주인은 대주교였다. 로마 교황이 직접 임명한 정치와 종교, 양권을 모두 쥔 절대권자였다.

"히에로니무스 대주교는 모차르트를 궁정 악사로 고용했습니다. 그러나 그는 음악에 대한 이해도, 인정머리도 없는 위인이었지요. 모차르트를 하인처럼 부리며 멸시했습니다. 당시 모차르트는 15세에 불과했지만 독창적인 악상과 기법으로 대가의 재목으로 인정받던 터였지요. 5, 6세 때부터의 연주여행으로 프랑스 왕의 총애를 받았고, 13세부터는 2년간 음악의 중심지였던 이탈리아를 다니며 새로운 지식과 기술을 습득했습니다. 그는 파리에서 익힌 우아한 로코코 풍의 선율미와 이탈리아에서 배운 기술적인 구성력으로 유럽 제일의 음악가로 명성을 쌓아가고 있었지요." 인솔자 M 님이 흥미롭게 설명했다.

그러나 옥석을 가리지 못한 대주교는 이탈리아 음악가들을 편애하고 모차르트의 음악을 폄하했다. 견디다 못한 모차르트는 독일 지방을 떠돌았다. 거기서 첫사랑을 만났지만 억지로 헤어져 쫓겨 간 파리에선 어머니마저 여의고 생활은 피폐해졌다. 실의에 차 다시 고향 땅 잘츠부르크로 돌아온 그는 권력자에게 직업을 청할 수밖에 없었다.

"권력에 아부할 줄 몰랐던 모차르트는 결국 대주교와 심하게 다투고 성 밖으로 쫓겨나고 말았습니다. 25살 나던 해였지요. 그 후 그의 비엔나에서의 10년은 잘 알려진 대로 이중고에 시달린 삶이었습니다. 모차르트의 천재성을 시기해 그가 중앙무대에 등장함을 견제한 이탈리아 작곡가 살리에리의 중상모략과 극도의 가난에 찌들은 고달픈 생활이었지요" 인솔자의 설명은 아픔으로 다가온다.

35살 평생, 그에게 행복한 때가 있었을까? IQ가 250으로 추정되던 천재. 14살 때 교황청에서 단 한 번 들은 알레그리의 2부 9성의 합창곡을 정확히 사보했었다는 두뇌. 장르를 넘나들며 인간의 가장 순수한 영혼을 무려 천여 곡 속에 담은 예술혼. 그럼에도 추운 겨울, 땔감이 없어 아내와 부둥켜안고 밤새 혹한을 견뎌냈다는 그에게 행복의 의미는 무엇이었을까?

그러나 내가 방문한 21세기 가을, 잘츠부르크엔 온통 모차르트만 차고 넘쳤다. 온갖 기념품들과 장식물들, 책과 초콜릿 상자에까지 모차르트의 얼굴은 황금색으로 빛나고 있었다. 안타깝게도 그것은 천재의 예술성에 대한 숭배라기보다 상품화의 극치였다. 대주교의 권력도, 무덤도 없이 죽은 천재에 대한 기억도 다 사라진 지금, 잘츠부르크는 오직 자기가 낳은 모차르트를 최고의 명품으로 재포장해 파는 데 총력을 기울이고 있는 듯 보였다.

나는 그의 생가가 있는 게트라이데 거리를 걷다가 흘낏 천재의 그림자를 본 듯도 하였다. 자신의 초상이 든 기념품 초콜릿을 씹으며 어디론가 황망히 떠나는 그의 모습은 슬퍼 보였다. 그날 시린 가슴을 안고 고향을 등지는 천재의 뒷모습을 바라본 사람이 나 혼자 뿐이었을까?

잘츠카머구트를 지나며
여행은 물에 새긴 그리움이다

K 형, 여행은 호수에 핀 추억입니다. 알프스의 산록과 푸른 초원 사이로 보이는 쪽빛 호숫가에 새긴 그리움입니다. 그 호수 위를 바람 타고 솟구치는 내 영혼의 연(鳶)입니다. '사운드 오브 뮤직'의 환영(幻影)을 따라 운터스베르크 산정을 사슴처럼 뛰어오르는 내 젊은 날의 반추입니다.

K 형, 잘츠부르크를 떠난 지 1시간 남짓, 그림엽서 속으로 들어갑니다. '잘츠카머구트'라고 불리는 이곳은 70여 개나 되는 청정호수들이 높은 알프스의 연봉들에 둘러싸인 오스트리아 최고의 절경입니다. 초입(初入)의 푸슐 호수. 영화 사운드 오브 뮤직의 첫 장면으로 나왔던 이 호수 뒤 원시림은 아예 물속에 풍덩 몸을 담근 채 미동도 하지 않습니다.

이 산마을의 멋은 제라늄의 터질 듯한 붉음에서 더욱 빛납니다. 운치 있게 잘 정돈된 농가들의 발코니 마다 붉디붉은 꽃들이 멋지게 드리워져 있지요. 자연과 사람이 빚은 하모니가 눈부십니다. 이 조화는 몇 세대 동안 손톱이 빠지도록 경관을 가꿔온 선대들의 피땀 어린 열매라고 합니다.

형도 아시다시피, 잘츠부르크와 잘츠카머구트의 지명 속의 잘츠는 소금(salt)이란 뜻이지요. 이 지역은 빙하의 침식으로 암염광이 노출돼 옛날 귀금속만큼 귀했던 소금 광산의 중심지랍니다. 이 지역의 꽃인 할슈타트(Hallstatt) 마을은 BC 800년부터 시작된 철기시대의 발상지라 하지요. 지명의 첫 자인 할(Hall)이 처음 정착했던 켈트 족의 언어로 소금이란 뜻이라고 합니다. 그래서 이곳은 오스트리아 합스부르크 왕가의 보고(寶庫)였다고 하지요.

고자우 호수로 들어갑니다. 해발 2,300미터나 되는 웅장한 고봉엔 태곳적부터 있었던 하얀 빙하가 햇빛에 반짝입니다. 꽤 큰 수력발전소를 세워 마을에 불을 밝히고, 호수 주변을 물의 교육장으로 꾸며 놓았습니다. 오솔길을 걸으며 물의 특성을 설명한 상징물들을 들여다봅니다.

돌 팻말에 $\rho = 999.97 \ kg/m^3$ at 4℃라고 새겨져 있습니다. 섭씨 4도에서 물의 밀도가 가장 크다는 뜻이지요. 잘 알려진 대로 이는 너무나 중요한 물의 특성입니다. 0도 때의 얼음 보다 비중이 큽니다. 그래서 얼음이 물위에 뜨지요. 이 속성 때문에 물이 표면부터 얼고, 그 아래 물속에선 물고기들이 숨을 쉬며 살아갑니다. 보통 물질들은 고체상태에서 밀도가 더 큰데, 물만은 다르니 그 섭리가 참 오묘하지요.

C = 4.187 J/g K라는 등식도 돌에 새겨 놓았습니다. 이는 물의 열용량이 다른 액체보다 2~3배 더 크다는 뜻입니다. 그래서 물은 온도차이에 비교적 천천히 반응하지요. 참 소중한 물의 특성입니다. 이 때문에 오랜 세월 동안 대기의 온도가 웬만큼 변해도 바닷물의 엄청난 열보존능력으로 인해 지구의 기온이 크게 변하지 않았지요.

그런데 K 형, 아시다시피 이 중요한 물의 속성이 점점 변해가고 있습니다. 극심한 지구온난화로 물의 열량 보존력이 감당 못할 만큼 지구 온도가 높아지고 있지요. 우리 눈앞에 있는 고자우의 빙하가 바로 그 증거입니다. 망원경으로 보니 매년 사오십 미터씩 후진해 간 흔적이 보입니다. 지난 백 년간, 반 이상 녹은 셈이지요. 금세기 안에 알프스의 모든 빙하들이 사라질 것이라는 예견은 우리를 두렵게 합니다. 아니 슬픈 마음이 더 큽니다.

그러나 할슈타트에 들어서는 순간, 다시 천국에 온 듯한 기분입니다. 아슬아슬하게 벼랑 끝에 매달린 고딕 성당, 첨탑이 아름다운 루터란 교회당, 그리고 진홍빛 제라늄으로 단장한 꽃동네가 물안개 위에 떠 있습니다. 선사시대부터 사람이 살아온 태곳적 마을 임에도 주민

들이 힘을 합처 멋진 세계적 문화유산지로 가꿔 놓았습니다. 옛 문화
와 새 문명의 연결을 위해 끊임없이 변모해 왔기 때문이겠지요.

　허나 사람은 변해도 물은 변치 말았으면 좋겠습니다. 고백컨데 호
수에 새긴 우리들의 추억과, 산 마을에 심은 사연이 또 다른 천년이 흐
른 후에도 변함없길 바라기 때문이지요. 시인이 그대가 곁에 있어도
그립다라고 했는데, 할슈타트의 정경(情景)은 보고있어도 또 보고픈
아쉬움에 젖게 합니다.

비엔나의 숲에서
여행은 햇포도주이다

"성문 앞 우물 곁에 서 있는 보리수. 나는 그 그늘아래 단꿈을 꾸었네…"

비엔나의 숲속엔 젊은 슈베르트가 살았다. 이 단꿈 속 같은 숲에서 슈베르트는 사랑을 잃은 한 청년의 외로운 방황을 '겨울 나그네'란 가곡에 담았다. 시인 뮐러의 침울한 시에 붙인 곡임에도 들으면 온기가 감도는 까닭이 무엇일까? 수줍고 인간적인 슈베르트가 털어놓는 속마음 때문일까? 감미롭고도 애잔한 테너의 목소리가 숲의 돔을 울린다.

숲에는 곳곳에 음악의 영감이 배어있다. 청년 슈베르트가 친구와 산책을 하다가 이 곳 작은 술집에서 셰익스피어의 시를 보았다. 그는 첫사랑 테레즈와의 이별을 아파하며 메뉴판 뒤에 악상을 단숨에 써내려 갔던 것이다. 이 곡이 연인을 향해 부르는 소야곡(小夜曲), 세레나데가 되었다.

비엔나의 깊은 숲속엔 베토벤이 살았다. 귀머거리 베토벤의 안식처요, 그 영혼의 도피처였다고 한다. 이 깊고 음산한 숲의 그늘 속에 들어와서야 나는 그가 얼마나 천형(天刑)과도 같은 병마에 시달리며 괴로워했는지 느꼈다. 사실 나는 이전까지 막연히 그가 장애를 딛고 악성(樂聖)이 되었다는 교과서적 상식에 머물러 있었다. 그러나 그가 쓴 '하일리겐슈타트의 유서'를 읽으며 그 고통이 얼마나 극심했었는지 비로소 깨닫게 되었다.

"내가 심술궂고 사람을 기피한다고 하지만 그 이유를 너희들이 알겠니? 나도 원래는 쾌활하고 열정적인 사람이었단다. 그러나 6년여에 걸친 이 귓병이 이젠 불치의 병으로 악화돼 절망할 수밖에 없게 되었다. 남들은 아름다운 플롯 소리를 듣는데 나는 아무 소리도 들을 수 없단다. 음악가에게 이 같은 굴욕이 어디 있으랴. 낙엽이 떨어지듯 내 희망도 이젠 꺾이고 말았다."

두 아우 카를과 요한에게 쓴 이 유서의 마지막 연은 신을 향한 통곡이다. "오오 신이여. 마지막 단 하루라도 기쁜 날을 주옵소서. 언제 또다시 자연과 인간의 전당에 서서 그 환희를 맛볼 수 있을까요? 아아, 너무 냉혹합니다."

로맹 롤랑은 그의 베토벤 전기 서문에서 "만약 신이 인류에게 저지른 범죄가 있다면 그것은 베토벤에게서 귀를 앗아간 일이다"라고 썼다. 그가 음악가로 막 피어나던 25살부터 병을 얻어 5년 뒤인 1800년경부터는 거의 들리지 않았으니 그가 비탄에 빠져 죽음을 생각했다는 서술이 이제야 이해가 간다.

그러나 베토벤은 역시 위대한 악성이었다. 그 위대함은 불굴의 창작혼에 있었다. 그는 귀머거리 상태에서도 절망치 않고 신들린 듯이 강렬하고 웅대한 작품을 쏟아냈다. 소위 중기(中期)시대란 새로운 창작의 시대가 열린 것이다. 5번 운명 교향곡, 6번 전원 교향곡, 바이올린 협주곡 및 소나타 제17번 등 대 결작들이 귀가 막힌 이때, 이 숲에서 완성한 것이었다.

인솔자 M 님은 덧붙인다. "만년이 되어서도 베토벤에겐 불행이 끊이질 않았습니다. 그래선지 그의 음악이 조금씩 변해갑니다. 이상주의적이고 고결한 작품들이 낭만적이며 선율적인 음악으로 변모해 가지요. 극심한 고통을 스스로 치유하려는 자연스러운 변신이었는지도 모릅니다. 이른바 후기 작품 시대로 들어가며 그는 피아노 소나타들과 장엄 미사 등, 해탈의 경지에 이른 곡들을 쏟아냈지요. 그는 아픔을 통해 인간 내면을 누구보다 극명하게 표출해낸 인간미 넘치는 위대한 음악가로 우뚝 선 것입니다."

우리는 숲 어귀에 잘 정돈된 하일리겐슈타트 동네로 들어갔다. 그리고 베토벤의 산책로로 알려진 길을 따라 일렬로 걸었다. 그는 아침

일찍 일어나 오후 2시경까지 작곡하다가 점심 후 산책을 나섰다고 한다. 그가 영감을 얻었을 나무들, 그 사이로 흩어지는 햇살들을 올려다본다. 베토벤이 숨 쉬었을 숲의 정기. 천재에게 하늘의 선율을 불어넣었을 그 기운을 폐부 깊숙이 심호흡한다.

내려오는 길에 4백 년 된 호이리게 포도주점에 들렸다. 옛 전통대로 햇포도주가 나왔다고 문밖에 소나무 화환이 걸려있다. 넓고 아늑한 실내는 바이올린과 아코디언을 연주하는 악사들의 흥겨운 음악의 열기로 가득 차 있었다.

산책을 마친 베토벤은 어디쯤 앉았을까? 햇포도주를 음미하며 막 마음에 새겼던 새소리를 전원교향곡에 담고 있었을까? 비엔나의 숲에서 악성(樂聖)에게 햇포도주를 권해드리다.

클래식의 도시, 비엔나
여행은 초대이다.

여행은 무도회에의 초대이다. 황금색 쉔부른 여름 궁전에서 연회복을 입은 선남선녀들과 함께 추는 왈츠의 향연. 손등에 사뿐한 입맞춤을 시작으로 흥취가 익어 가는 무도회에의 초대이다.

비엔나는 도시 전체가 우아한 무도회장 같았다. 요한 스트라우스가 켜는 '푸른 다뉴브'의 경쾌한 왈츠가 어디서나 바람결에 들리는 듯 하다. 130년의 전통을 가진 화려한 오페른볼과 카이저볼 등 춤의 축제가 곳곳에서 열린다. 그러나 알고 보면 무도회는 처절한 전쟁의 고통에서 벗어나려는 시민들의 몸부림이었다. 끊임없는 살육과 피비린내 나는 전쟁으로부터의 도피.

전쟁의 참상 때문에 오히려 예술과 자연미에 대한 갈구가 더 강렬했으리라. 오랜 세월, 세상의 방랑자들을 매혹시킨 이 중세 도시의 매력이 왈츠의 스텝 흔적처럼 곳곳에 선명하다. 640년 지속된 합스부르

그 왕조의 화려한 유적들, 고딕과 바로크풍의 예술조각들과 건축물들. 그리고 백설을 인 알프스산록의 풍광이 그 증좌일 것이다.

그러나 이 풍요로운 유산 중에서 비엔나의 정수(精髓)가 무엇이냐고 묻는다면 나는 서슴지 않고 클래식 음악이라고 답할 것이다. 이유는 모차르트, 베토벤, 슈베르트 등 3대 천재들이 거의 동시대에 비엔나에서 음악을 꽃피운 사실 때문이다. 게다가 하이든과 브람스, 리스트 같은 대가들도 이곳에서 고전음악을 무르익게 했다.

클래식 음악의 정수는 균형미일 것이다. 긴장과 이완이 교차되며 가슴을 파고드는 평안함. 다른 장르에선 느끼지 못하는 이성과 감성 간의 오묘한 밸런스다. 이 조화는 서양에서 계승돼 온 여러 양면적 요소들(dualities)이 이 시기에 음악 속에 녹아졌기 때문이란 해석이다. 영계(靈界)와 속세, 단음과 복합음, 전통과 진보, 대중과 선민사상. 교회음악과 세속 음악 등의 이원(二元)적 요소들의 어우러짐.

이 클래식 음악의 균형미는 하이든, 모차르트, 베토벤 등 소위 고전파로 불리는 천재들이 논리적이고 과학적인 체계 위에 음악을 세워놓은 데 있다고 한다. 소나타의 틀만 보아도 제시-전개-재현이라는 순환 도식으로 이루어졌다. 이 짜임새가 고전음악의 대표적인 골격이된 것이다.

그러나 그 뒤를 이은 슈베르트나 브람스 같은 낭만파 음악가들은 고전파의 형식에 새로운 변화를 추구했다. 틀에 박힌 음악 형식에 도전하면서 자유로운 환상과 상상력을 도입했다. 심포니를 한 장르로 발전시키고, 운치와 개성이 넘치는 가곡과 오페라들을 등장시키면서 조화로움은 더 성숙해갔다.

이튿날 아침, 비엔나의 천재 음악가들을 찾는 우리들의 순례는 아이로니컬하게도 그들의 묘지에서 시작되었다. 불멸의 음악은 늘 우리 마음속에 살아있는데 왜 또 다른 우리는 그들의 육체적 죽음을 한사코 확인하려는 것일까? 다행히 남향집처럼 밝고 단정한 음악가 묘역은 남다른 감회와 친근감을 불러일으켰다.

행려병자처럼 버려져 무덤도 없이 기념비만 서 있는 모차르트, 최고의 악성(樂聖)으로 추앙받았지만 귀먹은 고통에 늘 죽음 가까이 살았던 베토벤. 베토벤을 숭배하여 그의 곁에 묻어달라고 유언했던 가곡의 왕, 슈베르트, 파란 많은 인생을 살다가 나란히 누운 천재들의 무덤가엔 꽃이 만발하고 나비들이 날았다. 어디선가 모차르트의 레퀴엠이 들려오는 듯해서 우리는 귀 기울이며 묘비 주위를 맴돌았다.

저녁 시간, 우리는 모차르트의 음악회에 초대를 받았다. 18세기 의상을 입은 비엔나 오케스트라의 콘체르트. 유서 깊은 비엔나 필의 무대인 황금홀은 초만원이었다. 모두 아마데우스 탄생 250주년의 열기

속에서, 그의 오페라 『돈 조반니』의 듀엣에 열광했고, 『마술피리』의 아리아에 취했다.

우리는 18세기로 건너가 모차르트의 탄생에, 그의 걸작들에, 그의 천재성에 아낌없는 박수를 보냈다. 비엔나로의 여행은 모차르트가 손수 보내준 초대였다.

프라하의 다리에서
여행은 집시의 눈물이다

여행은 집시의 눈물이다. 정처 없이 떠난 그들의 서러운 눈물 자국을 밟아감이다. 보헤미안이라고도 불리는 이 영원한 방랑자들은 과연 누구일까? 낭만적이면서도 애련에 울고 자유분방하면서도 삶에 지친 집시들.

"집시는 약 14세기경, 북인도에서 유럽으로 흘러온 유랑민들입니다. 이집트인인 줄 알고 집시라고 불렀다지요. 수백만 인구 중에 많은 수가 체코의 보헤미안 지방에 모여 살게 돼 보헤미안이라 불렸습니다. 그들은 춤과 노래에 능하고. 점을 치거나 구걸로 연명해 왔지요" 인솔자 M 님의 설명이다.

그러나 보헤미안이란 말은 19세기 말 파리를 중심으로 모였던 자유분방한 예술가들 – 작가, 배우 등, 관습에 구애받지 않는 낭만적인 지식인들도 함께 일컫게 되었다고 했다.

우리는 별이 총총한 가을밤에 프라하에 당도했다. 몰다우 강에 놓인, 세상에서 가장 아름답다는 카를 다리 위에 섰다. 33 성인의 조각상들로 장식된 너른 다리엔 넘실대는 관광객들과 거리의 악사들로 축제의 밤 인양 뜨거웠다. 백탑(百塔)의 황금 도시로 불리는 이 중세의 성채는 소문대로 조명을 받은 수많은 첨탑들이 밤하늘의 화폭에 황금 구도를 이루며 신비롭게 빛났다.

눈을 드니 언덕 위에 프라하의 성채가 우뚝 솟아있다. 강력했던 카를 4세가 14세기 신성로마제국의 황제에 오를 때 개축해 수백 년 동안 수도를 지켜온 웅장한 성. 그런데 이 성은 카프카가 끝내 들어가지 못했던 청동빛 감도는 권세의 성이기도 했다.

"20세기 대표적 작가인 프란츠 카프카는 성 아래 골목길에서 성실한 소시민으로 살았습니다. 지금은 '황금 소로'란 멋진 명소가 되었지만, 예전엔 연금술사 같은 장인들이 살던 후미진 곳이었지요. 유대인 백정으로 출세욕에 불탔던 아버지의 강권에 못 이겨 법을 전공했지만 그는 글을 쓰고 싶어했습니다. 보험사원으로 생계를 이어가며 '변신(變身)'같은 문제작들을 썼지요. 결국 폐결핵으로 41세에 성 밖에서 죽었습니다"

인솔자가 안내한 카프카의 옛 쪽문 집은 그의 이름을 단 카페가 돼 있었다. 생각해보면 카프카 자신도 20세기 외로운 집시였다. 그도 평생 자신의 정체성을 찾아 헤맨 미아(迷兒)였다. 오스트리아 제국 속의 체코인, 그중에서도 독어권에 속했던 소수민, 유대교를 믿지 않았던 유대인.

그런가 하면 상술과 명예욕이 강했던 아버지의 속물근성과 단조로운 직업의 옭매임으로부터 끝없이 달아나고 싶어했던 심약한 사내였다. 문학에의 열정과 안락한 삶을 누리고픈 갈망 속에서 고민하고 자학했던 그는 외톨이 방랑자였다. 소설 '변신'에서 하루 밤새 변한 끔찍한 벌레는 실종된 자신의 내면적 모습이었을 것이다.

우리는 석양 무렵, 옛 시청 광장 고딕 건물에 걸린 천문시계 앞으로 갔다. 명동 인파처럼 관광객들이 운집해 있었다. 1410년 지동설에 따라 만들어졌다는 이 시계는 여전히 정확할 뿐 아니라 체코의 보물답게 예술적 장식이 눈부셨다.

"이 천문시계 곁에 붙은 조각품들을 보세요. 시간이 흐르면 결국 인간은 죽는다는 상징으로 해골이 서 있지요. 그 곁에 허영을 상징하는 거울을 보는 사내. 돈 부대를 움켜쥔 수전노, 그리고 수금을 켜는 쾌락과 권력욕의 화신이 시간을 따라 돌고있지요." 인솔자 M 님은 독백처럼 이야기를 계속했다.

"우리는 누구일까요? 집시 같은 우리 인생은 무엇을 향해 돌고 있

나요?" 광장 옆자리에 엎드려 동냥을 하던 집시 여인 하나가 맞은 편
우리들을 물끄러미 쳐다보았다. 고달픈 사연을 담은 듯한 그녀의 시
선이 젖어 보였다. 저 집시 여인의 방랑과 내 삶의 여정은 어떤 차이가
있는 것일까? 겉으로 보이는 내 행복이 결국 시계 속의 사내가 든 거
울에 불과한 게 아닐까?

　정각이 되자 시계 장식들이 정교하게 움직이고 관중들은 큰 환호성
을 올렸다. 그리고 예식이라도 끝난 듯, 사람들은 순식간에 바퀴벌레
들처럼 뿔뿔이 흩어졌다. 집시 여인만 그 자리에 엎드려 있었다.

3장

아버지의 뒷모습

어머니의 연하장

어머니가 새해 연하장을 보내주셨다. 손수 그리신 대나무 사군자 그림이다. 수묵 대신 녹색 물감을 쓰셨는데 한겨울 대의 푸름이 드러나게 농담(濃淡)을 잘 살리셨다. 여백에 먹으로 쓰신 한자와의 조화도 편안하다. "죽 청풍 자훈(竹 靑風 自薰)"이라. 소리 내어 읽으니 대숲에서 맑은 바람이 훈훈하게 이는 듯하다. 청풍, 어머님의 새 아호다. 당신의 본관인 청풍 김씨에서 따왔다고 하신다.

문득 옛글이 생각난다. 어느 산골에서 부모님은 장에 나뭇짐을 팔러 간 아들을 종일 기다리셨다. 석양 무렵이 되자 동구 밖까지 몸소 나가 서 계신다. 멀리 돌아오는 사람들의 모습이 어스름에 보이자 아예 나무 위에 올라가 바라보신다. 어버이 친(親)자는 나무(木) 위에 올라서서(立) 바라보시는(見) 애틋한 사랑의 모습이다.

여기에 견줄 말이 효(孝)이다. 아들은 장에서 어머니 좋아하시는 생선 반찬을 사 들고 고갯마루에서 어머니를 만난다. 아들(子)이 노모(老)를 지게에 태우고 집으로 정겹게 돌아오는 모습이 효이다.

LA에 사시는 어머니를 찾아뵌 지 꽤 오래되었다. 모시지도 못하는 어머니께 좋아하시는 생선 대접은커녕 연락까지 뜸하니 당신의 마음이 외로우시리라. 열여덟에 혈혈단신 집을 떠나 평생 뿌리가 없음을 아파하며 사신 어머니. 명문 원산 루씨고등여학교를 마치자 푸른 꿈을 안고 외할아버지 손에 이끌려 서울로 유학을 오셨다. 그런데 곧 천추의 한(恨)인 삼팔선이 강제로 그어졌다. 그 뒤론 부모님을 다시 뵙지 못한 천애 고아가 되셨다.

그러나 어머니에게 대학 졸업과 동시에 서광이 비쳐오는 듯하였다. 영민하고 이목구비가 뚜렷하셨던 어머니를 법학과 교수로 계셨던 아버지가 눈여겨 보고 청혼하신 것이었다. 아버지는 서른둘, 어머니는 스물하나 꽃다운 재원이었다. 수많은 경쟁과 어려움을 극복한 남들의 큰 부러움을 샀던 결혼이었다. 그러나 역사의 수레바퀴는 어머니의 행복을 또 한 번 무참히 짓밟고 지나갔다. 신혼 일 년 만에 6·25가 터진 것이다. 그리고 젊고 유능한 대한민국의 인재셨던 아버님은 납북 인사 1진으로 인민군에게 끌려가고 말았다.

만삭인 어머니는 아버지를 찾아 넋이 나간 채 헤매었다. 며칠 후에 짧은 진갈이 왔다. 서대문 형무소에 함께 수감되었다가 탈출한 어느 청년이 밤중에 찾아온 것이었다. 청년은 어머니께 쪽지를 건넸다. "내가 꼭 돌아올 테니 걱정 마시오. 아들을 낳으면 바랄 희(希), 메 봉(峰) 자를 쓰고, 희망을 잃지 마오." 북으로 끌려가신 아버지는 다시 돌아오지 못하셨다. 그러나 나는 아버님이 유훈처럼 주신 밝고 높은 이름을 얻었다.

새색시였던 어머니가 이제 77세 희수(喜壽)를 맞으신다. 그동안 유복자였던 나를 희망 삼아 억척같이 사신 세월이었다. 첫사랑 아버지와의 신혼의 단꿈만 먹고 사시던 어머님이 뼈를 깎는 고민 끝에 30대 후반에 재혼을 하셨다. 아들 하나 애비 없는 자식이란 말 듣지 않고 키우려는 집념 때문이었음을 말하지 않으셔도 잘 알고 있다.

당신께선 본래 젊어서부터 글도 잘 쓰시고, 고운 소프라노로 노래도 잘하셨다. 그런데 내 어린 마음에 어머니가 남들 앞에 드러나는 게 싫었다. 어디론가 뽑혀 가실 것 같은 불안감 때문이었는지도 모른다. 그런 마음을 아셨던지 당신의 재능을 가꾸시는 걸 보지 못했다. 조금 여유가 있어도 자식들을 위해 다 내놓으셨다. 철나면서 어머니의 다재다능한 능력들을 좀 더 가꾸도록 적극적으로 권해드리지 못한 게 후회스럽다.

세월이 흐르면서 가족들이 늘어났다. 우리 사 남매의 화목한 가족의 뿌리가 뻗어나고 있다. 젊은 시절, 홀로 외로웠던 삶에 한이 맺혀

식솔들을 당신의 생명보다 더 소중히 애지중지 키우셨다. 이젠 당신 슬하에 손주들만 여덟으로 늘어났고 막내 손이 대학을 갈 만큼 컸다. 모두 할머니의 마른 젖과 피땀 어린 사랑을 먹고 자란 덕이다.

이렇게 키운 자식들인데 작년에 첫 가족의 이별을 맛보았다. 당신의 큰 사위가 세상을 뜬 것이다. 쉰을 갓 넘어 갑자기 병을 얻어 가고 말았다. 어머니는 말을 잃으셨다. 오랜 세월 공들여 지켜온 옹성(甕城)의 한 모퉁이가 무너져 내린 듯이 속 울음을 흐느끼신다. 사랑하는 가족과의 생이별에 대한 공포가 되살아나신 탓일까? 밤새 식은땀을 흘리며 괴로워하셨다.

그때 누군가가 동양화를 권하였다. 어머니는 기다렸다는 듯이 몰입하셨다. 붓으로 점하나, 획 한 줄 긋는 법부터 배워가며 정신을 모으셨다. 그러면서 일취월장해 가는 그림 솜씨 속에서 자신도 몰랐던 재능을 지금 보석 캐듯 발견하고 계신 것이다. 홀로 외로워하시는 증세도 많이 치유가 된 듯하였다.

지난달, 작품 20여 점을 모아 동우회 분들과 전시회를 하셨다. 내 눈엔 어머니의 작품이 단연 돋보인다. 친구들이 돈을 내고 세 점이나 사 갔다고 했다. 거의 같은 시기에 그림 솜씨가 남다른 내 큰 아이가 백여 편의 정밀 삽화를 그려 수술 교과서를 출판하였다. 의대 재학시절부터 틈틈이 펜화로 수술 과정을 그려왔는데 사진보다 사실감이 더하다고 채택된 지 2년 만에 빛을 본 것이었다.

어머니는 장손의 등을 두드리며 "이 청풍 김씨, 할미의 재능이 네 몸속에 흐르는 걸 잊지 마라"시며 흐뭇해하신다. 모처럼 보이시는 웃음이다.

어머니는 오늘도 열심히 붓을 놀리신다. 앞으로도 계속 당신 속에 숨은 재능을 찾아 갈고 닦는 기쁨을 누리며 사시리라 싶다. 소녀처럼 홍조를 띠고 행복해하시는 어머니를 보며 나도 청풍 수하에 들어 산수화나 배워볼까 생각해 본다.

아버지의 뒷모습

뒷모습은 속일 수 없다. 아무리 두껍게 화장을 한들 거짓말을 못 한다. 그래서 뒷모습을 안다는 것은, 그 사람의 속까지 알고 있음을 뜻한다. 뒷모습은 너무 정직해 슬프다. 늙어가는 부모님의 뒷모습은 더욱 그렇다.

「아버지의 뒷모습(背影)」이란 수필을 쓴 사람은 중국의 문학가 주자청이었다. 아버지의 정이 듬뿍 스며있는 짧은 글이었다. 자식 사랑을 드러내지 않으려는 데도 은연중에 배어 나오는 엉거주춤한 아버지의 정(情). 농촌에서 수재만 가는 북경대학으로 떠나는 다 큰 아들이 못 미더워 아버지는 역까지 배웅을 나온다.

가난한 아버지는 주머니에서 쌈짓돈을 털어 아들에게 귤을 몇 개 사주려는 생각을 한다. 행상이 끄는 좌판이 철로 길 건너편에 있다. 아버지는 뚱뚱한 몸에 땀을 뻘뻘 흘리며 철길을 가로질러간다. 그 아버지의 뒷모습에서 주자청은 안쓰러운 사랑을 느낀다. 마고자에 색 바랜 두루마기를 입으신 아버지의 휘청거리는 뒷모습.

나는 어릴 때부터 동경제대 사각모에 망토를 두르신 아버지의 사진첩을 가끔 보았다. 내가 태어나기 두 달 전, 납북 당하신 아버지가 유물처럼 남기신 모습들이다. 어머니는 세상살이에 마음이 무너질 때면 이 사진첩을 꺼내보며 눈물을 닦으셨다. 동그란 뿔테 안경 너머 깊은 눈으로 온화하게 웃으시는 아버지가 무언가 위로의 말을 건네시는 것처럼 보였다.

그중에 내가 가장 좋아하던 사진은 아버지가 바이올린을 켜시는 훤칠한 뒷모습 사진이다. 법학 교수 시던 아버지가 학생 청중들을 바라보며 흰 와이셔츠 소매를 걷어붙이고 연주에 심취하신 모습. 플란넬 바지와 검정 구두 뒤축까지 내 두 눈으로 직접 본 듯 뚜렷한 잔상이 남아있다. 그 모습은 남자의 멋이 어떤 것인가를 내 어린 마음에 심어주었다.

어려서부터 틈만 나면 아버지의 전설을 들으며 자란 탓인지 나는 그의 부재를 비관했던 기억은 없다. 그러나 세 번인가 그리워한 적이 있었다. 첫 번째가 대학 진학을 앞두고 진로를 고민할 때였다. 아버지가 계셨으면 무얼 전공하라고 하셨을까? 그 다음번이 그림 그리는 아내를 어머니께 선보였을 때, 그리고 큰 아이를 낳고 자랑스러웠던 때였다.

세월 지나 이제 나도 휘청거리는 중년의 아버지가 되었다. 두 아들을 키우면서 아버지를 모르고 자란 내가 아비 노릇을 제대로 하고 있는지 의문스러울 때가 많았다. 나는 미국생활에 적응하면서 허겁지겁 사느라 엄부(嚴父)도 못되었고, 편한 친구도 못되었다. 인생의 선배로 존경받을 만큼 업적을 이룬 것도 아니고, 아이들이 힘들 때 달려올 만큼 푸근하게 감싸 안는 자부(慈父)도 되지 못하였다. 주자청의 아버지처럼 엉거주춤한 아비일 뿐이었다.

놀이공원에 가서 중학생인 아이들에게 무작정 초등학생 할인 표를 끊어주던 이 가난한 이민자 아비의 전력을 잘 아는 아이들 앞에서 나는 떳떳할 바가 없는 낙제생이었다. 그렇다고 할아버지처럼 멋지게 바이올린을 켜는 재주도, 한 시대를 풍미하는 법관과 학자의 명예도 가지지 못했다.

그러나 나 자신이 대학 진학을 앞두고 아버지를 그리워했던 그 기억이 너무 진해서 적어도 아이들에게 좋은 멘토가 되고 싶은 욕심이 강했던 게 사실이다. 틈만 나면 도서관에 가서 책 읽는 기쁨을 일깨워 주던 일. 자신감을 길러주느라 작문이나 웅변 경연대회에 아비가 먼저 등록부터 하고 연습시키던 일. 밤새워 과학프로젝트 모형을 만드느라 부엌을 뒤집어 놓던 일.

가장 재미있던 일들은 가족여행을 짜는 일이었다. 지도를 보며 일정을 잡고, 숙소를 예약하고, 그 지역의 역사를 사전에 섭렵하던 일, 무엇보다도 폭우 쏟아지는 밤, 보이 스카우트 행군을 끝내고 지친 몸으로 야영 텐트 속에서 아들과 둘이 누워 두런두런 앞날을 얘기하던 그 밤의 추억들이 아슴하다.

그러나 좀 더 열심히 아들들과 행복한 추억을 만들기도 전에 그들은 어느새 청년들이 되고 말았다. 점점 그들 눈에도 희끗희끗 엷어져 가는 내 안쓰러운 뒷모습이 보이는 듯했다. 아비도 허물 많고 사랑을 받아야 할 가족의 일원인 것을 알아차린 게 틀림없다.

엊그제 아버지 날, 작은아들 녀석이 내 등 뒤로 와 나를 끌어안았다. "아빠, 난 지금까지 줄곧 아빠의 뒷모습만 보고 자라왔어요. 항상 앞장서서 가족을 위해 길을 개척해 가는 아버지의 뒷모습을 보면 맘이 든든했어요. 감사해요."

퇴장하는 뒷모습이 아니라 항상 앞서가는 당당한 아비의 뒷모습으로 칭찬해주는 내 피붙이의 한마디가 고마웠다. 문득 어느 이북 하늘 아래선가 평생 외롭게 사셨을 나의 아버지가 그립다. "바이올린 타시던 뒷모습이 참 멋있어요"라고 한 번만이라도 말씀드렸으면 얼마나 좋아하셨을까?

오동을 심은 뜻은

　　10월의 신부. 순백의 드레스를 입은 조카 효주의 손을 잡는다. 웨딩 마치에 맞춰 환한 교회당 식장으로 천천히 들어선다. 데이지 꽃바구니를 들고 활짝 웃는 신부가 학 같이 곱다. 하객들이 모두 일어나 축복의 환호를 보낸다. 동화 속 기사처럼 듬직한 신랑이 단 아래서 들러리들을 거느리고 신부를 맞는다. 신랑의 선한 눈매가 꼭 매제를 닮았다.

　　매제가 병으로 소천한 지도 5년이 지났다. ROTC 2년 후배였던 그는 오래전 여동생과 결혼 때 내 앞에서 척 경례부터 올려 붙였다. "충성! 조국의 간성(干城)으로 선배님의 가족에 합류함을 신고합니다" 했는데 맏딸 출가도 못 보고 먼저 갔다. 오늘 그가 자기를 닮은 사위를 보았으면 얼마나 흐뭇해했을까?

　　효주가 대학에 들 무렵, 맏딸 사랑이 지극했던 매제가 느닷없이 한마디 했었다. "형님, 오동나무를 심어야겠습니다." 옛사람들은 딸을 낳으면 텃밭에 오동을 심었다고 한다. 오동나무는 딸이 나이가 찰 때면 큰 나무로 자란다. 딸이 정혼을 하면 아버지는 서둘러 오동을 베어서 시집에 보낼 장롱을 만들었다. 오동은 가볍고 무늿결도 곱고 벌레도 먹지 않아 악기나 고급 가구의 자재로 쓰였다. 골동품을 오동나무 상자에 넣어 보호하는 것도 그 때문이라고 한다.

그런데 어느 글에 보니, 오동을 심는 부모의 마음에는 이보다 더 깊은 뜻이 담겨있다. 오동은 봉황이 깃드는 상서(祥瑞)로운 나무란 것이다. 봉황은 상상 속의 길조로 수컷은 '봉', 암컷은 '황'으로 불렀다.

봉황은 자웅 사이가 좋아 부부애를 상징한다. 베개에 봉황을 수놓은 것도 이들의 사랑을 본받으려는 의도다. 그러니 딸의 아버지가 오동을 심는 뜻은 천생연분 '봉'을 기다리는 '황의 아비'의 마음, 즉 좋은 사위를 맞으려는 데 있다는 것이나.

그렇게 키운 오동나무는 딸의 혼처가 정해지면 가차 없이 잘라낸다. 혼수를 빨리 만들려는 조급함 때문이 아니라 다른 '봉'이 내려앉지 못하도록 내리는 '황의 아비'의 결단이란 것이다.

생각하면 효주가 천생연분을 만난 것도 제 아비 덕이라 할 수 있다. 미국에 와서 쉴 틈 없이 일만 하던 매제가 갑자기 병을 얻었다. 몇 번의 큰 수술을 하며 수시로 병원을 드나들었는데 갓 중학생인 효주는 늘 아빠 곁에서 통역을 했다. 어리광이나 부릴 나이에 싫은 기색 한번 없이 아빠를 도왔다. 사전을 들춰가며 아빠의 증세를 의료진에게 설명하고, 고통을 참는 아빠의 손을 잡고 시편을 읽어 드렸다.

그러나 너무 어린 시절부터 아빠가 피를 쏟는 응급수술을 몇 차례씩 받는 걸 지켜보면서 효주의 마음에 깊은 상처가 생겼다. 사랑하는 아빠를 잃을지도 모른다는 두려움과 병과 죽음의 냉혹함, 그리고 왜 나만 이런 불행을 겪어야 되는가 하는 자괴감, 누구에게 인지도 모를 원망 때문인지도 모른다.

구급차의 사이렌 소리만 들어도 가슴이 뛰고, 소독약 냄새만 맡아도 불안한 증세가 생긴 것이다. 아버지가 돌아가기 전 수술실 앞에서 하염없이 울기만 했었는데 아무도 그 여린 마음에 깃든 트라우마를 짐작하지 못했었다.

그런데 오랜 세월 아빠를 간호하며 커 가는 효주를 눈여겨 본 교회 어른들이 계셨다. 훗날, 그들 중 한 분이 지인의 아들인 젊은 의사를 소개한 것이다. 그 청년 의사는 효주의 효심과 할머니를 중심으로 온 가족이 합심해서 기도하고 아끼는 사랑 속에서 자란 데 감동했노라며 청혼을 했다. 아버지 기일 날 산소 앞에서였다고 한다. 시련 가운데 임하신 하늘의 축복이라고밖에 설명할 수 없다.

신부는 결혼 만찬에서 아빠가 좋아하던 '어메이징 그레이스'를 피아노로 친다. 앞으로 효주의 마음에 고인 상처들이 새 가정을 통해 조금씩 치유될 것이라고 믿는다. 나는 벅찬 가슴을 누르고 가을 하늘을 올려다보았다. 듬직한 오동나무가 서 있었다. 활짝 웃는 매제였다.

3일의 약속

벌써 10월이다. 길고 따갑던 여름 햇살이 노루 꼬리만큼 짧아졌다. 흩날리는 낙엽 따라 세월 가는 소리가 사각사각 들린다. 오늘도 퇴근 길에 LA 어머니께 안부 전화를 올린다. 아, 아범이냐? 낭랑한 목소리를 들으면 마음이 편해진다. 운전 중에 왜 또 전화냐? 하시면서도 내말 할 틈도 없이 즐겁게 하루 일을 털어놓으신다.

이태 전 이맘때쯤 LA 동생에게서 다급한 전화가 왔다. "형, 어머니가 폐에 물이 고여 입원하셨어." 평생 마음고생은 심했어도 건강하셨는데 처음 겪는 큰 병고였다. 막 이민 짐을 푼 동생들의 어린 손자들을 돌보시겠다고 LA로 가신지 십수 년 째, 아플 겨를도 없으셨는데 이젠 조금씩 삶이 몸에 부치시는 가보다. 검사 결과 심장판막 이상으로 피가 폐로 역류해 곧 수술해야 한다는 진단이었다.

"아범아, 난 평생 모로 누워 잤단다. 바로 누우면 숨이 차 잘 수가 없었지. 아마도 이 증세는 내가 19살, 고향 원산을 떠날 때부터였던 것 같아. 이화 기숙사로 떠나던 내 손을 부여잡고 우시던 어머니 모습이 생각날 때마다 가슴이 메어 모로 누었지. 38선 넘어 나를 학교에 넣으신 뒤 고향으로 돌아가시던 초로의 아버지께서 3일 후 도착 즉시 전갈 주겠다고 하셨는데… 결국 60년 동안 연락이 끊어졌지"

어머니의 이 얘기를 곱씹을 때마다 유명한 심장의 정동규 박사의 자전적 전기, 『3일의 약속(The Three Day Promise)』을 떠올리곤 했다. 18살 때, 공산군을 피해 급히 고향을 떠나면서 어머니께 사흘 만에 꼭 돌아오리라 약속했지만 끝내 돌아가지 못한 아들의 통한(痛恨) 어린 글이다. 이 책은 천 백만 이산가족들의 역사적 증언이자, 특히 우리 가족에겐 동병상련의 위로를 안겨준 가형의 육필 친서 같기도 했다.

내가 처음 정 박사님을 만난 건 1995년 여름 백악관 정원에서였다. 당시 잊혀진 전쟁 6·25를 재조명하고, 참전기념비를 링컨 기념관 옆에 세우는 캠페인이 미 의회의 후원으로 벌어질 때였다. 절친했던 북가주 캘리포니아 대학 사회학과 송영인 교수의 권유로 자문 격으로 동참했었다. 한국과 미국의 학계와 정계, 그리고 경제계에 인맥이 많았던 송 교수 부부의 초인적인 노력으로 1년여의 각고 끝에 백만 불 모금을 달성했다. 그리고 송 교수 부부와 함께 헌정식에 초청받은 것이었다.

당시 정 박사님은 자서전 판매 전액인 45만 불을 따로 기증하신 터였다. 최대 개인 기부자로 백악관 기념전야제에 주빈으로 오셨는데, 기념사업 위원장 스틸웰 퇴역 4성 장군과 나란히 서 계신 그에게 그의 책, '3일의 약속'을 들고 다가갔었다.

나는 4백 쪽이 넘는 그의 책을 단숨에 읽고, 깊은 감동과 흥분 속에 며칠 잠을 설친 사정을 말씀드렸다. 애끓는 사모(思母)의 정과 전쟁 통에 살아남기 위해 몸부림친 자취들을 생생하고 박진감 있게 써 내려 간 글에서 우리 어머니 같은 생이별 희생자들의 한 많은 삶을 대변해 주신 노고에 깊은 감사를 드렸다.

그의 입지전적 생애는 우리 한인 교포들에게 큰 귀감이었다. 전쟁 통에 중 고교 교육도 제대로 못 받고 29세에 도미하셨음에도 불굴의 투지로 미 전문의의 꿈을 이루셨다. 그리고 유려한 영문으로 자서전 출판까지 하신 것이다.

그런데 놀라운 건 책 판매의 돌파구를 만든 그의 지혜였다. 탈고 후 아무 출판사도 받아 주지 않자 미 전국 1,200개 신문에 9천5백만 독자를 가진 '디어 에비' 칼럼리스트 반 뷰란 씨에게 편지를 쓴 것이다. 책을 읽고 큰 감명을 받은 반 뷰란씨는 그를 적극적으로 후원, 하루 수만 통의 편지와 책 주문이 쇄도했다. 그리고 전액을 한국전기념비 건립에 기부한 것이다.

좋은 인연은 돌아서 찾아오는 것일까? 이태 전, 롱비치 병원에서 수술을 무사히 받은 어머니가 심장내과 주치의로 선정 받은 분이 정 박사님이셨다. 고희를 훨씬 넘긴 연세에도 청년처럼 밝고 적극적인 성격은 여전하시다고 한다.

어머니는 요즘도 박사님께 정기 진료를 받고 고향 얘기 나누고 오시는 게 큰 행복이시다. 나의 행복은 3일의 약속처럼 적어도 사흘에 한 번은 안부 전화를 올려 낭랑한 어머니의 목소리를 듣는 것이다.

남자가 두려워하는 것

남자들이 두려워하는 것이 무엇일까? 『Man, Love and Sex』의 작가, 데이비드 징크젠코의 분석이 재미있다. 그의 글을 보면 서양 남자나 동양 남자나 심리가 비슷하다.

먼저, 세면대에 빠진 머리카락을 두려워한다. 엷어지는 머리숱을 보며 남자들은 화들짝 놀란다. 그리고 낙담한다. 늘 꽃미남처럼 검은 머리 바람결에 흩날리며 살 줄 알았는데, 어느새 이마가 벗겨지는 것이다.

머리가 빠진다고 인간성이 변하거나 매력이 줄어드는 게 아님을 잘 안다. 주위에 얼마든지 존경받는 대머리들이 많다. 정력적으로 일하는 대머리 CEO들도 멋있다. 그럼에도 한 움큼 머리숱을 세면대에서 줍는 날이면 남자는 서글픔에 휘청거린다.

둘째, 아버지의 죽음이 두렵다. 가장(家長)의 모델이던 아버지의 사라짐에 남자들은 속으로 절망한다. 어린 시절, 아버지는 천하무적이었다. 그런데 언제부턴가 점점 초라해 가는 아버지. 십대가 되면 아예고집만 센 가부장과 대화할 필요조차 느끼지 못한다.

그러다가 장가를 가면서 아버지의 조언이 그리워지기 시작한 것이다. 자식을 키우고, 삶의 어려운 고비를 넘기면서, 내 아버지라면 어떻게 하셨을까? 하고 자문해보는 시간이 많아졌다. 이즈음, 홀연히 아버지가 떠나가신 것이다. 당신을 빼닮은 나를 버려두고 가셨다. 그 허전함과 죄책감에 남자는 뒤척이며 밤잠을 설친다.

셋째, 아내의 눈물도 무섭다. 여인들의 눈물은 호흡처럼 자연스럽다. 가식 없는 감정 표현이다. 여자의 울음은 무언가 남자들이 잘못했다는 신호다. 문제는 대부분 남자들이 무얼 잘못했는지 모른다는 것이다. 왜 갑자기 아내가 눈물을 쏟는지 진짜 모른다.

부연하자면, 아내들은 속마음을 몰라줄 때 운다. 평생 가정을 위해 희생해 온 세월이 억울하다고 느껴질 때 슬피 운다. "남편만은 내 존재를 알아주겠지" 하며 파김치가 되도록 일하고 돌아온 아내에게 밥상 늦다고 투정하는 남편의 속 좁은 이기심에 목놓아 운다. 세월이 갈수록 식어 가는 남편들의 사랑에 아내들은 서러운 눈물을 뚝뚝 흘린다. 그러나 남자만 모른다.

넷째, 남자가 두려운 건 더 이상 자식들의 우상이 못됨을 확인하는 순간이다. 대부분 십대가 될 무렵부터 숭배의 자리를 포기한다. 왜냐하면 본인도 그 무렵, 아버지를 그 자리에서 끌어내렸으니까.

더구나 아이들이 이젠 컸다고 조목조목 논리적으로 아비들의 결함을 지적할 때 가슴이 찢어진다. 웬만한 비판엔 꿈쩍도 않는 철면피들이지만 자식들의 말은 바로 심장에 박힌다.

무엇보다 아이들과 함께 추억을 만들지 못했다는 아버지 직무유기 죄목이 가장 가슴 아프다. 아이들이 아버지와의 추억을 떠올리라면 하얀 백지밖에 생각나지 않는다고 할 때, 아니면 항상 무언가 화가 난 표정만 떠오른다고 할 때 남자는 살 의욕을 잃는다.

또 있다. 남자는 거절당하는 것을 무서워한다. 지는 것과 거절당하는 건 다르다. 정정당당히 겨루다가 지는 것은 참을 수 있다. 그러나 내 의도가 상대방에 의해 묵살되는 건 견디기 힘들다. 그것이 대통령의 결정이든, 임시직 인터뷰든 정당한 이유 없이 거절당하는 것은 삼키기 힘들다. 파워 게임에서 희생양이 되는 걸 무서워한다. 아무리 사소한 일이라도 알량한 자존심과 컨트롤을 잃어버리는 것을 남자는 두려워한다.

그중에서도 공공연히 남들 앞에서 거절당하는 수모와 창피를 제일 무서워한다. 체면을 중시해온 우리 남자들은 자신의 존재가치가 대중 앞에서 무너질 때 절망한다. 자신의 나약함과 우둔함, 그리고 무능력이 백일하에 노출될까 봐 노심초사한다.

징크젠코는 그 이유가 남자들의 보호 본능 때문이라고 결론짓는다. 내 가정과 가족의 명성과 소유와 직장 등을 백마 탄 기사처럼 지키고 보호하려는 게 남자의 본능이란 뜻이다.

그 본능적 가부장의 사명을 다 하지 못하는 무능하고 무자격한 남자라는 딱지가 붙음을 무서워한다. 사명감은 절감하지만 그 해결 방법이 모호할 때, 내 능력 밖일 때, 남자들은 식은땀을 줄줄 흘린다.

조물주여, 아무쪼록 남자들을 두려움에서 구해 주소서!

아버지의 지팡이

엄지만 한 빨간 어미 개구리가 알에서 막 깨어나는 올챙이들을 지키고 있다. 그런데 부화된 올챙이들을 연못에 풀어놓지 않는다. 득시글대는 천적들 때문이다. 어미는 먼저 깬 올챙이부터 등에 업는다. 그리고 놀랍게도 거꾸로 나무꼭대기를 향해 기어오른다. 수십 미터나 되는 수직 거리를 곡예사처럼 올라간다.

나무꼭대기엔 열대 난초들이 피어있다. 난초 밑동엔 빗물이 고여 한 줌 웅덩이가 생겼다. 어미는 그 속에 올챙이를 풀어놓는다. 그리고 배에서 계란 노른자위 같은 영양소를 웅덩이에 떨어뜨린다. 먹이까지 챙겨주고 어미 개구리는 나무 밑으로 내려가 다른 올챙이를 업고 오르기를 반복한다.

디스커버리 채널의 "생명"이란 다큐멘터리의 첫 장면이다. 첨단 촬영 기구로 지금까지 한 번도 본 적 없는 밀림 생태계의 모습을 담아 최근 화제가 되고 있다. 종족 계승 본능의 발로라 하지만 어버이의 사랑을 이보다 더 뜨겁게 그릴 수 있을까.

그런데 마지막 장면이 충격적이다. 웅덩이에서 다 자란 올챙이는 뒤도 안 돌아보고 뛰쳐나간다. 해설자가 말한다. "부모가 자식을 아끼는 건 미물이나 사람이나 같습니다. 그러나 자식이 부모를 돌보는 건 사람밖에 없습니다."

아버지는 망백(望百)에 돌아가셨다. 다리가 약해져서 걷질 못하셨는데 끝까지 지팡이를 잡지 않으셨다. 내 평생 아버지에 대한 자랑은 당신의 대쪽같은 의지력과 피나는 고학으로 당시 조선사람으로 드문 동경제대 농화학부를 나온 사실이었다.

"내가 졸업하자 주임교수가 소개장을 평양 콘스타치 회사로 써주셨지. 중절모에 하얀 세비루 양복을 입고 역에 내리니 일본인 공장장이 나와 새파란 내게 구십 도로 인사를 하더라." 저녁 반주만 드시면 아버지의 전설은 이렇게 되풀이되었다.

해방 후 수년 만에 6·25전쟁이 나자 아버지는 부산 피난지에서 큰 주정 공장을 차리셨다. 동경제대 농화학부 은사들의 도움을 받아 발효 세균들과 효모들을 배양, 당시로는 드물게 양질의 위스키를 한국에서 처음으로 제조하신 것이다. 부산의 번화가인 남포동이나 광복동의 시음장엔 양주꾼들이 장사진을 쳤고, 부산 역전엔 리베라 위스키의 큰 네온사인이 밤늦도록 명멸했다.

당시 서울 농대를 비롯, 각 대학에서 교수 초빙을 수차례 받으셨다. 그런데 사업을 일으키시겠다고 번번이 거절하셨다. 위스키는 미8군에 납품되기 시작했고, 일본에도 수출되었다. 아버지의 사업은 크게 번창했다. 당시 국민학생이었던 나는 공장에서 살다시피 하신 아버지를 거의 보질 못했다.

그러나 아버지는 연구를 즐기시는 학자셨지 사업가가 아니셨다. 일본 수출은 일제 위스키에 밀리기 시작했다. 그 후 여러 발효식품 사업에 손을 대셨지만 여의치 못했다. 그러자 진로나 보화 같은 큰 주정 회사들에서 좋은 조건으로 동업 의사를 물어왔다. 그런데 단칼에 거절하셨다.

당신의 이유는 원칙을 벗어난 족벌식 경영과 타협할 수 없다는 것이었다. 그러나 동경대 출신이란 자존심 때문인 게 어린 내게도 보였다. 아버지는 가세가 급격히 기울어도 남에게 손을 내미는 법이 없었다. 요지부동이었다. 나는 커가면서 융통성 없는 아버지의 자존심을 미워하기 시작했다.

나는 원하던 의대나 적성에 맞는 문과를 포기하고 취직이 쉬운 공대를 지망했다. 그리고 아르바이트로 학비를 벌었다. 아버지는 점점 경제력을 상실해가고 어머니가 어렵게 생활을 꾸려 가셨다. 유학 자금도 어머니가 알뜰하게 모아주신 것이었다. 나는 아버지에 대한 원망 때문에 점점 멀어졌다.

미국 와서 세월이 흘렀다. 내가 가장이 되고 직장인이 되면서 오래 잊었던 아버지가 간간히 생각나기 시작했다. 가장(家長)이란 원칙에 선 자존심과 생존을 위한 책임감 사이에서 갈등하며 사는 존재임을 깨닫게 되었다. 아버지는 원칙주의자였고, 나는 생존주의자에 가깝다는 생각이 들었다.

아버지는 가족들이 다 도미한 후에도 작은 서울아파트에 홀로 사셨다. 지팡이 신세도 지지 않고 꼿꼿이 살아오신 것이다. 그러다가 팔순 되시는 해, 가족들의 오랜 간청 끝에야 미국으로 오셨다. 오시는 조건으로 자식들 신세 안 지려는 당신의 신조를 따르겠다는 확약을 받으셨다. 부지런한 아버지는 매 주일 자식들 집을 돌며 손자들을 돌보고 머슴처럼 바깥일도 하시면서 흡족해하셨다.

아흔이 넘으시면서 몸이 부쩍 쇠약해지신 어느 날, 햇병아리 의사인 큰 손자의 손을 잡고 간곡히 부탁하셨다, "내 죽은 뒤 장기를 기증하고 화장해다오." 그리고 편안히 돌아가셨다. 유언대로 아버지의 재를 양지바른 백일홍 나무 밑에 모셨다. 평생 고생시킨 어머니가 좋아

한다고 몇 년 전 당신이 손수 심으신 나무였다.

아버지의 화목장(花木葬) 앞에 가족들과 함께 섰다. 평생을 원칙과 자존심 하나로 살아오신 아버지로선 지팡이를 짚는 일이 수치였으리라는 생각이 들었다. 그리고 당신이 좋아하신 연구생활보다 사업을 일으키려 고군분투하셨던 무모함도 어쩌면 가장의 책임감 때문이었는지도 몰랐다.

아버지의 깊은 속을 헤아리지 못했다는 회한이 밀려왔다. 그리고 오랜 세월 가족끼리 묵인해온 터이지만, 아버지는 내 생부께서 6·25 때 납북된 후 우리 모자를 거두어 주신 의부(義父)셨다. 대학 선배였던 친부에 대한 정리(情理) 때문이었던 것이다.

아! 그 올챙이. 다큐멘터리에서 뒤도 안 돌아보고 웅덩이를 뛰쳐나가던 그 올챙이가 내 못난 모습이었다.

4장

연어를 기다리며

카르페디엠

새해 아침, 아내가 말했다. "새벽 찬송 중에 갈매기만 한 큰 새 한 마리가 난데없이 창 앞에 와서 화답하듯 춤을 추었어요. 마음에 놀라움과 감사가…"

40년을 함께 살며 까다로운 내 등살에 시달리고, 고생을 할 만큼 했는데도 아내의 영성은 여전히 긍정적이다. 나이 들수록 못마땅한 게 많은 내 세상보다 아내가 사는 세상은 훨씬 밝고 넉넉하다.

새해 아침이어서 그랬는지 아내의 말이 유난히 가슴을 파고든다. 문득 "카르페디엠(Carpe Diem)"이란 싯구가 생각났다. "현재를 살아라"란 호라티우스의 라틴어 시다.

영화 〈죽은 시인의 사회〉에서 키팅 선생님이 학생들에게 한 말로 더욱 유명해졌다. "지금 이 순간, 우리는 필요한 걸 넘치도록 갖고 있다. 그런데 더 소유하고 싶은 욕망때문에 미래와 과거에만 집착한다. 그래서 우리는 현재 불행하다."

나는 현재를 즐기지 못하는 축에 속한다. 대소사를 치를 때마다 아내는 잘 될거야, 괜찮아 하며 독려하지만 나는 일단 일이 꼬일 가능성에 집착하고 불안해한다. 역설적이게도 걱정을 하면 덜 불안하다. 나중 돌아보면 아내 말이 맞았는데 내 고질병은 고쳐지지 않는다.

6·25때 판사셨던 아버지가 돌연히 납북당하시고 홀어머니밑에서 유년기를 보내며 매일 일상이 불안했던 탓도 있으리라. 걱정이 많은 게 어머니와 내가 닮았다. 그러나 이순의 나이에도 소아병을 벗지 못한다면 평생의 교육과 훈련이 무슨 의미가 있는가?

최근에 짤막한 우화를 보면서 내심 뜨끔했다. "어느 아버지가 동전 닷 냥을 주면서 방을 꽉 채우라고 했다. 첫째는 투덜거리며 건초 더미를 사다가 방을 채웠고, 둘째는 솜을 부풀려 밀어 넣었다. 셋째는 어려운 사람들에게 저녁 한 끼를 대접하고 남은 돈으로 양초 한 자루를 사다가 방을 환하게 비추었다."

세상 사람들은 이웃을 돕고 세상을 밝히는 셋째의 고귀한 삶을 칭송한다. 그러나 현실은 대부분 첫째와 둘째의 삶을 답습한다. 왜 그럴까? 바로 눈앞의 이익이 우선이기 때문일 것이다. 내 이익이 박한 현재가 못마땅하니 최선을 다하지 않고 건초더미 밀어 넣듯 눈가림만 한다. 아버지의 의중을 읽지 못한 탓이요, 내 욕심만 좇은 탓이다.

"카르페 디엠"은 이웃의 행복도 함께 배려하는 사람들. 빛처럼 세상을 채워가는 사람들에게 주신 하늘의 지혜. 이들에게 현재는 짐이 아니고 복이다. 그러나 첫째와 둘째에겐 짐일 뿐이다. 빨리 고달픈 오늘의 짐을 팽개치고, 내일 올지도 모르는 요행만 계수하며 착각 속에 사는 것이다.

한 개그맨이 TV에서 "인생의 짐을 함부로 내려놓지 말라"는 강연을 해서 큰 반향을 일으킨 적이 있다. "사람은 누구나 저마다 힘든 짐을 지고 살아갑니다. 생각하면 가난도 짐이고, 부요도 짐입니다. 질병도 짐이고, 건강도 짐. 책임도 짐이고, 권세도 짐입니다. 미움도 짐이고 사랑도 짐입니다. 살면서 부딪치는 일 중에 짐이 아닌 게 없습니다. 이럴 바엔 기꺼이 짐을 집시다. 다리가 휘청거리고 숨이 가쁠지라도 자신에게 주어진 짐이라면 지는 게 현명합니다."

오늘의 짐을 벗으려고만 하지 말고 기꺼이 지면 복이 된다는 말로 들린다. 아프리카 어느 원주민들은 강을 건널 때 큰 돌덩이를 진다고 한다. 급류에 휩쓸리지 않기 위해서다. 헛바퀴가 도는 차에는 일부러 짐을 싣는다. 짐은 마냥 나쁜 것만 아니라 우리를 살리는 복이 됨을 아는 것이다.

손쉽게 들거나 주머니에 넣을 수 있으면 짐이 아니다, 짐은 무겁다. 그래서 짐은 등에 지는 것이다. 정호승 시인의 「내 등의 짐」이란 시에서 "내 등의 짐이 없었으면 나는 세상을 바로 살지 못했을 겁니다/ 이제 보니 나를 바르게 살게 한 귀한 선물 이었습니다…"라고 고백하고 있다. 오늘의 짐이 복이란 말이다.

등짐을 진 개그맨이 다시 말했다. "우리 아예 짐을 져 봅시다. 절로 고개가 숙어지고 허리가 굽어집니다. 자꾸 시선이 아래로 향합니다. 짐을 지고서는 기고만장 날뛸 수가 없습니다." 오늘을 감사하는 자만이 짐을 복으로 바꾼다. 카르페디엠.

연어를 기다리며

올해 숫제 봄을 만나지 못했다. 앞마당 복사꽃이 흐드러지게 핀 걸 설핏 본 듯도 한데 쓰러져 자고 나니 바람결에 다 날아가 버렸다. 어쩌면 밤새 내린 비에 다 씻겨 갔는지도 모른다. 봄은 사랑의 징표도, 그리움의 흔적도 남기지 않고 훌쩍 떠나고 말았다. 분주한 일상에 넋 놓고 살아가는 나는 올해도 어김없이 봄을 놓친 셈이다.

"참 세월 빠르지요. 꽃 피는 살구나무 아래 앉아 문득 고개 들었더니 서른이었고, 나무 아래 아이들이랑 살구 줍다가 일어섰더니 마흔이었고, 날리는 꽃 아이들 웃음소리에 뒤돌아보았더니 쉰이었습니다."라고 읊은 섬진강 김용택 시인의 노래가 내 고백이 되었다.

"김 형, 늦봄 보내러 산에 가지 않겠소? 흐르는 내에 발 담그고, 나무숲 솔향에 취해보면 세월 가는 소리가 사각사각 납니다. 떠나는 봄 배웅도 않고 어찌 무심히 나이만 먹겠소? 세월 보내며 얼마 전 담근

매실주나 한잔 나눕시다."

K 선배님의 전갈이 고맙다. 자연과 벗하며 수시로 산행과 낚시를
즐기시는 두 내외가 내 마음을 아셨는지 동행하길 권하신다. 숲속에
하룻밤 야영할 채비를 해 놓았으니 몸만 왔다 가라고 하신다. 격의 없
는 인품으로 마음이 시릴 때마다 넉넉하게 감싸주신다. 어떤 불행도
잘 타일러 행복으로 바꿀 만큼 긍정적인 사고와 실천력의 소유자인
선배님께 등을 기댈 수 있는 게 고맙다.

가벼운 차림으로 나섰다. 고개 넘어 바로 태평양 바다이고, 도심을
벗어난 지 얼마 안 되는데 이렇게 깊은 숲이 있는 줄 몰랐다. 봄을 보
내는 숲은 꽃들이 허물을 벗듯 분분히 흩날리고 초록빛 잎사귀들은
더욱 촉촉해져 간다. 군데군데 레드우드 나무가족들이 오랜 옛날 어
미 나무가 있었던 가운데 빈자리를 중심으로 빙 둘러 서 있다. 손을 맞
잡고 기도하는 경건한 수도승들 같기도 하다.

나무 그늘 사이로 내가 졸졸 흐른다. 지난주 내린 비로 물이 제법 불
었다. "이 내는 이맘때 바다에서 연어가 올라오는 모천(母川)이라오.
은빛 코호(Coho)도 있고, 치눅(Chinook)도 있지요. 매년 숫자가 줄어
안타깝지만, 연어의 귀천을 보러 이곳에 옵니다."

모천에서 부화한 치어들은 바다로 내려간다. 한 어미가 낳은 수천,

수만 개 알에서 살아남는 건 고작 열 마리도 안 된다고 한다. 수명이 4~5년 되는 성어들은 알래스카까지 천 마일을 헤엄칠 만큼 강하다. 산란 때면, 신통하게도 모천을 찾아 올라온다.

"김 형, 연어들이 어떻게 고향으로 돌아오는지 아시오? 냄새로 안다오. 소위 후각 기억장치가 유전자 속에 녹아있다는 게요. 내 아들 녀석도 부모 품 냄새를 맡고 올라오고 있을게요. 그 놈도 연어처럼 큰물을 두려워하지 않았던 강인한 효자였으니까…"

지난봄, 뜻하지 않게 산악자전거 사고로 세상 뜬 큰 아드님을 그리워하는 말씀에 마음이 저리다. 아버지를 닮아 아웃도어 스포츠에 만능인 젊은이였는데 비 오는 날 미끄러운 바위에서 순식간에 당한 사고가 아직도 악몽처럼 믿기지 않는다. 그러나 갓 마흔인 건장한 아들을 잃은 참척(慘慽)의 슬픔을 당하셨음에도 하루하루를 꿋꿋이 살아가시는 그 의연함이 존경스럽다. 숭고한 아비의 모습을 곁에서 바라보고 있다.

"사랑하는 아들은 내 가슴에 살아 있소. 함께 살았던 세월들도 내 기억 속에 살아 있소. 연어가 고향으로 올라오듯, 아들도 이렇게 비 오는 늦봄이면 나를 찾아옵니다. 연어를 기다림은 아들을 기다림이지요. 그 녀석은 틀림없이 어미의 젖 냄새, 아비의 땀 냄새를 맡고 열심히 헤엄쳐 올 테니까…"

잃어버린 줄 알았던 향기로운 봄 내를 연어를 기다리는 강가에서
벅찬 가슴으로 맡고 있다.

광화문 연가

새벽바람이 차다. 여느 때처럼 아내와 가볍게 포옹하고 출근길에 오른다. 머릿속엔 치뤄내야 할 일들이 타래처럼 얽혀있다. 이십 년도 넘게 다닌 직장이지만 한 치 오차도 허용되지 않는 업무들을 말과 정서가 다른 이방인들과 해결해 나가는 게 여전히 수월치 않다.

순간, 아내와의 포옹의 온기를 생각하며 "아! 누군가 아직도 나를 사랑하고 있구나" 하는 안도감을 느낀다. 가방을 여니 생일 카드와 함께 이문세의 "광화문 연가" CD 재킷이 보인다. 잊은 지 오래였던 이문세가 얼마 전 북가주에서 콘서트를 할 때 아내가 사둔 듯했다. 그때, 그의 노래를 들으며, 흔적도 없이 사라진 줄 알았던 옛날이 고스란히 되살아났다.

노래란 옛 추억을 한순간에 눈앞에 불러오는 타임머신이다. 어쩌면 노랫말 한 소절로 수십 년 화석처럼 굳어진 마음이 눈 녹듯 녹아버리는지 모르겠다. '광화문 연가'를 들으며 20대에 처음 보았던 아내의 눈동자를 떠올렸다.

"이제 모두 세월 따라 흔적도 없이 변하였지만/ 덕수궁 돌담길
엔 아직 남아있어요/ 다정히 걸어가는 연인들…"

광화문은 내 젊음의 텃밭이었다. 지금은 10여 차선 휑뎅그렁한 아스팔트 광장으로 변했지만, 그때 광화문 거리엔 효자동행 전차 종소리가 울렸고, 그늘 깊은 은행나무들이 싱그럽게 자랐다. 화창한 토요일 방과 후, 친구들과 담쟁이 넝쿨 진 경복궁 담을 끼고 광화문으로 향하는 길은 멋진 세상으로 뚫린 희망의 중앙통이었다.

대학에 들어가 나는 광화문에 있는 새문안교회에서 뼈대가 자랐다. 훗날 경실련을 창설해 시민운동을 주도한 S 형이 대학부 리더였는데 우리는 모임이 끝나면 광화문 뒷골목의 다방과 막걸리 집을 전전하며 끝없이 떠들고 고뇌했다. 그와는 공대 기숙사 룸메이트이기도 했는데 기계과 수석으로 들어간 수재가 기독 학생 운동가로 변신해가는 모습을 보며 나는 혼란스러우면서도 흠모했었다.

아내를 만난 것도 광화문이었다. 졸업을 앞두고 미대와 공대생, 마지막 미팅을 여왕봉 다방에서 했었다. 아르바이트에 쫓겨 표도 못 샀던 나는 친구가 준 티켓을 들고 마실 가듯 나갔다. 무슨 인연인지 아내

도 남의 표를 들고 왔다고 했다. 선인장이 그려진 3번 티켓. 그날 눈발이 휘날리던 덕수궁 돌담길을 걸으며 나는 이 인연을 어떻게 서로 해석해야 할 것인가를 놓고 열변했다. 눈이 예쁜 아내는 조용히 웃기만 했다.

"언젠가는 우리 모두 세월을 따라 떠나가지만/ 언덕 밑 정동 길엔 아직 남아있어요/ 눈 덮인 조그만 예배당…"

그때 아내는 이북에서 피난 나오신 부모님이 동향인 들과 세우신 남산 밑 조그만 예배당에서 찬송가 반주를 했었다. 나는 친구 패들을 데리고 수요 저녁 예배 때마다 개근했다. 유복하고 착실하게 자란 아내는 나 같은 떠돌이가 나다니는 큰 세상을 동경했고, 대학 때부터 기숙사로 전전하던 나는 작고 아늑한 남산 밑 교회당 같은 가정을 꿈꾸었다.

20대 중반, 흔들리는 젊음이었지만 우리는 미국 유학을 오느라 서둘러 결혼 승낙을 받았다. 떠나면서 우리들 청춘을 광화문에 고스란히 놓고 왔다. 효자동 전차도, 여왕봉 다방도, S 선배도, 남산 밑 예배당도, 덕수궁 돌담길도 다 놓고 왔다. 그 후 세월 따라 광화문은 우리의 기억에서 멀어져 갔고 다른 세상에서 30여 년을 살았다.

어젯밤엔 우디 앨런이 만든 영화 〈미드나잇 인 파리스(Midnight in

Paris))를 아내와 보았다. 현실에 적응 못 하는 한 젊은 작가가 꿈을 찾아 파리에 왔다. 그는 자정마다 성당 앞을 지나는 자동차 타임머신을 타고 옛날로 돌아간다. 20년대 파리에서 젊음을 보냈던 헤밍웨이, 피카소, 장 콕토 들과 교우한다. 감격한 그는 계속 그곳에 머물고 싶은 유혹에 빠진다.

그러나 그는 그의 우상들도 자기 세대에 만족치 못하고 더 오랜 옛날로 돌아가고 싶어하는 걸 알게 된다. 어느 세대 건 공허한 옛 꿈을 그리워하며 산다는 걸 깨달은 젊은이는 더 이상 옛날로 돌아가는 타임머신을 타지 않는다. 오늘과 내일의 꿈을 위해 살기로 한다.

내게도 세월 따라 떠난 줄 알았던 옛날이 노래 한마디에 실려 돌아오고 있다. 그러나 옛 광화문의 추억은 지나간 연가다. 생각해보면 이국땅에서 가정을 일구며 억척같이 살아가는 오늘이 더 소중하고 치열한 내 삶의 노래이다. 나이 들며 아내와 서로 의지하고 자식들을 키우며 살아야 할 내일도 내가 부를 사랑 노래이다.

옛날이 생각나면 가끔 '광화문 연가'를 들으며 지금 내 모습 이대로 이곳에서 한평생 살기로 한다. 〈미드나잇 인 광화문〉행 타임머신이 전차 종소리를 내며 곁을 지나간다.

난(蘭) 한 포기의 이름

하늘과 들이 활짝 열린 봄날, 산행을 하였다. 산타크루즈 산자락에 숨은 퓨리시마 능곡에 올랐다.

새벽 안개가 신비로운 기운처럼 온 계곡에 충만해 있다. 레드우드 잎새에 밤새 고인 안개 이슬이 미풍이 불 때마다 뚝뚝 물방울을 이마에 드리운다. 어느 시인이 이 부서지는 방울들을 물햇살이라고 했던가. 오랫동안 도심의 탁한 매연에 시들어가던 폐부를 열고 생명의 기운을 들이마신다. 싱그러운 초록의 장원(莊園) 속에 몸과 마음을 담근다.

"내려갈 때/ 보았네// 올라갈 때/ 보지 못한/ 그 꽃"

— 고은, 「그꽃」 중에서

오십 년간 오직 한 길, 독보적인 재배법으로 국제 난 학회에서 세계적인 명성을 쌓아 오신 최안나 여사가 길가에 핀 물망초를 보고 시를 읊어 주신다. 여사는 그간 80여 새 품종을 탄생시키셨다. 이름 없는 종자를 자식을 낳는 정성으로 이 세상 처음 꽃을 피우고 모두 한글 이름을 붙여 세계 난 목록에 올리셨다.

그리고, 7~8년 만에 한번 피는 신비스런 난들을 매년 다른 종들로 번갈아 피워 내신다. 난의 특유한 자태와 향기가 보통사람의 눈에도 금방 구별이 될 정도이다. 그 빼어난 작품들로 인해 세계 난 전시회에서 매년 대상(大賞)을 놓치지 않으셨다. 이론에 밝은 미주와 유럽 식물학자들, 난 전문가들도 혀를 내두른다고 한다. 한국인으론 유일한 국제 난 심사위원의 자격으로 지구 곳곳을 다니시면서도 동양란처럼 늘 겸손하시다.

"평생 키우다 보니 화려한 교배종보다는 수수한 원종(原種)에 훨씬 마음이 갑니다. 왜냐하면 자연에 가깝기 때문이지요. 사람이 만든 꽃과 자연 그대로인 꽃은 내재적 품위와 향기에서 큰 차이가 느껴져요. 제가 젊어서 명예와 성취감을 위해 꽃을 키울 때 못 보았던 그 수수한 풀꽃들이 이젠 내려오면서 하나씩 눈에 띕니다. 그래서 고은 시인의 '그꽃'을 자주 암송하지요"

난초에 문외한인 일행들을 위해 여사는 쉽게 설명하신다. "난의 향기는 누가 동반자인가에 의해 좌우되어요. 열대 뉴기니의 난들은 모양과 색깔이 현란하지만 시체 썩는 냄새가 나지요. 거긴 벌과 나비가 없고, 파리 떼들이 꽃가루를 나릅니다. 꽃도 이들을 꾀는 냄새를 뿜을 수밖에 없지요. 그런가 하면 밤에만 향기 나는 난도 있어요. 야행성 곤충들을 부르기 위함입니다. 사람의 향기도 공생(共生)하는 친구들에 따라 달라짐과 같다고 할까요"

나는 식물도 피를 흘린다는 여사의 말에 아! 하고 공감하였다. 사람들은 불가에서 동물의 살생만 금하는 것으로 알고 있지만 식물도 함부로 꺾으면 살생이라고 하셨다. "식물을 꺾을 때 흘리는 진이 하얀 피이지요. 꺾으면 꽃도 나무도 꼭 같이 아파합니다. 그래서 모든 생물의 희생에는 가려서 하는 살생유택(殺生有擇)이 온당한 지혜라고 믿습니다."

얼마 전, 미 동부의 난 전문가가 여사를 찾아왔다고 한다. 그는 이름난 원예학자로 첨단시설을 갖춘 큰 온실에서 난을 오랫동안 재배해온 분이었다. 그런데 똑같은 씨로 꽃을 키워도 자기는 네댓 송이가 고작인데 여사는 수십 송이를 풍성하고 수려하게 피우는 게 너무 신기하고 놀랍다고 했다. 그래서 그 비결에 대해 책을 쓰고 싶어 찾아왔다는 것이다. 그런데 그는 여사의 집 뒤뜰 재래식 온실의 검소하고 단출함에 또 한 번 놀라고 말았다.

"난 재배의 비결은 꽃 한 송이, 줄기 한 포기마다의 아픔과 기쁨을 읽는 것입니다. 습도가 필요하다고 자동 분무기에서 물을 뿜어대고, 온도도 시간마다 조절하는 현대 과학의 온실에서는 한 포기마다의 처지를 알 수가 없어요. 난을 돌보는 마음은 꽃마다의 사정을 알고 한 생명을 깊이 사랑하는 어미 같은 마음이어야 하지요. 저는 꽃송이마다 이름을 불러주고 볼을 맞춥니다."

"내가 그의 이름을 불러 주기 전에는/ 그는 다만/ 하나의 몸짓에 지나지 않았다/ 내가 그의 이름을 불러 주었을 때/ 그는 나에게로 와서 꽃이 되었다"

— 김춘수, 「꽃」 중에서

석양 무렵, 산에서 내려오면서 여사 덕분에 나는 비로소 김춘수 시인의 시 '꽃'을 마음으로 읽게 되었다.

세모 소회(歲暮 所懷)

"겨울 들판이/ 텅 비었다// 들판이 쉬는 중이다/ 풀들도 쉰다/
나무들도 쉬는 중이다// 햇볕도 느릿느릿 내려와 쉬는 중이다."

— 이상교, 「겨울 들판」 중에서

12월은 모두가 쉬는 중인데 나만 바쁜 것 같다. 겨울엔 들판도, 풀
도, 나무도, 햇볕마저도 느릿느릿 쉬어 가는데 나는 여전히 눈에 핏발
을 세우고 쫓기듯 살아간다. 마음이 바쁘니 몸도 여기저기 아프다. 새
벽에 출근해 회의장과 현장을 팽이처럼 돌다가 저녁이면 러시아워를
뚫고 야간 한의대로 시간 반을 걸려 내려간다. 수업이 끝나 돌아오면
거의 자정 가까운 하루가 이젠 일상이 되었다.

모처럼 주일 새벽에 일어나 잠시 기도한다. 그리고 책장에서 엔도
슈사쿠의 『마음의 야상록』을 꺼내 편다. 「자기(自己) 만들기」라는 첫
제목이 보인다. "자기 안에는 두 개의 자기가 있다. 자기가 알고 있는

자기와 자기도 모르는 자기. 이 중에 누가 진짜일까?" 하고 묻는다. 이 건 내가 묻고 싶은 말이다. 나이 들면서 쉬엄쉬엄 여유 있게 살아가고 싶은 나와 마지막 순간까지 사과나무를 심는 심정으로 뛰어가는 나. 그 어느 쪽이 진짜일까?

엔도 슈사쿠는 심야에 무언의 전화(電話)를 받는다고 했다. 4년여 '따뜻한 마음이 있는 병원을'이란 캠페인을 벌이며 외로운 환자들을 열심히 돌보던 어느 날, 문득 자신이 건 전화를 자기가 받았다고 한다. 그 전화를 통해 자기가 '메시아 콤플렉스'가 있음을 알았다는 것이다.

메시아 콤플렉스란 과거에 열등한 자가 그 입장을 극복할 때 역으로 자신의 우월감을 보여주려는 심리란 것이다. 엔도는 오랜 입원생활에서 건강에 대한 콤플렉스를 계속 지녀왔는데 좀 낫고 나니 이젠 환자를 돕는 일을 통해 역으로 자신이 건강함을 입증해 보이려는 심리가 숨어 있었다는 것이다.

문득 내 콤플렉스는 무엇일까 생각해 본다. 30여 년 직장생활 후, 은퇴를 생각해야 할 나이에 왜 무언가 다시 이루려고 안절부절못하는 것일까? 늙어감에 대한 초조감일까? 일손을 놓으면 자존감이 상실될까 두려워서 일까? 아니면 허영심일까? 은퇴 이후에 한방 의술로 이웃들을 돕고, 선교사역에도 쓸모 있는 2막 인생을 살아보겠다는 생각이 과연 진짜 나일까, 아니면 나도 모르는 나일까? 내게 걸려오는 심야의 전화는 무엇이라고 말해줄까?

책장을 덮을 즈음에 엔도 슈사쿠는 이렇게 쓰고 있다. "이 두 개의 자기는 모두 자기이다. 의식과 무의식의 나, 겉모습과 속 모습의 나, 고매함이나 허영심까지도 자신의 모습이다. 그래서 참 나를 찾는 길은 두 개의 나를 부정(否定)하지 말고 전화(轉化)시키는 길이다."

어제 저녁, 한방 본초 시간에 명망이 높은 S 교수는 누에에 대한 이야기를 해 주었다. 마음에 울림이 일었다. "누에는 5번 잠을 잡니다. 누에는 잠을 자면서 이대로 벌레로 남을 수 없다는 자각에 이르지요. 벌레는 땅을 기면서 흘린 것만 주워 먹고 삽니다. 뜻이 있는 누에는 날고 싶다는 꿈을 키우지요. 곧 누에는 입에서 자신의 일부를 씹어 고치를 짓습니다. 그 속에서 번데기로 묵묵히 내공을 쌓고 비상(飛翔)의 꿈을 키우지요. 이렇게 날개를 단 누에는 나비로 다시 태어나 꽃들 사이에서 생명의 메신저로 제2의 인생을 살게 됩니다."

이것이 전화(轉化)일 것이다. 번데기를 거쳐야만 완전한 전화를 이룬다는 섭리를 되새겨본다. 내 콤플렉스의 본질은 빨리빨리 서둘러서 번데기를 거치지 않고 날개를 달아보겠다고 하는 조급함. 남 못하는 인생 이모작을 성취해보겠다는 허영심, 옛날 어려운 가정형편으로 의대를 포기했던 회한을 풀겠다는 욕심 등일 것이다.

한 해를 보내며 이런 어리석음과 허영이 여유와 기쁨, 그리고 내공으로 전화될 수 있게 도와주십사고 기도한다.

2월의 마음

'벌써'라는 말이/ 2월처럼 잘 어울리는 달은 아마/ 없을 것이다/ 새해 맞이가 엊그제 같은 데/ 벌써 2월./ 지나치지 말고 오늘은/ 뜰의 매화 가지를 살펴보아라/ 항상 비어있는 그 자리에/ 어느 덧 벙글고 있는/ 꽃…

— 오세영, 「2월」 중에서

오세영 시인의 '2월'이란 시를 읽다가 화들짝 놀란다. 아니 벌써 2월인가! 세월의 속도감을 체감치 못하고 떠밀리듯 새해를 맞은 게 엊그제 같은데 벌써 2월이다. 늘 지각하는 아이처럼 허겁지겁 세월에 쫓겨가는 내 모습이 우스꽝스럽다.

그러나 오늘은 시인의 권유를 듣기로 한다. 마음의 여유가 없어 지레 텅 비었으리라고 버려두었던 내 삶의 뜰로 나서기로 한다. 그곳에서 어느새 벙글고 있는 매화 가지를 살펴본다. 그리고 꽃에게 어떻게 세월과 벗하며 살아갈 수 있는지 길을 묻는다.

문득 『잃어버린 한 조각』이란 실버스타인의 동화가 생각난다. 귀퉁이가 떨어져 나간 동그라미가 있었다. 그 잃어버린 귀퉁이를 찾아 동그라미는 길을 나섰다. 내 잃어버린 조각은 어디 있나요? 눈과 비를 헤치며 헤맸지만 조각이 떨어져 빨리 구를 수가 없었다. 그래서 천천히 구르다가 멈춰 서서 벌레와 대화도 나누고, 길가에 핀 꽃 냄새를 맡기도 했다.

그러다 오랜 여정 끝에 몸에 꼭 맞는 조각을 찾았다. 아. 이젠 완벽한 동그라미가 되었다. 예전보다 몇 배 더 빠르고 쉽게 구를 수 있었다. 그런데 정신없이 구르다 보니 멈출 수가 없었다. 꽃 냄새도 맡을 수 없었고, 풍뎅이도 잠자리도 지나치고 말았다. 동그라미는 옛 친구들과의 시간이 그리워졌다.

그래서 어느 날, 동그라미는 예전처럼 천천히 구르기로 결심한다. 찾았던 조각을 몸에서 떼어 살짝 내려놓는다. 그리고 귀퉁이 없이 천천히 굴러가며 노래한다. "잃어버린 조각을 찾았지만 모자랄 때가 더 좋아요. 천천히 구르면 친구들을 만날 수 있으니까요." 비로소 나비한 마리가 동그라미의 머리 위로 내려앉는다.

그래. 인생은 속도가 아니다. 특히 후반기의 인생은 방향이 더 중요한 것 아닌가. 좀 늦게 가면 어떤가. 좀 뒤처져도 우리들 삶의 방향만 바로 서 있다면 언젠가는 목표에 다다르는게 자연의 섭리가 아닌가?

마당에 매화 가지가 하늘을 향해 뻗어있다. 아직 새순이 돋지 않았지만 결코 서두르지 않는다. 가지의 방향이 옳으므로 어느 날 벙긋 웃음을 머금고 꽃을 피우리란 믿음으로 살아가고 있다. 그런데 내겐 왜 그 믿음이 없는가? 어딜 향해 허겁지겁 쫓아가는가?

작년 말, 몇 해 후면 다가올 은퇴를 앞두고 야간 한의 대학원에 등록을 했다. 선교 여행도 하고 이웃도 돌보는 봉사의 삶으로 방향을 잡아놓고 인술을 체계적으로 배우고 싶어서였다. 그런데 막상 시작하고 보니 사오 년 간 느긋하게 즐기며 공부하려는 초심이 사라져간다. 서둘러 마치려는 욕심에 끌려가는 나를 바라보고 깜짝 놀란다.

속도라는 가시적인 현상에 삶의 본질, 방향을 잃어가는 내 마음을 시인은 어쩌면 이렇게 잘 알고 있을까? 시의 결구를 음미한다.

"외출을 하려다 말고 돌아와/ 문득/ 털 외투를 벗는 2월은/ 현상이 결코 본질일 수 없음을/ 보여주는 달/ '벌써'라는 말이/ 2월처럼 잘 어울리는 달은 아마/ 없을 것이다."

— 오세영, 「2월」 중에서

낭만에 대하여

C 선생님이 쓰러지셨다, 레드우드같이 곧고 멋진 분이셨다. 관상동맥 수술의 후유증 때문에 넘어지시면서 머리를 벽에 부딪쳤다. 다행히 의식은 명료하신데 목뼈에 큰 손상이 갔다. 응급 수술을 받으셨지만 손발에 마비 증세가 심해 재활원으로 옮기셨다. 약한 숨소리에 실린 심장박동을 들으며 나는 선생님 병상 발치에 망연히 앉아있다.

문득 최백호의 "낭만에 대하여"란 노래가 떠올랐다. 평소 염두에 두지 않았던 신파 풍의 가요였다. 그러나 또렷이 뒷 소절 부분이 생각났다.

"이제 와 새삼 이-나이에/ 청춘의 미련이야 있겠냐만은/ 왠지 한곳이 비어있는/ 내-가슴에/ 다시 못 올 것에 대하여/ 낭만에 대하여…"

상실(傷失)의 노래였다. 다시 못 올 젊음과 낭만을 애타하는 이 소절이 넋두리처럼 귓전에 맴돈다. 혹여 선생님을 잃을까봐 숨죽여 우는 가족들의 속울음처럼 가슴에서 떠나질 않는다.

C 선생님과는 근 20년 세월을 가까이 지냈다. 내가 닮고 싶은 인생의 큰 형님 같은 분이셨다. 6척 장신에 항상 청년같이 꼿꼿한 자세와 웨이브 진 머리칼과 잔잔한 미소를 지니셔서 우리는 미남 배우 "리차드 기어"라고 불러드렸다.

선생님은 이 지역에서 오랫동안 친하게 지내온 10가족 모임의 좌장이신데 자상한 배려와 사랑으로 멤버들을 돌보셨다. 궂은일은 도맡으시고 매사에 솔선수범하셨다. 모임의 가족들은 매달 돈을 모아 이태마다 ㄱ의 인솔하에 오대양 육대주를 누볐다.

십 이년 전 중국 일주를 시작으로 오스트리아 비엔나에서 베토벤을, 잘츠부르크에서 모차르트를 함께 만났다. 다뉴브에 배 띄우고 왈츠를 춤추었고 잘 익은 포도주를 서로 권했다. 이베리아 반도 깊숙이 그라나다에서 알람브라의 궁전을 함께 거닐었고, 포르투갈 땅끝 호카곶에서 콜럼버스가 탄 산타마리아호를 배웅했다.

이태 전 터키 여행 땐 에베소에 들러 예수님의 모친 마리아의 집을 심방했다. 오는 길에 기암괴석의 땅, 카파도키아와 파묵칼레에 들러

오색 풍선을 타고 4차원의 세상 위를 솔개처럼 날기도 했다.

세월이 흘러 우리 모임에도 병환으로 돌아가신 분, 갑작스런 병고로 어려움을 겪는 가족들이 생겼다. 그즈음 나는 오래전부터 관심을 가졌던 한의대에 등록을 감행키로 했다. 환경 분야에서 30여 년을 일해왔는데 은퇴 후에도 나를 찾고 이웃들에게 도움을 주는 삶을 살고 싶었다.

은퇴를 4년 앞두고 산호세에 있는 야간 한의대에 등록했다. 퇴근 후 오클랜드에서 시간 반을 걸려 수업에 들어가면 녹초가 되었다. 그러나 점점 자연과 인간이 한 소우주 안에서 치유의 길을 찾는 한의학에 심취되기 시작했다. 임상경험과 지식이 높은 교수들과 젊은 학우들의 도움도 컸다.

은퇴 후 2년 동안 풀타임으로 학교 한방병원에서 인턴 과정도 마쳤다. 햇수로 꼭 6년 만에 고령으로 졸업한 셈이다. 그리고 지난 3월 캘리포니아 한의사 시험에 응시했다. 무슨 전조였을까? 시험을 보러 남가주로 떠나는 날, 선생님의 사고 소식을 들은 것이다. 무너지는 마음으로 비행기에 올랐다.

오늘도 선생님의 병세가 별 차도가 없으시다. 그러나 다행히 어제 한의사 시험의 합격통지를 받았다. 선생님을 미력이나마 도울 수 있는 자격이 생긴 것이다. 최백호는 상실된 낭만을 노래했지만, 선생님의 건강을 되찾는 치유의 노래를 불러드리고 싶다. 하나님의 도우심과 가족들의 간호, 그리고 양방, 한방의 인술이 하나가 되어 "낭만의 회복에 대하여" 노래하고 싶다.

햇살 한 줌에도 여름은 가는데

8월의 햇살 비치는 하늘에 티 한 점 없다. 눈부신 햇빛을 올려다보니 마치 수만(數萬) 점 희고 붉은 꽃잎들이 하늘에서 쏟아지는 것 같다. 꽃보라라고 할까? 햇보라라고 부를까?

눈보라가 겨울의 숨결이라면 햇살의 꽃보라는 여름 하늘이 내리는 강복(降福) 같다. 햇보라 속에 온 몸을 따사로이 녹이고 싶다. 햇살이 꽃잎처럼 여겨지는 것은 두보의 시「곡강(曲江)」때문이다.

"꽃잎 한 점에도 봄이 가는데/ 바람에 만 점 꽃잎이 진다."

두보는 떠나가는 봄을 못내 아쉬워한다. 흘러가는 세월을 애타게 붙들고 싶다. 낙화 한 점에도 봄이 가는데, 수만 점 흩어지는 저 꽃잎 속에는 얼마나 많은 세월들이 덧없이 흘러가는가. 그 시의 영감으로 한 여름을 보내며 읊어본다.

"햇살 한 줌에도 여름은 가는데/ 바람에 만 점 햇보라가 흩어진다."

오랜만에 『버클리 문학』 저녁 글 모임 후 돌아가는 길에 선배님 부부께서 텃밭에서 기르신 상추 보따리를 건네주셨다. 집에 와서 보니 어린 상추를 차곡차곡 재어 깔끔한 통에 담으셨다. 족히 몇백 장은 될 듯한데 정성 들여 쌓기도 하셨다. 아마도 한여름 내내 키운 상추를 이웃과 나눠 먹으라고 풍성히 주신 것 같다.

상추가 입안에서 아삭아삭하다. 잎과 잎 사이에 물을 살짝 얼려 포개셨는지 며칠 후에 먹어도 신선하다. 사랑받고 있다는 행복감이 밀려든다. 선배님 부부께 아무것도 먼저 해드리지 못한 게 부끄럽다.

선배님은 한국에선 영문학을 전공한 문학도였다. 졸업 후엔 인기와 덕망을 고루 갖춘 명 교사로 수년간 고등학교에서 교편을 잡으셨다. 그리고 미국으로 이주하신 것이다. 그런데 놀랍게도 이곳에 오셔서 만학으로 캘리포니아 주립대 공대를 졸업하고 토목기술사가 되셨다. 미국 와서 보니 기술과 학위가 있어야 먹고 살 수 있기에 서른이 넘어서 불철주야 과학 기초과목부터 시작했다고 하셨다. 그러면서 후회도 많이 하고 포기의 기로에 서기도 했다고 하신다. 결국 주 정부 토양 실험실 책임자로 정년까지 20여 년간 일하시다가 은퇴를 하셨다.

그런데 어느 날엔가 지나가는 얘기처럼 하신다. "내가 뽑은 신입들 중에 실력이 모자라 진급 누락을 시킨 녀석이 나를 고소한 적이 있었소. 상급자인 내 영어에 하자가 있어 자기가 탈락됐다는 어처구니없는 주장이었지. 결국 내가 이겼지만, 그 사건을 치르면서 이민 일세가 이방 땅에서 받는 모멸감을 온몸으로 감당해야만 했었소. 어찌 생각하면 참 쓸쓸한 세월이야"

미국 직장을 수십 년 다닌 나는 선배님의 아픔이 어땠는지 잘 안다. 아무리 세월 지나도 내가 하는 미국 말엔 억센 억양이 박혀있고, 급하면 앞뒤가 어긋난 한국식 영어가 튀어나온다. 어눌하게 표현된 내 참신한 복안보다 매끄러운 토박이들의 혀로 묘사된 진부한 안이 선택될 때마다 엄습하는 자괴감. 리더의 자리에 서서도 서양인들만의 이심전심 적인 대화에서 소외되는 내 모습이 초라하고 힘겨웠다.

"말이 통하는 사람들이 그리워서 내가 은퇴를 서둘렀는지도 모르오. 물론 평생직장 덕에 자식들 공부시켰지만 내가 아닌 나를 산 세월이었던 듯싶소. 지금은 모국어로 글도 쓰고, 책도 읽고, 사색도 하고, 게다가 돌아가신 옛 고향 내 농부 아버지를 닮은 팔자걸음도 걷고 사니 나를 찾은 것 같아"

선배님은 말이 통하고 나눌 사람이 그리워서 텃밭에서 봄 종일 상추를 가꾸셨던 것이다. 꽃잎 한 점에도 봄이 가는데, 햇살 한 줌에도 여름은 가는데, 무작정 흘러가는 세월이 아까와 오늘도 누군가를 생각하며 상추를 따셨을 것이다. 그리고 한잎 한잎 켜켜이 그리움의 정을 재어 담으셨을 것이다.

5장

중국을 찾아서

북경과 만리장성

중국은 듣던 대로 풍수(feng shui 風水)의 나라였다. 북녘 산세가 높고 남쪽으로 훤히 트인 명당을 찾아 문화를 이루었다. 북방 오랑캐의 음기를 막고 남쪽으로 흐르는 양력을 뻗쳐 자연과 인간 삶의 조화를 극대화하려는 노력이었다. 북악(北岳)에 만리장성을 병풍처럼 두른 북경(北京)도 천하의 명당 터라고 했다. 몽골왕 쿠빌라이 칸이 13세기 연(燕)나라를 이곳에 세운 뒤, 명과 청조에 이르기까지 천년 도읍이 되었다.

자금성도 거대한 네모꼴 명당이었다. 남북을 잇는 축은 옛 성곽 정문인 영정문에서 북쪽 끝 종루까지 약 8km에 달했다. 그 축을 따라 천안문과 정전(正殿)인 태화전, 그리고 중화전, 보화전이 금실에 꿰인 진주 알처럼 일렬로 박혀있다. 궁들에 모두 조화(和)란 이름을 붙인 것도 풍수설에 연유한다고 했다. 모두 9천 간이나 된다는 건축물들이 좌우 대칭의 틀 속에서 정교하게 균형을 이루고 있다. 그런데 네모꼴 중앙에 놓인 용상(龍床) - 그 황금빛 옥좌는 중국이 세상의 중심이라는 중화사상의 상징처럼 빛나고 있었다.

"중국은 네모꼴 문화입니다." 가이드 유 양의 말이다. 그러고 보니 서민 전통가옥 사합원(四哈院) 역시 네모 반듯하다. 좌우 대칭인 방형(方形) 구조다. "네모꼴 문화는 질서와 위계, 원칙과 형식주의를 상징하지요. 질서와 원칙을 중시하는 바람직한 점도 있습니다. 허나 앞뒤가 꽉 막힌 형식과 체면 때문에 할 일도 제대로 못 하는 비합리주의적인 요소도 많지요. 이것은 오랜 유교의 영향입니다. 그러나 중국에는 또 하나의 종교, 노자의 도교(道敎)가 균형을 잡아준다고 볼 수 있지요."

그 말을 들으니 "중국인의 마음에는 유교와 도교가 함께 있다"라고 한 현대 중국 문학의 대가 원이뒤(聞一多)의 말이 생각난다. 중국인의 심성 속에는 권위주의적인 유교 문화와 개인적 취향과 실리를 추구하는 도교적 생각이 함께 녹아있다는 뜻이다. 유교는 엄하고 도교는 융통성이 있다. 유교가 고전주의라면 도교는 현실도피와 환상주의다. 유교는 규범으로 사람을 속박하지만 도교는 무형식으로 사람을 풀어준다. 그래서 유교가 네모꼴이면 도교는 동그라미다.

가이드 유 양은 또 이렇게 귀띔해 준다. "실제 중국인들을 대하면 처음엔 의리와 예의 등 명분을 내거는 경우를 많이 봅니다. 그러나 일이 진행될수록 철저하게 타산적인 면모가 나타나 겉과 속이 다를 때가 많지요." 중국인의 네모꼴 체면 중시와 동그라미 실리 추구의 이중적 성격을 잘 드러낸 체험담일 것이란 생각이 든다.

우리는 만리장성(萬里長城)으로 향했다. 막상 가서 보니 느낌이 확연히 다르다. 유적 순례는 그래서 직접 발로 가서 보아야 하는 답사(踏査)라 했던가! 험한 산세와 가파른 산등성이를 타고 오르는 성곽의 자태가 생각보다 훨씬 웅장하고 아름답다. 정말 긴 한 마리 용처럼 산마루를 휘돌아 올라가는 그 역동적인 모습에 숨이 막힐 정도다.

로마의 유적을 볼 때와는 또 다르다. 벽돌 한 장, 기왓장 하나하나에 동양적 친근감이 배어있다. 구불구불 만 오천리 길. 성 위는 기마병 넷이 나란히 갈 수 있을 만큼 폭이 넓고, 양쪽에서 쏜 화살이 서로 닿을 수 있는 거리마다 망루를 세웠다. 우리 일행들은 서로 등을 밀어주며 가장 높은 망루까지 숨을 몰아쉬며 오른다.

만리장성은 2천 년 동안 끊임없었던 살육과 전쟁의 역사가 남긴 자취였다. 옛 중국은 2년 반 중 평균 일 년은 전쟁이었다고 한다. 그래서 중국인들은 인생의 1/3을 전쟁에서 싸우거나, 전쟁이 없는 해엔 도성을 쌓거나 길을 닦았다고 한다. 오죽했으면 중국인을 륙민(戮民)이라고 했을까. 도륙(屠戮)에서 살아남은 백성이란 뜻이다.

수 세기 동안, 폭정과 수탈과 속임수에 시달리며 중국인들은 네모꼴도 되고 둥글기도 한 이중성을 터득했으리라. 중국인의 얼굴에서 공자와 노자를 함께 읽으며, 그들은 우리에게 웃는 친구이자 낯선 이방인이란 생각을 지울 수 없다.

서안과 병마용(兵馬俑)

K 형, 서안(西安)으로 갑니다. 옛말에 온 장안이 떠들썩하다고 했는데 그 연유를 이제야 알았습니다. 바로 서안의 옛 이름이 장안(長安)이었습니다. 중국 역사에서 가장 왕성했던 당나라 때 인구 2백만이 넘는 세계 최대의 도시였다고 합니다. 아마 지금의 뉴욕이나 런던과 같았겠지요. 당시. 신라, 일본은 물론, 아랍 유학생들까지 몰려들었던 선진문화의 중심지였다고 합니다. 그래서 서울 장안이란 합성어가 유래되었다지요.

서안으로 구름에 달 가듯이 갑니다. 2200년 전, 천하를 통일한 진시황이 천도한 고도(古都). 그 후, 한(漢)을 거쳐 당(唐)에 이르기까지 숱한 영욕의 세월을 견뎌낸 역사의 현장입니다. 그 도읍의 진면목을 들여다보기 위해 설렘과 호기심을 안고 떠납니다. 마치 불경을 찾아 먼 서역(西域)으로 떠났던 당나라 현장법사 일행처럼 제 나름대로 역사 바로 보기란 일말의 사명감까지 품고 떠납니다.

오후 늦게 서안 공항에 내렸습니다. 새로 말끔히 단장된 공항 청사는 화사한 형광판 벽 장식물들로 싱그러운 느낌이 가득했습니다. 노후한 모습을 버리고, 이제 서안은 병마용(兵馬俑) 유적으로 인해 국제 관광지로 크게 부상하고 있었습니다. 서안은 당의 멸망 후 지난 천 년간 계속 내리막길이었다지요. 그러다가 마치 신의 점지인 양 1974년 어느 농부가 밭에서 우물을 파다가 병마용을 발견했다고 합니다. 이젠 매년 150만 이상이 몰려드는 중국 관광의 메카가 되었습니다.

병마용(Terra-cotta)은 한마디로 불가사의였습니다. 진시황이 죽은 후 산 군대를 순장시키는 대신 흙을 구워 만든 인형(허수아비 俑) 군사들과 말들을 묻은 무덤입니다. 우선 그 규모가 놀랍습니다. 현재 3개의 갱만 발굴하였는데 축구장 4개를 합친 것보다 더 컸습니다. 갱에 가까이 다가가니, 선두엔 6척 장신 무사들이 가로 3열로, 그 뒤로 약 7천 병졸들이 11열 전투 종대를 이루며 창과 긴 병기를 들고 정렬해 있었습니다. 기마병, 보병, 궁병(弓兵)들과 전차들이 혼합되어 서로 독립된 단위로 배치되어 있습니다. 금방 전투에 임할 듯, 남쪽 병사는 남을, 북쪽으로 선 병사들은 북을 경계하며 서 있습니다.

병마용의 예술성은 더욱 경이로웠습니다. 그 옛날 폭군의 억압을 받던 사람들의 작품이라고 믿기 어려웠습니다. 소문대로 병사들의 표정이 각자 다릅니다. 수염과 상투 튼 모양, 허리띠, 신발조차도 각양각색입니다. 눈을 부릅뜬 자, 약간 웃는 표정, 틱을 치켜든 모양, 한결같이 살아있는 듯 섬뜩할 지경입니다. 변방 시찰 중 갑자기 죽은 진시황의 시체를 몰래 입성할 때 냄새를 감추려고 전복을 실은 수레를 뒤따르게 했다는데, 급히 장례를 치러야 했던 그 와중에도 작품의 조잡함이 조금도 없습니다.

K 형, 나는 이 조각품들을 유심히 지켜보다가 병사들 옷자락에 조그맣게 새겨진 도공(陶工)들의 이름들을 찾아내었습니다. 책임을 지우려고 강제로 이름을 써넣게 했다는 설도 있지만 믿기지 않습니다. 작품 하나하나에 마치 입김을 불어 넣듯 새겨놓은 흔적이 자긍심과 예술혼의 자국이었습니다.

나는 병마용을 바라보며 역사의 아이러니를 곱씹지 않을 수 없었습니다. 이 불후의 세계적 문화유산도 따지고 보면 세기적 폭군의 폭정의 소산이었습니다. 만약 진시황이 어질고 선한 왕이었다면 자기 사후를 위해 이런 대규모 사업을 벌여 가난한 백성들을 파탄으로 몰아갈 리가 없었겠지요. 그러나 오늘에 와서 그 폭정의 상징이 후예들을 먹여 살리는 모순을 봅니다. 그렇다면 2천 년이 지난 지금, 후예들에게 누가 폭군이고 누가 선왕입니까?

석양 무렵, 종루(鐘樓)와 고루(鼓樓)에 올랐습니다. 옛날, 낮에 종을, 밤엔 북을 쳐서 시간을 알렸다는 성곽. 이곳은 또한 멀고 먼 실크로드로 떠나는 출발지였습니다. 그런 나는 서역보다 더 먼 미국 땅에서 천

년 세월이 지난 후에 이곳에 온 셈입니다. 사실 이제 멀다는 것이 무슨 의미가 있습니까? 현장의 깨달음처럼 결국 모두 부처님 손바닥 안에 있는 좁디좁은 세상이 아니겠습니까?

계림(桂林)의 산수

서안에서 한낮에 뜬 비행기가 저녁 어스름이 되어서야 계림에 닿는다. 4천 리 길은 족히 되는 듯싶다. 속세를 버린 송나라 곽희의 산수도(山水圖)에 몸을 던지듯 계림에 빠져든다. 중국 서남단의 광서(廣西)성. 북경에서 워낙 먼 오지여서 1600년 중엽엔 명조가 만주족을 피해 피난 오기도 했고, 장개석 정부가 마지막까지 잔류하던 곳이라고 했다. 계림에 와서야 비로소 중국 산하(山河)가 사람 무리보다 승(勝)함을 느낀다. 오랜만에 마음이 편해진다.

북경과 시안에선 인간이 만든 위대한 조형미를 보았다. 그러나 계림에서는 하늘이 내린 자연미를 본다. 무릉도원에 비기는 게 과장이 아니란 생각이 든다. 당나라 시인 한유가 칭송한 계림의 산수. 그 시구를 동승(童僧)이 독경하듯 되뇌어 본다.

"강은 초록 비단 폭 같고 구릉은 청록색 옥(玉) 빗처럼 솟았어라"

계림의 산수미(山水美)는 동글동글 첩첩이 솟아오른 구릉과 맑은 강물, 깊고 신비한 동굴과 기암으로 이루어졌다. 마치 붓으로 그린 듯한 이런 황금 구도의 동양적 구릉들을 세상 어디서 볼 수 있으랴? 3억 년 전, 바다 밑에서 솟은 거대한 석회 암반을 하늘이 비바람의 조각 칼로 깎고 다듬어 놓은 것이다.

절경(絶景)은 조화미에서 나온다고 했다. 계림이 천하 절경인 것도 산과 물도 빼어나지만, 그 산수를 함께 아우르는 또 하나의 요소가 있기 때문임을 실감한다. 그것은 안개구름이었다. 물에서 피어난 운무(雲霧)는 부드러운 비단결처럼, 은은한 퉁소 소리처럼, 구릉과 계곡을 휘감아 돌며 손수 묵화를 그리고 있다.

정물(靜物)인 산수가 물안개의 흐름을 따라 살아있는 동영상이 된다. 자연이 켜는 협주곡의 공명이 계곡에서 산마루로, 다시 강변으로 긴 여운을 남기며 흘러간다. 마음을 열어 움직이는 산수화를 본다. 흰 명주 자락을 펄럭이며 물안개 속을 유영하는 천상녀의 피리 소리가 오늘 새벽에 들은 명징한 새소리 같다.

우리 일행은 장강(長江)의 지류인 리강(灕江)에 배를 띄웠다. 그리고 장장 4시간여를 첩첩 구릉들의 비경 속으로 빠져들어 갔다. 길잡이 친구가 계림의 전설을 들려준다. "옛날 천신(天神)이 수천 산과 구릉들을 남해로 몰아가고 있었습니다. 용왕을 치기 위해서였지요. 천신은 여신들의 머리카락으로 만든 단단한 채찍을 쓰고 있었습니다. 그런데 용왕을 보좌하는 상어 낭자가 그 채찍을 훔쳐 달아났지요. 천신은 산을 몰수 없게 되고, 구릉들은 꼼짝없이 그 자리에 남아 이런 경치를 이루게 되었습니다."

이 전설은 무슨 암시인가? 남자들이란 천신마저도 일만 벌여 놓을 뿐, 역사의 마무리는 결국 여자들의 몫이란 은유가 아닌가? 허나 아무렴 어떠랴. 여성미 넘치는 계림의 절경을 안겨준 상어 낭자를 누가 탓하겠는가.

유람선 곁으로 한 노인이 대나무 뗏목을 타고 천천히 지나간다. 어깨에 걸린 긴 죽장엔 부리가 긴 검은 새 두 마리가 노끈에 묶여 앉아있다. 펠리칸 보단 작고 청둥오리보다는 크다. 말로만 듣던 고기잡이 가마우지(코모란 cormorant) 새다. 목을 끈으로 조여 송사리는 삼키고 큰 고기는 주인에게 토해 놓는다고 한다. 천 년 동안 내려온 고기잡이 법이다. 그러나 요즘은 미물을 학대한다고 반대가 심해 관광객들 앞에서 묘기나 부린다고 했다.

어쩌면 우리 인생도 가마우지 같은지도 모른다는 생각이 들었다. 먹고 살기 위해 목에 평생 올가미를 걸고 산 인생. 내 삶을 산 게 아니라 남의 시선과 사회규범에 얽매어 원치 않는 묘기나 부리다가 나이를 먹는 것일까? 왜 천하의 절경인 계림에서조차 사람도 미물도 목을 조인 줄에서 자유롭지 못한 것일까?

　나는 노인과 가마우지를 사진에 담으려고 허둥대다가 아차 안경을 놓치고 말았다. 강물 속으로 서서히 빠져드는 은테 안경을 보고 안절부절못한다. 아끼던 안경이라 아쉽다. 아내가 내 등을 두드리며 말한다. "계림을 떠나기 아쉬워 심안(心眼)을 놓고 가시는지…" 그러나 안경은 과감히 목줄을 끊고 계림 강물로 뛰어든 내 분신이 아닐까?

　계림 선창에 내려 달을 쳐다보다가 오늘이 보름인 줄 알았다. 쟁반 같은 달, 강변 길을 따라 숙소로 향하다가 문득 맡은 친숙한 내음. 아! 계피 향이다. 그제야 둘러보니 보름달 속에나 있을 계수(桂樹)나무들이 버들과 함께 늘어서 있다. 아하! 그래서 계림인 것을… 새삼 무릎을 친다. 그런데 웬일일까? 계피와 보름달의 시상(詩想) 대신 낮에 강물로 뛰어든 내 분신이 자꾸 생각난다.

6장

고래를 춤추게 하라

고래를 춤추게 하라

고래의 이야기를 들어보실래요? 나는 북극에서 캘리포니아 연안을 자주 거쳐가는 험프백(humpback)입니다. 유영할 때 등이 혹처럼 굽는 다고 붙여진 이름이지요.

노래는 내 특기입니다. 자랑 같지만 바다의 성악가라고도 불리지 요. 상사병에 걸린 수컷 친구들과 짝을 찾아 애절히 부르는 사랑의 세 레나데가 주 곡목입니다. 사실 우리 고래들 사이에 가끔 신곡이 유행 하기도 하는데 얼마 전 호주의 해양학자에게 들키고 말았습니다.

우리 고래들은 춤도 잘 춥니다. 성격이 밝고 명랑한 편이지요. 나도 온몸을 공중으로 솟구쳤다가 물보라를 튀기며 낙하하는 회오리 춤을 좋아합니다. 우리들의 힘은 꼬리지느러미(fluke)에서 나오지요. 수평 으로 달려있어 상하로 움직입니다. 바다 물고기들은 지느러미가 수직 으로 달려있고 좌우로 흔들지요. 그래서 우리 고래들이 어느 물고기보다 추진력이 훨씬 강합니다.

잘 아시지만, 우리는 수염고래에 속합니다. 사납게 이빨 달린 고래들보다 비교적 몸이 크고 점잖은 편이지요. 돌고래 같은 이빨고래들은 일부다처이지만 우리 수염고래들은 일부일처를 견지합니다. 고등동물이란 자부심이 크지요. 게다가 우리들은 사냥도 지능적으로 합니다. 한 번에 1톤 정도의 크릴새우를 먹어야 하기 때문에 재빨리 맴을 돌아 만든 공기 방울을 이용합니다. 크릴들이 공기 방울과 함께 위로 뜰 때 우리들은 큰 입을 벌리고 쓸어 담지요.

이런 성향들과 지능을 보면 우리는 사람과 많이 닮았습니다. 모성애가 강한 포유동물로 새끼들을 애지중지 키우는 것도 비슷하지요. 그러나 옛날 포경선들은 새끼 고래를 먼저 잡곤 주위를 돌며 안타까이 우는 어미 고래들을 손쉽게 포획하는 잔인한 짓을 했습니다. 같이 새끼 키우며 살아가는 처지에 이런 인간들의 잔학성은 도저히 이해할 수가 없어요.

우리 수염 고래의 왕초는 이 세상에서 제일 큰 동물인 흰긴수염고래(blue whale)입니다. 몸길이 약 25미터에 무게가 100~200톤. 저보다 네댓 배나 커서 대왕고래라고도 불리지요. 보통 100세까지 삽니다. 그런데 이젠 4, 5천 마리밖에 남지 않았습니다. 기름이 많고 용연향이 있어 주 사냥감이 되었던 향유고래(sperm whale)도 19세기 초 만해도 150

여만 마리나 서식했는데 지금은 다른 고래들처럼 멸종위기에 처해있지요.

고래들이 자꾸 줄어드는 이유는 옛날엔 물론 포획이었습니다. 1962년 한해만 약 7만 마리를 죽였지요. 우리 동족들은 포경선의 작살을 수십 차례 등에 맞고 폐와 숨구멍으로 붉은 피를 분수처럼 쏟아내며 고통 속에 죽어갔습니다.

그런데 근래엔 주 먹이인 크릴새우와 플랑크톤이 빠른 속도로 바다에서 사라지는 위기를 맞고 있습니다. 해양학자들은 지구온난화 때문이라고 하지요. 바닷물의 온도가 올라가 위 아랫물이 섞이는 용승(upwelling)현상이 중단되면서 먹이사슬이 파괴된 탓이라고 합니다. 우리 고래들의 생사가 달린 매우 걱정스런 환경문제입니다.

또 하나 심각한 것은 어부들이 곳곳에 쳐놓은 어망에 얽혀 죽는 위험입니다. 제 체험담을 들어보세요. 작년 겨울, 샌프란시스코 외곽 연안을 지나다가 게잡이 어망에 걸렸습니다. 빠져 나오려고 몸부림치면 칠수록 내 몸은 자꾸 바다 밑으로 내려갔습니다. 숨을 쉬지 못해 고통이 엄청났지요. 그때 갑자기 환경 지킴이 청년들이 나타나 내 몸에 얽힌 어망을 잘라내기 시작했습니다. 위험을 무릅쓰고 나를 구출한 것이지요.

나는 가쁜 숨을 몰아쉰 뒤, 배에 탄 청년들에게 다가갔습니다. 감사의 표시로 한 사람, 한 사람 가볍게 그들의 손등을 내 입으로 다독였습니다. 2005년 12월 14일 자 『샌프란시스코 크로니클』엔 내 구조 장면과 함께 한 청년의 소감이 실려 있습니다.

"내가 어망을 험프백 고래의 입에서 잘라내는 동안 그의 눈은 사랑과 감사의 빛을 띤 채 나를 끝까지 주시하고 있었습니다. 풀려 난 고래가 다시 바다로 춤추며 가는 모습은 내가 본 가장 아름다운 포유동물의 귀향(歸鄕)이었습니다."

플라스틱 태평양

"제 이름은 무어입니다. 오십 평생 바다에서 잔뼈가 굵은 요트의 선장입니다. 재작년 여름, 우리는 LA에서 하와이까지 국제 대양경주에 참석했지요. 비록 작은 쌍동선(雙胴船)였음에도 노련한 팀워크로 입상했습니다. LA로 돌아오는 길에 우리는 호기를 부려 지름길을 택하기로 했지요."

얼마 전 캘리포니아 환경학회에 초대된 무어 선장의 생생한 체험기를 들었다.

"우리가 택한 길은 소위 북태평양 아열대 해류 지역으로 바다의 사막으로 알려져 있지요. 하와이와 본토 중간지역. 이곳은 플랑크톤도, 생선도 씨가 마르고 바람 마저 멎은 고기압 지역입니다. 워낙 수심이 깊고 바람이 약해 바닷속 영양분을 끌어올리질 못하니 큰 생물이 없습니다. 샌프란시스코 서쪽 1,000마일. 하와이 북쪽 1,000마일 해상,

그 너른 태평양 위엔 우리 쪽배만 고립무원으로 떠 있었습니다."

선장의 표정이 비장해진다. "그런데 말입니다. 바다를 내려다본 나는 악하고 소리 질렀습니다. 주위는 온통 플라스틱 쓰레기뿐이었어요. 축구공부터 레고 장난감, 여행 가방, 자동차 타이어, 주사기, 어망 등, 온갖 잡동사니들이 수평선 너머까지 둥둥 떠다니고 있었습니다. 마치 몸통만 있고 꼬리가 없는 괴물을 본 듯한 큰 충격이었지요."

무어 선장이 발견한 플라스틱 쓰레기 떠는 최고 1억 톤까지 추정한다. 텍사스주 두 배나 되는 면적에 퍼져있다. 편서풍을 타고 시계방향으로 도는 북태평양 해류를 따라 쓰레기가 섞여 돌다가 이 무풍지대에 다 모이는 것이다. 마치 큰 욕조의 배수구처럼.

이 거대한 플라스틱 쓰레기 떠는 반투명인 데다가 수면 아래 가라앉아 위성사진으로도 나타나지 않는다. 이 쓰레기의 출처는 20% 정도가 배에서 버린 것이고, 나머지는 모두 육지에서 흘러나온 것이다.

플라스틱 공해가 치명적인 이유는 어떤 박테리아도 썩히지 못하는 영구성에 있다. 플라스틱은 석유에서 추출한 고분자물질이다. 이를 유연하게 하려고 프탈레이트를, 불에 잘 견디도록 PBDE 같은 화학물질을 첨가했다. 이 첨가물들이 암을 유발한다고 속속 밝혀지고 있는 것이다. 썩지 않지만 햇볕에 오래 두면 자외선에 의해 부스러져서 먼지 같은 알갱이들로 변한다.

이 플라스틱 알갱이들은 기름 분자구조를 선호해 DDT나 PCB 같은 유해물질들을 스펀지같이 빨아들인다. 독성물질 덩어리인 것이다. 이 유해한 알갱이들을 플랑크톤이 먹고, 생선과 새들이 먹는 먹이사슬을 거쳐 결국 사람 식탁에 오른다. 바다의 플라스틱 쓰레기를 먹고 매년 100만 마리 물새들과 10만에 달하는 물개 같은 바다 포유동물들이 죽어간다는 것이 해양당국 통계이다.

1869년 천연수지 플라스틱의 발명은 인류의 쾌거로 꼽혀왔다. 존 하이엇이란 화학자가 상아(象牙) 당구공을 대체할 합성물질을 추출한 것이다. 그 후 기적의 수지인 레이온, 테플론, 폴리프로필렌 등이 잇달아 합성되었다.

값싸고, 질기고, 편리하고, 용도가 다양한 플라스틱 혁명이 일어난 것이다. 지금은 한해 물경 1,200억 톤의 플라스틱이 양산되고 있다. 거의가 일회용 제품들이다. 코끼리를 살리려는 선한 뜻이 불과 150년 만에 지구를 뒤덮는 공해로 변할 줄 아무도 몰랐다.

한 해양학자가 이런 예견을 했다. "만년쯤 후, 고고학자들이 유적을 파면 온통 플라스틱이 나올 것입니다. 이를 근거로 그들은 20세기 전후를 플라스틱 문명 시대로 규정할 것입니다. 그리곤, 플라스틱을 남

용하다가 그 독성에 유전자가 오염되어 멸망한 세대라고 결론 내릴
것입니다."

펭귄의 통곡

펭귄들이 울고 있다. 남극에서 아델리펭귄 15만 마리가 떼죽음을 당했다. 2016년 2월호 『남극 사이언스』에 난 충격적인 보도다. 세계는 지금 시리아 내전 5년째. 수십만 명이 죽고 300만 난민들이 바다로 내몰리는 참혹한 살상극 속에서 아무도 펭귄들의 울음을 듣는 이가 없다.

남극의 대표적인 펭귄은 두 종류다. 황제펭귄과 몸집이 작은 아델리펭귄. 수년 전, 뤽 작케가 만든 다큐멘터리 "펭귄들의 행진"으로 황제펭귄들의 삶이 널리 알려졌었다. 가족간의 사랑, 일부일처의 도덕성, 새끼들을 위한 희생, 냉혹한 환경에 굴하지 않는 투지, 새끼들이 크면 미련 없이 떠나 보내는 지혜 등을 과장 없이 그려 큰 화제를 모았었다.

인상적인 장면은 그들의 혹한 속의 행진이었다. 매년 번식기가 되면 은밀한 내륙 오모크까지 수천 마리가 일렬종대로 수십 마일을 걸어간다. 알을 낳으면 아비들은 어미들이 먹이를 잡아 올 두 달 동안 꼼짝 않고 지킨다. 알이 얼세라 깨질세라 발등 위에 올려놓고 아무것도 먹지 않고 기다린다. 아비들은 서로 가슴을 맞대고 둘러서서 시속 100마일이 넘는 강풍과 영하 70도의 혹한을 부리를 악물고 이겨낸다.

턱시도를 걸친 앙증맞은 아델리펭귄은 황제펭귄들과는 달리 둥지를 튼다. 늦 10월에 작은 돌들을 물어와 둥지 속에서 알을 품는다. 알이 깨면 교대로 먹이를 찾아 나선다. 잡아 온 크릴을 되새김해 새끼들을 먹인다. 자란 새끼들을 한군데 모아 탁아소(creches)를 만들어 집단 보호를 한다. 새끼는 태어난 9주쯤 후 털갈이를 한 뒤 바다로 내보낸다.

학술지 "남극 사이언스"는 아델리펭귄 15만 마리가 거대한 유빙(游氷)에 갇혀 거의 전멸했다고 보도하고 있다. B09B하고 이름 붙여진 유빙이 2010년 남극 해안의 메르츠 빙산에 충돌한 뒤 이들의 서식지 커먼웰스 만 입구를 틀어 막아버린 것이다.

B09B 빙산의 면적이 $2,900km^2$ 라니 맨해튼의 30배가 넘는다. 이때문에 아델리펭귄들은 먹이를 찾아 왕복 120km를 돌아가야 했고 서서히 개체 수가 줄어 이제는 불과 몇천 마리만 남게 되었다는 것이다.

현장보고서는 "엄청나게 많은 펭귄들의 사체가 쌓였고 특히 어린 새끼들이 많아 참혹한 광경이었다. 더 심각한 것은 이 서식지로 돌아오는 펭귄들이 없다는 사실이다. 최악의 시나리오는 20년 후면 멸종할 수 있다"고 결론짓고 있다.

왜 이런 참사가 일어났을까? 거대한 빙하는 왜 이동했을까? 다수의 과학자들은 단순한 자연재해가 아니라 심화된 지구온난화, 기후변화 등이 초래한 환경 재난의 가능성에 무게를 두고있다.

이미 2014년 "라이브 사이언스지"는 남극 빙하들의 붕괴를 심도 깊게 보고했다. NASA의 과학자들은 40년간 축적한 데이터를 토대로 거대한 서부 남극 빙하가 붕괴하는 모습을 시뮬레이션했다. 지구온난하로 야기된 붕괴가 이제는 온실가스 배출 감소와 상관없이 진행되는 돌이킬 수 없는 단계라고 경고했다. 라센A, 라센B 빙붕은 이미 1990년대와 2000년대에 떨어져 나갔다.

인간들도 때늦은 대책을 세우고 있다. 2015년 12월 파리에서 "유엔 기후변화" 정상회의가 열렸다. 오바마 전 대통령의 주도로 195개국이 역사적인 합의를 도출했다. 지구 온도를 산업혁명 때보다 최소한 섭씨 2도를 넘지않도록 목표를 세운 것이다.

그러나 세계는 미국을 믿지 못하고 있다. 1997년 체결된 "교토기후

협약"을 부시 행정부가 국익을 평계로 탈퇴한 전력이 있기 때문이다. 더구나 지구온난화를 믿지 않는 트럼프의 공화당이 실권을 잡았다. 환경학자들의 우려가 극도로 심각하다.

지구의 전쟁과 환경문제 등은 인간들이 이기주의와 탐욕을 벗어나지 못하는 한 풀지 못할 것이다. 지구인을 뭉치게 하는 건 단 한 가지, 외계인의 침략뿐일 것이다. 펭귄의 통곡은 아마도 지구를 지킬 자격이 없는 인간들의 한계를 아는 슬픔 때문인지도 모른다.

센다이의 전설

일본 도호쿠 대 지진 참사가 수 주일이 지났는데도 소식은 암울하기만 하다. 인류 역사상 4번밖에 없었다는 진도 9.0의 초 강진과 함께 후쿠시마 원전 폭발까지 겹쳐 핵 공포가 일본열도를 덮치고 있다.

참사의 중심부, 미야기 현 게센누마 시에는 쓰레기 늪 속에 쓰나미에 휩쓸려온 대형 화물선 한 척이 유령처럼 덩그러니 떠 있다. 그 기막힌 신문 사진 옆엔 "도시와 주민 모두가 사라졌다"라는 검은 활자가 가슴을 먹먹하게 한다.

게다가 TV 화면엔 연기를 내뿜으며 연신 타들어 가고 있는 원전이 불붙은 화약고처럼 보인다. 곧 핵 연료봉이 노출되고, 노심이 녹아 방사성의 대량 누출로 치닫는 재앙이 올지도 모른다고 전전긍긍하고 있다.

꼭 2년 전 나는 그곳에 있었다. 모처럼 아내와 한국방문 중에 난생처음 일본을 돌아보기로 한 것이다. 그때 첫 기착지가 센다이(仙臺)였다. 옛날 내 아버지가 지금 내 아들보다 젊었을 때 혈혈단신 현해탄을 건너 유학하던 그 땅이었다. 이젠 육십 갑자(甲子)가 돌아 내가 내 아버지의 아버지 나이가 되어 그곳을 찾은 셈이었다. 세상 인연은 돌고 돈다는 감회를 안고 떠난 여행이었다.

하늘에서 내려다본 일본 열도는 거대한 수목원 같았다. 특히 도호쿠(東北) 지방으로 올수록 초록빛이 짙어 보였다. 그 중심부에 있는 센다이는 일본의 전형적인 바닷가 전원도시였다. 하늘은 바다같이 맑고 삼나무 방풍 숲에서 불어오는 봄바람은 따스했다. 센다이는 신선들이 놀던 곳이란 말을 그 앞바다에 떠 있는 마쓰시마(松島)를 보고 실감했다.

마쓰시마는 230여 개나 되는 작은 섬들로 구성된 일본 3경의 하나라고 했다. 히로시마의 이쓰쿠시마, 교토의 아마노하시다테와 함께 수많은 시인 묵객들이 시상을 떠올리던 곳. 우리는 어선 같은 유람선을 타고 바다로 나아갔다.

사토질로 형성된 손바닥만 한 섬들은 오랜 바람에 시달려 기기묘묘한 형태로 자태를 뽐냈다. 세 아치 교각 위에 뜬 섬 안에 작은 절과 소나무가 자라고, 배 돛 같은 바위에 갈매기가 앉아있는 형상도 있었다.

그런데 지금도 선명한 기억은 내 머리 바로 위에서 시종 나를 따라 날던 갈매기 한 마리였다. 그때는 갈매기가 먹이를 따라왔을 것이라 생각했었는데, 지금 돌이켜보니 그 영물이 무언가 내게 귓속말을 하고 싶었던 게 아니었던가 하고 느껴지는 것이다.

폐허 더미에 삐죽 나온 노모의 싸늘한 손을 잡고 울음을 참는 여인의 사진을 보며, 그때 센다이에서 만났던 기념품 가게 기모노 중년 부인의 화사한 웃음을 떠올린다. 물 한 병과 주먹밥으로 연명하는 노인의 영상을 보며, 그때 센다이 린노지 사찰 식당에서 우리에게 따뜻한 우동을 정갈한 그릇에 담아 내오던 할머니의 주름진 얼굴이 생각난다. 아마도 마쓰시마의 절경과 함께 이젠 모두 쓰나미에 쓸려 갔으리라. 세상 인연이 이렇게 거꾸로 돌 수도 있을까.

지진이 나던 날, 센다이 앞바다에 떠 있던 유람선이 쓰나미에 휩쓸려 100여 명 선객들과 함께 사라졌다는 기사를 읽었다. 옛날, 우리를 태웠을지도 모를 그 통통배. 그 배의 사공이 떠올랐다. 유쾌하고 건장한 50대 어부였다.

그런데 다음날 새로운 기사가 났다. 쓰나미가 밀려올 때 10여 척 어선들은 거꾸로 쓰나미를 향해 깊은 바다로 나가 참사를 피했다는 소식이었다. 문득 내 머리 위를 날며 무언가 귓속말을 하려던 그 센다이의 갈매기가 떠올랐다.

그 영물(靈物)이 어부의 안부를 미리 알려주려 했을까? 혹은 "수심이 깊은 바다로 피하라. 그곳은 해일이 높지 않다"는 센다이 어부들의 전설을 귀띔하려 했을까?

7장

안개의 천국

가속도의 힘

골프를 친지도 벌써 10여 년이 넘었다. 그런데 주말 골프 인지라 늘지가 않는다. 나이 들면서 오히려 비거리가 줄었다. 왜 그럴까 하고 고민하던 중에 문득 옛날 배운 물리학 공식 하나가 떠올랐다. "F = ma."

뉴턴의 운동법칙이다. 즉, 힘(F)은 물체의 질량(mass)과 가속도 (acceleration)의 곱(積)에 비례한다. 결론부터 말하면, 비거리가 줄어든 게 골프공에 가속도가 붙질 않았기 때문이었다. 그저 공을 힘껏 팔 힘으로 맞추려는 일념에 임팩트 후 오히려 속도가 떨어지고, 방향은 빗나갔다.

연습장에 나갔다. 골프채가 공에 닿는 순간 가속도를 붙여보았다. 공은 평소보다 훨씬 멀리 날아갔다. 그런데 비결이 또 있었다. 가속도를 붙이려고 무작정 휘두르는 게 아니라 공을 친 후 몸이 균형을 유지할 수 있어야 했다. 가속을 내고 균형을 함께 유지하려면 몸에 힘을 빼지 않으면 불가능했다. 코치들이 어깨에 힘을 빼고 하체의 큰 근육을 쓰라는 이유를 조금이나마 실감하게 되었다. 철 늦은 깨달음이었다.

뉴턴의 운동법칙은 우리네 삶에서도 진리다. 인생길에 유연하게 가속을 붙여야 할 때 온몸에 허세가 잔뜩 들어가면 뒤 땅을 치게 마련이다. 무리한 성과주의로 남보다 빨리 가려다가 역효과를 낸 적이 얼마나 많았는가? 인생의 황금률은 기본에 충실하라는 말이 맞다.

분명히 가속도는 속도와 다르다. 이 시대의 가장 불행한 일은 속도가 인생의 궁극적인 목적인 양 항상 쫓기듯이 살아가는 것이다. 마치 빨리 운전하느라 아름다운 풍경을 놓치고 그저 목적지로만 내 달리는 운전자와 같다. 이들에게 운전은 빨리 가려는 수단 밖에 아무 의미가 없다. 그래서 인생은 피곤하다.

반면에 가속도는 목표에 정확히 착지하기 위해 적용하는 역동적인 삶의 요소이다. 서둘러 과속을 내려면 몸이 굳고 땀이 나는데, 인생의 고비마다 긴장을 풀고 유연하게 가속도를 붙이면 좀 더디 가더라도 페어웨이로 뚫린 아름다운 세상을 즐기며 살아갈 수 있다.

속도가 남을 이기려는 동물적 본능에 바탕을 둔 일차방정식이라면, 가속도는 삶의 법칙을 이해하고 기본에 충실하려는 지혜로운 인간이 푼 미적분 방정식과도 같다. 가속도는 자연스럽고, 겸허하고, 절제력

있고, 균형 잡힌 삶의 자세에서만 나온다.

지천명을 지나니 인생에선 누가 목적지에 빨리 가느냐는 별로 중요하지 않은 것 같다. 빨리 도달하면 빨리 내려오는 게 삶의 이치가 아닌가. 마흔 중반에 기업 정상에 오른 동창들이 큰 부러움을 샀는데 10년도 못 가서 명퇴한 경우가 다반사다. 반면에, 꾸준히 소임에 충실하면서 지금도 현역에서 영향력을 끼치며 사는 친구들이 더 활력이 넘쳐 보인다. 그래서 인생은 무모한 속도전이 아니라 방향이 뚜렷한 가속전이요, 억지가 아니라 자연스런 궤도에서 발휘되는 다이내믹스다.

균형 잡힌 삶을 사는 것이 내 인생 후반기의 목표이자 꿈이다. 영과 육, 음과 양, 나와 이웃, 가정과 직장, 일과 휴식에 이르기까지 한쪽으로 치우치지 않는 삶을 원한다. 겉으론 무언가 날마다 채워가듯 하나 심령은 속 빈 강정처럼 허전하고 허부한 삶은 이젠 내려놓고 싶다. 남들과 비교하면서 나의 우월감에 자족하거나, 더 잘 나가는 상대 앞에서 자괴감에 빠지는 속도전 인생은 이제 청산하고 싶다.

오히려 나의 연약함, 약점을 부끄러워하지 않고 주어진 처지에 감사하며 페어웨이로 걸어가면 비슷한 아픔으로 살아가는 사람들이 함께할 것이다. 우리는 삶에 지친 어깨에서 힘을 빼듯 욕심을 버리고 몸과 정신의 큰 근육을 써서 하루하루 성실하게 가속을 붙일 것이다. 페어웨이에 쏟아지는 햇살이 눈부시다. 굿 샷!

안개의 천국

그대는 샌프란시스코 도심으로 스미는 안개의 모습을 본 일이 있는가? 저녁 무렵, 트윈 픽 등성이를 넘어오는 안개 사단의 진군(進軍)을 바라본 적이 있는가? 금문교의 두 첨탑이 거대한 안개의 베일에 휘감겨 구름 기둥처럼 하늘을 떠가는 광경을 목도한 일이 있는가?

혹, 소살리토 언덕을 폭포처럼 쏟아지는 안개비에 흠뻑 젖어본 적이 있는가? 아니면, 버클리 산허리에서 샌프란시스코만으로 잠입하는 안개 띠의 서행(徐行)을 주시한 적이 있는가? 신데렐라같이 태가 고운 이 도시는 급류처럼 빠르게, 어떤 땐 운무처럼 느리게 흐르는 안개의 강(江) 속에 몸을 담근 채 깊은 꿈을 꾸고 있다.

샌프란시스코의 8월은 안개의 천국이다. 온 대륙이 한여름의 더위로 몸살을 앓고 있을 때, 이 태평양 변의 항구는 우윳빛 안개 속에 침잠(沈潛)한다. "내가 보낸 가장 추운 겨울은 샌프란시스코의 여름이

었다"라고 설파한 마크 트웨인의 고백은 이젠 꽤 익숙한 전설이 되었
다. 지금도 각처에서 몰려온 한여름 여행자들이 해 질 무렵 갑작스런
냉무(冷霧)의 기습에 사시나무처럼 떨며 그의 푸념을 되뇌긴 한다.

태평양 심해에서 올라온 찬 바닷물이 더운 공기와 만나 잉태된 샌
프란시스코의 안개는 비단결같이 부드러운가 하면 빙하처럼 싸늘하
다. 물과 증기, 그 어느 쪽에도 속하지 않은 이중성이 안개의 본질이
되었다. 연인처럼 부드러운 손길로 도시를 어루만지다가도 팜므파탈
처럼 차디찬 입김을 냉혹하게 뿌린다.

올여름, 나는 남도 땅 강진엘 내려갔었다. 강진은 왠지 내게 김승옥
의 「무진기행」을 떠올리게 하는 곳이다. 안개 낀 새벽에 그가 묘사한
첫머리가 떠올랐다.

> "아침에 잠자리에서 일어나 밖으로 나오면 밤 사이에 진주해 온
> 적군들처럼 안개가 무진을 빙 둘러 싸고 있는 것이다. 안개는
> 마치 이승에 한(恨)이 있어서 매일 밤 찾아오는 여귀(女鬼)가
> 뿜어 내 놓은 입김과 같았다…"
>
> — 김승옥, 「무진기행」 중에서

무진의 안개는 허무하고 음험한 느낌을 준다. 어느 평론가는 무진
의 안개가 여귀처럼 인간 내부의 끈적끈적한 일탈과 욕정의 원초적

세계를 암시한다고 했다. 진주군같은 안개 역시 불안하고 불투명한 현대인의 억압된 심리처럼 보인다. 안개라는 메타포를 통해 그것의 이중성을 서울과 고향, 과거와 현재, 순수와 타락, 인간적인 후배와 속물 친구의 대비로 묘사하고 있다.

그러나 샌프란시스코의 안개는 무진의 그것과 다르다. 오히려 모호함을 불사르고 확연히 피어오르는 예술혼이나 활기찬 낭만의 화신처럼 보인다.

그 증거가 안개 속에 휘감겨 하늘을 날아오르는 금문교의 모습이다. 붉은 금문교 교각 사이로 안개의 강이 흘러오면 첨탑 위 별들은 더 밝게 빛나고, 샌프란시스칸(San Franciscan)들은 안개와 살을 비빈 채 함께 떨고, 흐느끼고, 웃고, 노래한다. 심야의 무도회로 향하듯 안개에 취해 허공을 걷는다. 안개는 도시의 심장에 생명력을 풀무질한다.

꿈꾸는 자만이 이 도시의 안개를 설명할 수 있을 것이다. 안개 속에서 밤을 지새 본 사람만이 마법의 성으로 빨려드는 광속(光束)의 궤적을 추적할 수 있으리라. 냅힐 언덕에서 안개에 싸인 보름달을 만지려고 황급히 전차에서 내려본 사람만이 샌프란시스코에 영혼을 빼앗긴 토니 베넷의 노래를 부를 수 있을 것이다.

해리 길리엄이란 향토 작가는 시시각각 변하는 샌프란시스코 안개를 특유의 심미안으로 묘사했다. 그의 안개는 늘 동화 속에 흐른다. 상상의 나래를 펴고 안개가 주변 풍치와 어떻게 어우러지는지를 그린다.

알카트라즈 섬 위에 솟은 안개의 성(城), 금문교에 걸린 무지개 운무의 아취, 트윈 픽 언덕을 흘러내리는 안개 폭포, 캔들 스틱 공원 쪽으로 급류처럼 흘러가는 안개의 강. 그리고 베이를 가로질러 버클리 대안으로 항진하는 안개 선단(船團).

그대가 샌프란시스코에 오면 우선 먼발치에서 안개를 바라볼 일이다. 가장 아껴둔 시를 암송하며 음미할 일이다. 둥근 잔에 붉은 포도주를 가득 채운 채 안개가 급류의 강을 만들고, 혹은 천천히 성을 쌓는 모습을 주시할 일이다. 그래도 못내 그리우면 금문교에 서서 안개의 강에 발을 담그고 하늘 틈새로 명멸하는 별들을 올려다볼 일이다.

빛의 인연

페르시아에 이런 민담이 있다. 한 여행자가 좋은 향기가 나는 흙을 발견하곤 스스로에게 물었다. "아니 흙에서 어쩜 이리도 좋은 향기가 날 수 있단 말인가?" 놀랍게도 그 흙덩이가 대답했다. "나는 장미꽃과 함께 있었기 때문입니다."

장미처럼 사람 향기가 훈훈했던 하재석 형이 갑자기 타계하셨다. 나보다 6살 위였지만 십수 년 세월을 형제처럼, 친구처럼 지내던 사이였다. 지난여름, 무덥던 날, 가벼운 행장으로 수술대에 올랐는데 무엇이 잘못됐는지 홀연히 세상을 떠났다. 그와 나의 삶이 맞닿은 곳에 늘 웃음과 행복감이 컸기로 갑자기 그를 잃은 충격을 견뎌내기 어려웠다.

불과 수술 몇 시간 전까지 전화로 나눴던 그의 목소리를 기억하며 요즘 죽음과 인연에 대해 생각하는 시간이 늘었다. 형의 마음은 크고 따뜻했다. 우연히 만난 나와의 인연을 오랜 세월 끈끈한 우애로 키워 왔다. 그런데 나는 그에게 어떤 인연이었을까. 빛이었을까, 혹시 빛을 가리는 그림자였을까.

하 형은 나와 다른 배경에서 성장한 자수(自手)형 사업가였다. 목포에서 7형제 중 쉰둥이 막내로 태어났다. 가족 사랑을 독차지했지만 넉넉지 못한 가세로 일찍 자신의 길을 찾아 나섰다. 상경해서 그는 봉제 기술을 배웠다. 남다른 눈썰미와 디자인 감각, 그리고 사업수완으로 금세 자립하기 시작했다.

20대 중반에 미국으로 건너온 그는 캠핑 아웃도어 의상과 고급 오리털 침낭 등을 제조했다. 미국의 브랜드 회사들을 찾아다니며 본인 제품의 우수한 재질과 방수력, 세심한 봉재술, 세련된 디자인, 그리고 가격 경쟁력 등을 손짓 발짓으로 설득했다. 첨엔 고전했지만 점점 그의 성실성과 품질을 인정한 회사들이 계약을 제의해 오기 시작했다. 그즈음 만난 아내와 결혼한 후에 그의 사업은 날로 성장해갔다.

그의 아내는 집사람과 미술대학 선후배 사이다. 부부동반 동창 모임에서 만났는데 우리는 금세 친해졌다. 나는 그의 통 크고 소탈한 인품에 끌렸고 그는 다양한 취미로 열심히 살아가는 내가 별나다고 좋아했다. 이민 사회에서 속마음을 털어놓을 친구를 비로소 만난 셈이었다.

그와 나는 서로 대칭점에 서 있었다. 그의 아내는 그를 돌 더미에서 찾은 금강석이라고 진지하게 말했다. 나는 금강석인 줄 알고 샀는데 그냥 잡석이었다고 아내가 농담 반으로 말했다. 매사에 사업가적 판단이 빠르고 추진력이 있던 그를 나는 "하고 보자"로 불렀다. 신중하다 못해 우유부단한 나를 그는 "두고 보자"로 놀렸다.

그는 사업하다 어려움을 겪는 친구들에게 큰돈도 선선히 빌려주고, 그들 간에 불화가 있으면 중재해서 풀어주었다. 또, 아웃도어 삶을 좋아하던 그는 베델 아일랜드 델타에 25피트 요트를 매어놓고 자주 친구들을 초대했다. 이민 생활에 지친 우리들은 부자들만 타는 줄 알았던 요트에서 낚시도 하고 강바람도 쐬며 시름을 풀곤 했다. 크고 푸짐한 모임은 항상 그가 베풀었다.

넉넉한 인간미를 더욱 생각나게 하는 것이 그의 구수한 노랫가락이다. 앞치마를 두르고 삼겹살을 구우며 '충청도 아줌마'를, 하늘을 바라보다가 조용필의 '허공'을 구성지게 불렀다. 사람들은 모두 그의 팬이 되었다.

생각하면 하 형과 선연(善緣)을 맺은 건 복이었다. 누군가 첫 만남은 하늘이 준 인연이고, 그다음부턴 스스로 만드는 인연이라고 했다. 그래서 만남의 책임은 하늘에 있고 관계의 책임은 사람에게 있다는 옛말에 공감한다.

얼마 전 폴 마이어의 글을 읽으며 그의 삶과 죽음, 인연을 생각했다. "바람을 멈출 수 있는가? 없다. 하지만 풍차를 돌려 빛을 만들 수 있다. 파도를 멈출 수 있는가? 없다. 하지만 등대 빛을 비춰 배를 구할 수 있다."

바람과 파도처럼 멈출 수 없는 것이 죽음이라면, 삶이란 불가항력을 빛의 인연으로 바꾸는 것이리라. 그래서 죽음은 조물주의 뜻이지만 풍차를 돌리는 일은 살아있는 내 몫일 것이다.

하 형은 멋진 삶을 살다가 어느 날 바람처럼 찾아온 죽음마저도 빛의 인연으로 환하게 불 밝히고 가셨다. 적어도 나는 그와 이웃들의 빛을 가리는 그림자가 되선 안 되겠다는 생각을 한다. 그래서 오늘도 풍차를 돌려야 한다.

하 형의 어진 미소가 보고싶다.

내 마음의 풍경

사라토가 이지스 갤러리(Aegis Gallery of Fine Art) 하얀 벽면에 아내의 그림들이 옹기종기 걸려있다. 아내가 웃으며 관람객들을 맞는다. 대학 졸업전(卒業展)후 30여 년 만에 처음 여는 유화 개인전. 애초 미국 올 때는 그림공부를 계속하는 게 꿈이었다. 그러나 가난한 유학생 남편을 뒷바라지하느라 때를 놓쳤다. 그 뒤론 각박한 이민 살림을 꾸려가며 화가의 꿈도 접은 셈이었다.

꿈을 꿉니다/ 나는 늘 풍경 한가운데 서 있습니다
따뜻한 엄마 품 같습니다.

아내가 쓴 초대장의 첫 연이다. 꿈을 포기한 줄 알았는데 엄마 품같이 그리웠던 그림을 다시 그리게 돼 감사하다는 고백에 마음이 저리다. 아내의 대학 동기 중에는 몇 번씩 국내외 유명 화랑에서 전시회를 연 중견 화가들이 여럿 된다. 그들의 활동 기사를 볼 때마다 조촐한 개인전도 못 열어준 게 늘 마음에 걸렸다. 여류화가들엔 외조가 필수라는 데 재주가 없어 그림 틀도 제대로 짜 주질 못했다.

아내의 그림은 거의 풍경화다. 편안하고 따뜻하다. 그리고 멀리 바라볼 수 있어 시원하다. 높은 산에 오르면 멀리 본다는데 아내가 그린 풍경화를 보면 정말 가슴이 훤히 뚫린다. 학생 때는 추세 탓이었는지 난해한 추상 쪽이었는데 미국에 살면서 큰 풍광의 아름다움이나 작은 정원의 들꽃, 그리고 비어있는 벤치가 그녀의 오브제다.

산들바람 부는 들판과 흐드러지게 핀 꽃들의 흔들림
부드럽게 굴러가는 구릉과 맞닿은 하늘가에 피어오르는 뭉게구름
홍시처럼 붉게 익는 황혼을 바라볼 때 나는 행복합니다…

아내가 행복을 느끼는 건 사람보다 자연이란 고백에 수긍이 간다. 수십 년 간 이민 생활하며 교회 등지에서 만났던 별난 사람들 때문에 마음에 상처가 쌓인 탓이 아닌가 하는 생각이 들기도 한다. 허나 남 탓할 주제도 못 된다. 직장 일로, 만학으로, 취미생활로 늘 바깥으로 나도는 남편 때문에 홀로 외롭게 갱년기의 긴 터널을 지나면서 그림에 더욱 집착한 게 사실일 것이다.

그런데 유독 풍경화를 좋아하는 건 아내의 심성 탓이기도 하다. 순전한 신앙을 할머니 때부터 물려받은 아내는 자연 속에서 조물주의

손길을 가까이 느끼고 있음을 자주 본다. 산책이나 하이킹을 나가면 아내는 푸른 하늘에 떠가는 구름을 올려다보느라 늘 뒤처진다. 휴가를 가서도 곁에 사람들보다 홍시 빛 황혼을 하염없이 바라보고 있다. 그리고 집에 돌아오면 만사를 제쳐놓고 화폭에 그 잔상을 담곤 했다.

"모네도 40여 년 간 연못과 정원을 그렸어요. 파리를 떠나 시골 지베르니에 칩거하면서 250여 점의 풍경화를 남겼대요." 아내는 모네의 그림 '수련'을 확대해 화실 벽에 걸어두고 있다.

모네는 연못 가에 이젤을 여럿 세워놓고 햇빛에 예민하게 반응하는 물결과 색채를 그렸다고 한다. 나도 자주 '수련'을 대하다 보니 그림 속에 바깥세상, 물에 비친 세상, 그리고 연꽃이 물밑으로 스며든 그림자의 무한 세상이 공존하는 듯하다. 마치 소우주를 담은 듯이…

아내는 모네의 그림에서 받은 영감으로 조물주의 대우주을 찾고 싶어하는 듯하다. 외롭고 힘든 이민생활 중에 자아를 확인하고, 조물주의 임재를 담으려고 애쓴 풍경화가 세월 가면서 작은 화실을 그득히 메우기 시작했다.

넌지시 전시회이야기를 꺼내면 손사래를 쳤다. "아직 멀었어요. 그림 속에 내가 찾은 세상이 보일 때까지… 모네는 노년엔 시력이 나빠지면서 점점 더 연못 가까이 갔대요. 자연히 위에서 내려다보게 돼 수면 자체가 화면이 되었다는데…" 아내도 나이 들면서 남들이 못보는 걸 화폭에 담고 싶어하는 눈치다.

그러던 차에 아내는 미국화단에서도 활발히 활동하고 있는 후배들을 만났다. 해연, 진이, 영희 후배들이 사라토가의 예쁜 화랑을 소개하고 자신들 일처럼 전시회를 주선해 주었다. 아내가 홀로 몇 년간 그린 자연의 그림들은 고마운 사람들의 도움으로 빛을 보게 된 것이다.

아내의 풍경화 원근 구도의 소실점엔 꼭 빈 벤치가 놓여있다. 소실점은 화면의 중심에 시선이 집중 소멸되는 곳이다. 빈 벤치는 조물주를 바라보며 기도하는 자리라고 아내가 설명한다. 그러나 나는 왠지 외로웠던 그녀의 빈 마음자리처럼 보인다.

그 벤치에 아내를 도와준 사람들을 초대하고 싶다. 흐르는 구름과 붉은 황혼을 바라보며 아내가 "내 마음의 풍경"을 찾아가기를 기원한다.

인간의 자격

몇 년 전, '남자의 자격'이란 한국 TV 프로가 인기였다. 훌륭한 남자가 갖춰야 할 자격을 말하는 줄 알고 보았다. 그런데 구성이 좀 다르다. 남자가 죽기 전에 꼭 해보고 싶은 일들을 모아 인기 연예인들이 함께 체험하는 프로로 꾸며졌다. 일종의 한국식 '버킷리스트'인 셈이다.

'남격'이란 줄임말로 통했던 이 예능 프로의 하이라이트는 합창 무대였다. 눈이 부리부리한 카리스마 넘치는 박칼린의 지휘아래 수개월 간 뼈를 깎는 고난도 연습 과정을 다큐멘터리로 담았다. 그리고 전국 경연 무대에서 프로보다 멋진 합창으로 대미를 장식했다. 가슴 뭉클한 장면이었다.

나도 70여 명 되는 합창단을 7년간 이끌어보아 그 연습 과정의 어려움을 잘 안다. 3년 전에 암으로 세상 떠난 의사 김종대 형(이하 닥터 김)과 함께 "북가주 자선 합창단'을 이끌었다. 돌이켜보면 창설 동기가 '인간의 자격'이었다는 생각이 든다.

닥터 김은 합창 예술에 남다른 애착, 추진력 넘치는 리더쉽, 비즈니스 마인드와 함께 희생적인 심성을 지녔었다. 그는 이민 와서 중장년의 고비를 넘어가는 우리 한인 이민 일세들이 죽기 전에 꼭 함께해야 할 가치 있는 일로 합창을 꼽았다. 오랫동안 서로 이웃 교회에서 성가대를 이끌었던 우리는 뜻이 통했다. 그는 이사장으로 자선 모금 등 외부 사업을, 나는 단장으로 대원 관리 등 내부 일을 분담하기로 했다.

창단하는 날, 수많은 참가자들로 강당이 그득 찼다. 닥터 김의 예상대로 가치 있고 재미있는 합창에 사람들은 목말라 있었다. 한국말이 유창하고 합창 음악에 정평이 나 있던 미국인 민기만 음악 목사와 정통 발성 훈련으로 합창단의 격을 높여준 소프라노 백효정씨가 지휘자 팀으로 합류, 매주 강도높은 훈련을 쌓았다.

나중엔 근처 산호세지역에도 자선 합창단 지부를 세워 100여 명이 넘는 매머드 합창단으로 공연을 열었다. 음악회엔 인종과 장르를 넘어 저명한 솔리스트들과 다양한 연주가들을 초청했다. 닥터 김은 기발한 연출력을 발휘, 이전 교포사회에서 보지 못하던 팝페라 콘서트를 선보였다. 그리고 크리스마스 전후에는 청중들과 함께 즐기는 축제 같은 합창제도 열었다

그 세월 동안 우리 이민자들은 고품격의 성가와 명곡들을 마음껏 배우고 부를 수 있어서 행복했다. 대부분 단원들은 소규모 가업에 시달리고 고생을 해도 합창 연습만큼은 꼭 참석해 노래하며 잃어버린 자아를 찾아갔다. 그리고 우리들의 이웃들인 청중들은 가슴을 열고 아낌없는 박수를 보내주었다.

닥터 김의 궁극적인 꿈은 합창을 통해 자선사업을 하는 것이었다. 부유한 가정에서 자라나 평생 의사로 살면서 자신이 받은 축복을 불우한 사람들에게 나눠야겠다는 남다른 사명감이 있었다. 합창단의 이름도 자선이 목적임을 밝혔다. 창단 첫해부터 우리 주위에 있는 홈 리스 센터, 푸드 뱅크, 불우아동 모임, 미혼모 돕기 협회, 암 환우회, 장애인 모임 등, 도움이 필요한 어느 곳에나 자선금을 전했다. 노인 봉사회에는 피아노도 기증했다.

매년 자선금은 합창제 수입과 단원들의 지원을 기본으로 했다. 그리고 많은 동포들이 참여하는 자선이 되길 바랐던 그는 부지런히 뛰어다니며 유지들을 설득해 찬조금을 모았다. 그러나 그중 큰 금액은 닥터 김의 사재를 기부한 것이었다.

그 결과, 7년여 동안 불우 이웃 단체들과 선교지에 "북가주 자선 합창단"의 이름으로 30여만 불이나 기부하게 되었다.

그런데 하늘은 무심하게도 선하고 할 일 많은 사람을 먼저 데려 가셨다. 매사에 활력이 넘치던 닥터 김이 어느 날 갑자기 간암 판정을 받은 것이다. 우리들의 놀라움과 슬픔은 말할 수 없이 컸으나 정작 당신은 담담하게 집안 내력이라고 받아드렸다. 그는 아무 일 없는 듯이 열심히 합창단 일을 돌보고 자선금을 모았다. 마지막까지 "사과나무를 심는 마음으로" 살아갔다.

수개월 후, 뼈만 남은 앙상한 모습으로 합창단원의 결혼식에 참가한 것을 마지막으로 그는 떠났다. 사람과 하늘을 우러러 한 점 부끄럼 없이 살아온 "인간의 자격"이 어떤 모습인지 몸소 보여주고 떠났다.

영웅의 조건

2009년 1월 15일, US 에어웨이 1549번기는 155명의 승객을 싣고 뉴욕 라과디아 공항을 이륙했다. 그런데 이륙 직후 양쪽 엔진이 꺼지고 말았다. 철새 떼가 빨려든 것이다. 고도 불과 3천 피트. 눈 아래 성냥갑 같은 브롱크스의 집들이 빽빽이 보인다.

조종사 체슬리 설렌버거는 관제탑에 메이데이를 반복한다. 평정심을 되찾으며 재빨리 머릿속에 비상수칙들을 떠올린다. 조종간을 잡고 양 날개를 평평히 유지하며 활공한다. 자칫 날개가 한쪽으로 기울어지면 85톤 에어버스 A-320 여객기는 어디로 곤두박질칠지 모른다.

관제탑은 다급하게 인근 비행장에 착륙하길 권한다. 그러나 조종사는 순간적으로 허드슨 강에 착륙하기로 결심한다. "비행 고도가 너무 낮아요, 속도도 자꾸 떨어집니다. 그리고 마천루들과 충돌 가능성도 너무 큽니다." 연이어 인터폰으로 승객들에게 수면 비상 착륙을 침착하게 알린다.

조종사는 허드슨 강 하류 쪽으로 기수를 돌린다. 거의 직각으로 조종간을 틀어야 한다. 눈앞에 조지 워싱턴 다리가 나타난다. 첫 난관이다. 맨해튼과 뉴저지를 잇는 이 다리는 매일 30만대 차량이 통과하는 주도로로 수면 위 높이가 300미터나 된다. 날개를 평형으로 유지하며 간신히 넘는다. 그러자 크고 작은 페리 보트들이 오가는 허드슨 강 유역이 보인다.

수면 착륙의 위험을 조종사는 잘 안다. 제일 중요한 건 비행기를 연착륙시켜 동체 파열이나 침수를 막는 것이다. 그러기 위해 비행 속력을 줄여야 한다. 그런데 너무 저속일 땐 추락한다. 만약 한쪽 날개 끝이 물에 먼저 부딪히면 비행기는 전복되고 만다. 기수 각도를 활주로 착륙 때보다 더 높인 채 사뿐히 안착해야 한다.

안착해도 강 위의 배와 충돌하면 폭발한다. 모든 게 수포다. 가능한 한 강 안쪽에 착륙, 구조대의 도움을 신속히 받는 것도 필수적이다. 영하의 추위 속에 언 강에 빠진 승객들의 구조는 촌각을 다툰다. 그는 순간적으로 맨해튼 페리 선착장 앞을 착륙지로 잡는다.

심호흡을 한다. 지난 29년간 매일 반복했던 연착륙 비행술과 비상책을 머릿속에 되뇌어 본다. 불안감과 최악의 추락 장면이 언뜻언뜻

떠오르는 걸 마음에서 깨끗이 지워낸다. 나는 미 공사(空士) 동기 중 최고의 탑건으로 뽑히지 않았던가. 그리고 조종사들에게 안전수칙을 가르쳐 온 항공 재난 전문가가 아닌가!

검푸른 강물이 눈앞에 급히 다가온다. 50미터, 30미터, 10미터… 꽈당 꽈과광! 물과 충돌하는 동체 옆으로 물보라가 거세게 인다. 양 날개 엔진이 튕겨 나가는 엄청난 충격이 온 몸을 강타한다. 안간힘을 써서 조종간을 움켜쥔다. 다행이 눈앞에 배들이 없다. 주여 감사합니다. 안도의 숨을 내쉴 틈도 없이 인터폰으로 승무원들과 승객들에게 비상 대피를 명한다.

심호흡을 다시 한다. 동체는 물 위에 떠 있다. 승객들에게 양 날개 위로 한 사람씩 빠져나가 서서 구조를 기다리라고 명한다. 추위에 떨지만 생존의 기쁨과 조종사에 대한 감사로 박수가 터져 나온다. 조종사는 기체 안을 두 번씩이나 꼼꼼히 살핀 뒤 비로소 비상구를 나선다.

한 사람의 희생자 없이 전원 구조된 이 세기적 항공 재난 사건은 "허드슨 강의 기적"으로 미 전역은 물론 온 세계에 알려졌다. 노련하고 대담한 대응책을 발휘한 조종사, 설렌버거는 매스컴에서 영웅적 각광을 받았다.

그런데 깜짝 놀랄 일은 이 영웅이 댄빌이란 소도시, 우리 동네 한 블록 건너 사는 이웃이란 사실이다. 사건 후 한 달쯤 지난 뒤, 댄빌 시에서는 성대한 시민 환영회가 열렸다. 성조기를 나부끼며 2천여 명이나 모인 열 띈 자리에서 반백에 노련한 신사의 풍모를 풍기는 그는 겸손한 어조로 짤막하게 답례했다.

"저는 영웅이 아닙니다. 오직 훈련받은 대로 했을 뿐입니다. 저는 지난 29년간 매일 비행과 안전수칙을 반복했습니다. 어떤 땐 시간 낭비란 생각도 들었지요. 남의 생명을 살리려는 사람들에게 책임감과 희생정신이 중요합니다. 그러나 실제 생존의 확률을 높여 주는 건 훈련입니다. 난관 앞에서 품위(grace under pressure)는 오직 훈련받은 사람에게서만 나옵니다."

2016년 여말, 이 실화는 그의 애칭, 〈설리(Sully)〉라는 이름으로 영화화되었다. 유명배우, 톰 행크스가 주연을 맡아 긴박감 넘치는 인간승리의 드라마를 펼쳐냈다.

8장

2세들의
내일을 위하여

2세들의 내일을 위하여

백인(白人) 사고의 중심은 우리보다는 '나 자신'이다. 사람보다는 일을, 관계보다는 일의 성취를 더 중히 여긴다. 그들은 구체적인 목표를 세우고, 그 성공을 숫자와 양으로 잰다. 눈에 보이고 손에 잡혀야 효율성이 있다고 믿는다.

그래서 백인들은 뉴턴의 이분법저 논리에 익숙하다. 성공이냐 실패냐, 내 편 아니면 적이다. 승자가 다 갖는 올 오어 낫싱(all or nothing) 주의다. 중간에 대한 이해나 배려가 없다.

이렇게 원인과 결과의 논리에 익숙한 백인들의 사고는 항상 단계적으로 나아가야 한다. 작은 것에서 큰 것으로 나아간다. 큰 것과 작은 것을 한꺼번에 보지 못한다. 그래서 그들의 사고방식은 일차방정식처럼 직선적이고 연속적이다. 포드가 구상한 자동차 어셈블리 라인이 좋은 예다.

흑인과 라티노들의 최고 가치는 인간관계에 있다. 내가 아니라 '우리'가 더 중요하다. 일의 성취는 뒷전이다. 그래서 성공은 백인들처럼 숫자나 양으로 재는 게 아니라, 서로 리듬감이 통하는 관계성을 이루는 데 있다. 백인들에 비해 가시적인 성과엔 소홀하나 인간적이고 유기적이다.

흑인들과 라티노들은 백인들처럼 직선적인 사고가 아니라, 관계의 중간 중간에 놓인 중요한 시점(critical path)마다 서로 교감을 통한다. 따라서 이들은 인간관계와 영적 체험의 공유를 소중히 여긴다. 백인들에 비해 훨씬 감성적이고 영성(靈性)이 풍부하다. 리듬과 뜨거운 합창이 넘치는 흑인들의 교회가 살아있는 예이다.

아시안들은 나 개인보다 그들이 속한 단체나 회사, 또는 나라의 성공을 더 중히 여긴다. 이들은 자기가 속한 그룹의 성공과 융화에 몸바친다. 영원한 해병과 삼성맨이 나 자신보다 더 자랑스럽다. 그것은 그룹에의 소속감을 통해 자신의 정체성을 찾기 때문이다. 그래서 지연과 학연에 얽혀 살아간다. 아시안들에겐 인간 관계의 성공과 단체를 위한 일의 성취가 둘 다 중요하다.

아시안들은 작은 것과 큰 그림을 함께 보는 능력을 타고났다. 그들은 상형문자인 한자(漢字)를 읽을 때 낱 획과 전체 글을 함께 보거나, 모음과 자음이 한데 어우러진 한글의 낱말을 익혀왔기 때문이다. 그들의 인식 방법은 백인들처럼 직선적이 아니고, 주기적(cyclic)이고 윤회 적이다. 모든 사물은 서로 연결되고 회전함으로 음양의 조화를 이루는 게 가장 중요하다고 보는 것이다. 아시안들은 인간관계에서 포용적이고 자연에 순응적이다.

다민족 미국사회에서 40여 년을 살아왔다. 다양한 인종들과 같은 직장에서 함께 일하며, 또 이웃하고 살며 느꼈던 특성들을 나름대로 뇌리에 정리해 두었었다. 그런데 얼마 전 읽은 사회 심리학자 에드윈 니콜스의 인종 분석과 거의 일치해 크게 고무되었다. 단지 그의 글에 인종 간의 특성이 생겨난 배경에 대한 고찰이 없어 아쉬웠지만 정곡을 찌르는 인종에 대한 통찰력에 많이 공감했다. 그의 지론은 다양한 인종 간의 특성을 잘 살려 미국을 더 살기 좋은 나라로 만들자는 것이다.

최근에 『샌프란시스코 크로니클』 기자가 아시안 특집을 위해 인물들을 찾았다. 미국사회에 어필하는 젊은 아시안들 중에는 한국인 2세들이 많더라고 피력하였다. 타 아시안들에 비해 훨씬 역동적이고 진취적이더라는 것이다. 아마도 세계적인 선풍을 몰아온 싸이나 빅뱅, 지 드래곤같은 K팝 아이돌이 펼치는 젊은 한국인들의 끼와 창조력을 보며 느낀 감정이었는지도 모른다.

미국에서 자라난 한인 2세들 중에 아시아인 최초로 아이비리그 대학의 총장이었고, 세계은행 총재가 된 김용 씨나, 예일대 법대 학장인 고홍주 씨 등이 잘 알려졌다. 그런데 나는 수년 전 미국 CBS의 유명한 서바이벌게임에서 권율 군이 우승했을 때 한인 2세들의 큰 가능성을 보았었다. 그는 두뇌와 체력과 관계성의 치열한 대결에서 남들을 밀치고 이긴 게 아니라 팀을 도와 가며 이긴 것이다. 그래서 그는 경쟁자들로부터 대부(Godfather)라는 별명을 얻었다. 논리적 사고와 인간적 포용력을 함께 지녔다는 찬사였다.

앞으로 계속 우수하고 실천력 강하고, 마음 따뜻한 지도자들이 한인 2세들에게서 많이 나올 것이다. 미국의 모든 분야에서 "강남 스타일"을 능가하는 "코리안 스타일"의 돌풍이 불 날을 기대한다.

섀스타에서 별을 보다

섀스타 산(Mt. Shasta)에 올랐다. 두 아들과 근 5년 만의 산행이다. 슬하를 떠난 지 수년째, 그들 청춘의 삶도 바쁘고 고달파 인근에 살아도 좀체 만나기가 힘들다. 옛적엔 배낭 꾸려 곧잘 인근 산엘 올랐는데 아련한 그리움으로 남았었다.

그러던 중, 큰아이가 수련의 3년 만에 두세 수 아프리카 케냐에 의료 봉사할 기회를 얻었다. 짬을 내어 최고봉 킬리만자로에도 오른다고 한다. 형제가 합작해 큰 아이의 섀스타 고산 훈련 계획을 세웠다. 나도 큰맘 먹고 훈련 등정에 짐꾼으로 합류키로 한다.

북미대륙의 정상은 알래스카의 맥킨리(6,194m). 그 다음이 캘리포니아 시에라 산맥의 휘트니(4,421m)다. 험산 준령 들이다. 그 다음이 섀스타(4,322m)산인데 북 캘리포니아 연안에선 단연 빼어나다. 만년설로 덮인 고산이지만 아마추어들에게 비교적 관대하고 가까워 훈련

코스로 정했다.

일과를 마치고 오후 늦게 섀스타로 향한다. 아들 둘을 앞세우고 떠나는 여정의 뿌듯함이 밀려온다. 그것은 자식들이 장성해 제 앞길을 열심히 헤쳐나가고 있다는 데 대한 감사함일 것이다. 또한 이제 아비의 역할을 벗고, 그들을 돕는 짐꾼이 된 사실에 대한 안도감일지도 모른다.

새벽 2시경 도착한 산자락 초입. 자연의 뜨락에 들어서니 도시 소음이 멎고 산의 숨소리가 들린다. 참 오랫동안 잊고 살아온 자연의 품이다. 버니 플렛(2,600m)에 정차해 잠시 눈을 붙이고 약속된 가이드를 만났다. 알파인 등반 요령과 주의사항을 들었다.

우리가 택한 7월 초순이 섀스타 등반의 적기라고 한다. 8월만 돼도 눈이 녹아 낙석 사태가 잦다는 것이다. 더 큰 위험은 기후변화. 산이 깊고, 표고가 3,000m 이상 솟아 낙뢰를 동반한 폭풍우나 시계 제로의 눈보라가 쉬 몰아친다고 했다. 매 300m마다 기온이 3도씩 떨어진다니 정상은 한여름에도 극지나 다름없다.

우리는 정상까지 아발란치 코스를 택했다. 40파운드 배낭을 각자 지고 헬렌 호수(3,400m)까지 올라 일박하기로 한다. 침엽수림이 2,800m쯤에서 끝나고 경사가 심한 돌밭이 나타났다. 가쁜 숨을 몰아쉬고 끙끙대며 오르니 얼음과 눈 더미들이 듬성듬성 보인다.

석양 무렵, 꽁꽁 언 헬렌 호수에 도착, 텐트를 쳤다. 눈을 녹여 차를 끓인다. 따뜻한 차 한 모금이 가슴을 훈훈히 덥혀준다. 비로소 내가 산의 품에 안식한다는 실감이 난다. 두 아들과 손을 서로 잡고 기도한다. 깊은 산의 품 안에선 사람의 정도 더 끈끈해지는 듯하다. 자연의 기(氣)가 세속에 찌든 내 속을 씻어주기 때문일지도 모른다.

일찍 침낭에 누워 올려다보는 무공해 밤하늘. 별들이 모두 나와 반기듯 내 이마로 쏟아진다. 성미 급한 꼬리별 두엇이 섬광처럼 사라진다. 평지에선 겨울에나 보는 오리온 좌도 손끝에 닿을 듯하다. 눈을 감는다. 청정 호수 속에 뛰노는 숭어들이 가슴에서 뛴다. 코끝에 솔 내도 향긋하다. 닫혔던 육체와 마음의 빗장이 열린다. 온몸에 스미는 부드러우면서도 강인한 자연의 기운. 조물주의 사랑일 것이다.

새벽 3시. 스파이크 등산화를 신고 칠흑 같은 산길을 오른다. 굴뚝바위에 도달하니 동이 훤하다. 얼음 경사가 25도나 되고 산소가 엷어져 숨이 가쁘다. 모두 밧줄에 몸을 묶고 일렬로 오른다. 열 자국마다 쉬며 숨을 고른다. 거의 절벽 같은 45도 경사면에 이른다. 빙하가 녹아 무릎까지 빠지다가 음지에선 꽁꽁 얼어 미끄럽다. 아들의 발자국을 따라 극도로 긴장하며 움직인다. 옛날 ROTC 유격 훈련이 생각난다. 그러나 정상이 코앞이다.

"아, 앗!" 누군가 갑자기 외마디 소리를 질렀다. 별안간 돌발사태가

난 것이다. 우리 앞의 백인 등산객 3명이 하산 중 로프에 묶인 채 한데 굴러떨어졌다. 맨 뒤 그들 가이드가 다리를 움켜잡고 저 밑에 고통스런 모습으로 뒹굴고 있다. 다리가 부러진 듯하다. 손과 등에서 진땀이 난다.

무의식적으로 큰아이를 쳐다본다. 그는 두말없이 우리의 로프에서 자기 몸을 푼다. 그리고 위태로운 급경사 빙판을 기어서 부상자 곁으로 다가간다. 마치 아기가 내 탯줄에서 떨어져 가듯 불안하고 안쓰럽다. 그러나 햇병아리 의사의 표정은 의연하다. 마치 딴 사람을 보는 것 같다.

큰아들은 저녁 7시가 넘어서야 베이스 캠프로 돌아왔다. 조난 응급조치를 취하고 몇 시간 함께 구조 헬기를 기다려 대피시킨 후 하산했다고 한다. 정상을 포기했지만 임무를 다한 의무병처럼 얼굴이 상기되어 있다. 넓적한 아들의 등을 쓸어준다.

어젯밤, 긴 꼬리를 폭죽처럼 뿌리며 쏟아지던 그 유성들이 다시 보고 싶다. 하늘의 전령사 같던 별들을 섀스타 산정에서 두 아들과 다시 만나고 싶다.

넌 어느 별에서 왔니?

주희야. 이제 막 들어간 대학 공부가 힘들지? 방과 후, 매일 예닐곱 시간씩 인근 동물농장에 가서 실험도 돕고 힘든 잡역도 하면서 학비를 번다는 이야기도 들었다. 엊저녁, 어느 연속극 얘기를 듣다가 문득 네 생각이 났는데 네 착한 행실을 떠올리는 멋진 제목 탓인 듯하다. '넌 어느 별에서 왔니?'

너를 처음 안게 10년쯤 전이던가? 신문에 난 요세미티 문학수련회 광고를 보고 중학생 꼬마였던 네가 엄마 대신 참석 신청을 했었다. 그때 네 어머니가 글 나눔 시간에 네 편지를 읽어 주었었지. 당시 많이 아팠던 엄마를 쉬게 하느라 네가 등을 떼밀어 보냈다고 했다. 책 사라고 편지 속에 20불 두 장까지 꼬깃꼬깃 넣어서… "미국 와서 하루도 쉴 틈 없이 일만 하신 우리 엄마. 모처럼 좋아하는 글 쓰며 푹 쉬다 오세요."

그 뒤, 그 인연으로 너희 가족들이 우리 교회 집회에 참석했었지. 거기서 고 조현진 선교사님 이야기를 들었다. 그는 가족들과 함께 먼 서아프리카의 사막, 나미비아 원주민들과 십수 년을 함께 살다가 하늘나라 가신 분이셨다.

주희야. 세상엔 힘들어도 올곧게 살아가는 사람들이 곳곳에 많지? 선교사님은 적도의 강한 자외선 때문에 거의 실명을 하고도 매일 노방전도를 나가셨다고 한다. 결국 풍토병을 견뎌내지 못하고 돌아가셨다. 쉰을 겨우 넘긴 나이에.

너는 선교사님 이야기를 듣던 중에 네 또래인 그의 따님에게 아픈 마음을 쏟았었지. 따님은 수년 동안 항상 아빠 선교사님의 든든한 오른팔이었다고 했다. 어린 나이에 원주민의 말을 배워 통역도 하고, 혼자 악기도 익혀 예배 반주는 물론, 아빠를 자전거에 태워 매일 심방을 나갔었다고 했다. 그리고 갑자기 돌아가신 아빠의 영정 앞에서 하나님 일에 충성을 다하고 순교하신 아빠를 주심을 감사했다고 한다.

모임이 끝난 며칠 후, 주희 네가 나를 찾아왔다. 그리곤 선교사님 가족께 전해 달라고 조심스레 두툼한 봉투를 내밀었다. 나는 봉투를 열어보곤 깜짝 놀랐다. 위로 편지와 함께 백 불짜리 지전이 14장이나 들어있었다. 나는 그 돈이 수년간 모은 네 전 재산 임을 금세 알 수 있었다. 어린 네가 돈이 더 필요하다고 말리는 나를 너를 오히려 이렇게 설득했지. "엄마와 기도하며 상의했어요. 선교사님 따님의 아픔을 감싸 주고 싶어요."

주희야, '거룩한 부담감'이란 말을 들어 보았니? 성경 이야기처럼 길에서 강도 만난 나그네를 재산을 털어 도와준 선한 사마리아인의 심정 말이다. 눈 질끈 감고 지나칠 수도 있지만 마땅히 누군가는 해야 할 일을 피하지 않고 지금 내가 실천해야한다는 성숙한 책임감. 가슴 깊은 데서 우러나는 사랑의 음성에 순종하고 전 재산을 내어놓은 네 믿음을 보고 어른인 내가 얼마나 부끄러웠는지 모른다.

네 귀한 마음이 선교사님 가족들에게 큰 위로와 용기를 주었음은 물론이다. 남편을 여읜 충격 속에 암 선고까지 받았던 사모님이 병석 을 박차고 나미비아 남편의 사역지로 돌아가 지금 고아들을 돌보며 살고 계신 소식 니도 잘 알지? 네 사랑의 편지를 받고 하늘의 음성으 로 확신했었다고 간증한 글을 우리에게 보냈었다. 선교사님 가족들이 훗날 미국에 오면 너를 꼭 만나겠다고 기도하고 있다.

주희야, 네 착한 마음과 함께 조물주께서 네게 주신 많은 달란트를 감사할 줄로 믿는다. 네가 일찍 아버지를 여의고 홀어머니 밑에서 오 빠와 함께 아파트에 사는 어려운 형편에서도 네가 가진 것이 참 많다 는 것이 자랑스럽다. 무엇보다 네가 고등학교 때 수중발레 전(全) 미 국 챔피언이었다는 사실은 지금도 우리 교포사회의 큰 자랑이다. 내

눈엔 네가 김연아 못지않다.

네가 북가주를 휩쓴 후 캘리포니아 주 대표로 미 전국대회에 나갔었지. 그 대회에는 수백 명 쟁쟁하고 부유한 미국 여학생 선수들이 몰려왔는데 그들을 하나하나 물리치고 명실상부한 챔피언이 되었다. 개인전 챔피언은 물론, 너로 인해 학교 단체전 우승까지 따냈으니 참 놀라운 쾌거로 이곳 신문들이 한동안 떠들썩했었다.

그런데 나는 네가 어떻게 이뤄 냈느냐가 더욱 자랑스럽다. 조그만 서민 아파트 차디찬 공동 풀장에서 사람들이 없는 틈에 엄마와 둘이서 훈련 교본을 보며 몇 년을 피나게 연습했던 너. 그리고 시합 중엔 호흡조차도 하나님께 맡겼던 너. 그래서 시합 내내 물속에서 왠지 숨을 별로 안 쉬고도 편안하게 웃으며 실력을 발휘할 수 있었다는 너. 그 사실과 간증은 시리면서도 따뜻한 한편의 동화로 내 마음에 남아있다.

주희야. 결국 가정 형편으로 수중 발레를 포기해야 했을 때 많이 아팠지? 여러 대학에서 스카우트 제의가 있었지만, 가정을 도와야 한다는 절박감에 운동을 포기한 그 결심을 하나님이 위로해 주시리라 믿는다. 그러나 그 역경을 딛고 이제 간호대학에서 새 미래를 준비하는 네게 힘찬 기도의 성원을 보낸다. 네가 이름 모를 작은 별에서 왔지만, 앞으로 어느 별보다 더 밝고 아름답게 빛나리라.

4Q 스토리

몇 해 전부터 한국 TV 음악 경연 프로그램들이 다채로워졌다. 이제는 방영이 종료되긴 하였지만 "나는 가수다"와 "신의 목소리" 등이 큰 인기였다. 내노라 하는 가수들이 매주 피를 말리는 경합을 통해 순위를 정하는데 그 가운데서도 여가수 박정현을 보는 재미가 컸다.

그녀는 타고난 음악성과 가창력으로 장르를 아우르며 어떤 노래든 자신의 노래로 바꾸어 부른다. 진성과 가성을 자유로이 넘나드는 음역과 섬세한 표현력은 청중들을 깊이 몰입시킨다. 게다가 겸손함과 영민함, 구김살 없는 표정에서 나오는 진정성에 매료된다. 그녀는 사람들의 가슴에 모를 심듯 노래를 심는다. 이제는 '국민 요정'이란 애칭으로 슈퍼 스타의 대열에 바짝 다가섰다.

그런데 내게 박정현이 특별히 애착이 가는 것은 그녀가 우리 같은 이민 일세의 자녀란 일종의 연대감 때문이다. 그녀의 인터뷰 대담을 들으니 1970년대 LA 근교 다우니에서 개척교회를 시작한 목사님의 맏딸이라고 한다. 당시 동양인이 드물었던 백인 동네에서 부모님의 목회를 도운 착한 동포 2세, 레나 박이었다.

"제가 공부 못하면 목사님이신 우리 아버지가 욕먹으시잖아요." 밝게 웃는 그녀는 초등학교부터 고교졸업 때까지 전교 수석을 놓치지 않았다고 한다. 그러나 어릴 때부터 시달린 탓에 대학만은 멀리 동부의 하버드로 가고 싶었다고 한다. 그런데 가정형편 때문에 뜻을 이루지 못했다면서 씩 웃는 그녀를 보며 왠지 내 딸의 고백처럼, 아니면 이웃 교회 목사님 자녀 이야기를 듣는 것처럼 마음이 짠했다.

그녀는 명문 UCLA와 콜롬비아 대학원에 진학한 좋은 머리뿐 아니라 음악적 천재성, 그리고 자신의 느낌을 진솔하고 설득력 있게 전달하는 소통력이 돋보인다. 게다가 어려운 중에서도 남을 도우며 살아온 목회자 부모님을 존경하고, 그런 삶이 소중하다고 생각하는 건강한 가치관을 가졌다. 인성교육에 중점을 두는 미국 교육 시스템의 열매란 생각이 들어 흐뭇하다.

미국 교육은 타고난 지능(IQ)에만 치중하지 않고, 후천적인 인성 능력(EQ)을 더 중요시 함은 잘 알려진 일이다. 요새는 거기다 CQ(Change Quotient)와 PQ(Practicality Quotient)가 더해졌다. CQ는 변화에 대한 적응력이다. 현실에 안주하지 않고 변화를 선도하며 패러다임 변화에 능동적으로 대처하는 능력이다. PQ는 실용화 역량이다. 머리 속의 이론과 전략을 실제 생활에서 얼마나 효율적으로 적용하고 실용화할 수 있는가 하는 능력이다.

가수 박정현이 한국에 있었으면 아마도 공부로 출세하는 길로 밀려갔을 것이다. 위험부담이 큰 가수보다 고시를 치거나 공무원이 되도록 강요받았을 것이다. 그러나 그녀는 노래 부르는 게 더 행복한 줄 아는 인성(EQ)을 통해 가수의 길을 택했다.

그리고 한국에 나가 십수 년 동안 언어소통의 어려움, 인맥의 한계, 연예계의 편견과 텃세 등을 극복하고 치열한 경쟁을 통해 한국 최고의 가수로 인정받았다. 그녀의 변화 대처 능력(CQ)과 실용적 사고(PQ)를 키워준 미국 교육과 성장 과정의 덕택이라고 나는 믿는다.

자기가 무엇을 즐기는 가를 무시한 채 시험성적이나 IQ만으로 일류대학에 진학한 자녀들이 졸업 후 시들어 버리거나 불행해진 사례를 수없이 보아왔다. 자신의 재능과 잠재력을 마음껏 발휘하는 진정한 프로가 되지 못하고 아마추어로 머물다가 낙오되고 만다. 거기에 비해 소위 4Q를 충분히 활용하며 스스로의 행복을 개척해 가는 그녀는 이민 2세들에게 좋은 귀감이 되고 있다.

"프로 CEO의 십계명"이란 글에 이런 비유들이 나온다. "프로는 여행가이고 아마추어는 관광객이다. 프로는 창조적 괴짜지만 아마추어는 모방하는 꼭두각시다. 프로는 변화를 즐기지만 아마추어는 두려워한다. 프로는 예측 불허한 창공을 날지만 아마추어는 우리 안에서만 논다. 프로는 미래 지향적이고 아마추어는 과거 집착적이다. 프로는 행동으로 보여주고 아마추어는 말뿐이다. 프로는 불을 지피고 아마추어는 곁불만 쬔다. 프로는 이끌기 위해 솔선하고 아마추어는 안주하기 위해 따라만 간다. 프로는 실수를 하고 아마추어는 실패를 한다."

비록 수 없는 시행착오를 했지만 이제 국민 가수로 우뚝 선 우리들의 2세 레나 박, 박정현은 4Q로 성공한 아름다운 프로다.

줄탁동시(茁啄同時)

서울의 운정 선생께서 『현대수필』봄 편을 보내주셨다. 글을 읽다가 '줄탁동시'란 예사롭지 않은 사자성어에 마음이 끌린다.

"병아리가 부화할 때면 알 안에서 껍데기를 깨려고 어린 부리로 온 힘을 다해 쪼아댄다. 세 시간 정도 내로 나오지 못하면 질식하니 사력을 다한다. 그것이 병아리가 안에서 쪼아낸다는 뜻의 줄(茁)이다. 이 때 어미 닭이 신호를 알아차려 바깥에서 부리로 알 껍데기를 쪼아줌으로써 병아리의 부화를 돕는다. 이렇게 어미 닭이 밖에서 쪼아주는 것을 탁(啄)이라 한다. 줄과 탁이 동시에 일어나야 한 생명이 완성된다는 것이 '줄탁동시'이다."

줄탁동시의 뜻을 새겨보니 내심 자식들에게 미안한 생각이 든다. 한 번도 부모로써 제대로 '탁'해 준 적이 없다. 큰 아들 녀석이 얼마 전, 스탠퍼드 대학병원 전공의 두 자리를 놓고 면접을 보던 날, 전국에서 모인 경쟁자들의 많은 수가 대대로 의사 집안이거나 대학 기부자들 자제인 사실을 알고 심란해 하던 생각이 난다.

그러나 미국은 참 좋은 나라다. 돈도 배경도 없는 이민자의 자식임에도 당사자의 실력과 끈질긴 쪼아댐(啄)을 보고 뽑아주었다. 이런 공정한 심사 제도의 나라에 사는 것이 얼마나 축복인지 모른다. 감사기도가 절로 나온다.

줄탁동시가 어려운 건 부모 능력의 한계 때문이기도 하지만, 그 완급(緩急)을 조절키가 쉽지 않기 때문일 게다. 자식 사랑이 너무 지나치면 어느 한국 재벌처럼 자식을 의존형 인간으로 버리게 되고, 너무 부족하면 평생 사랑 결핍증에 시달리게 되는 걸 주위에서 흔히 보아온 터다.

부모의 관심과 물질의 혜택을 받는다는 게 사치일 정도로 어려운 세태에 살아온 탓도 있겠지만, 나로선 자식이 혼자 힘으로 일어서도록 내버려 두는 게 온당한 자식 사랑이라 믿고 살아왔다. 그래서인지 두 아들을 키우면서 고치를 홀로 뚫고 나오는 나비 얘기를 곧잘 들려주었다.

"얘들아, 애벌레의 고생이 애처로워 실험자가 고치 집 끝을 조금 뜯어 주었단다. 그랬더니 나비의 날개에 힘이 붙질 않아 날지 못하더란다. 고치를 억지로 비집고 나오는 순간, 날개 쪽으로 피가 몰리며 힘이 붙는단다. 젊어서 고생은 생존 능력을 키우는 훈련이다. 누구의 도움도 기대하지 말고 홀로 서라."

그러던 중, 랜디 포쉬라는 분의 『마지막 강의』란 책을 읽게 되었다. 그는 사십 대 중반의 카네기 멜론 대학의 유능한 컴퓨터공학 교수다. 가족사진을 보니 밝게 웃는 아내와 대여섯 살, 서너 살, 한 살쯤 되는 세 자녀가 있었다. 아름답고 행복한 가정이다.

그러나 애처롭게도 포쉬 교수는 췌장암 말기 선고를 받았다. 그는 죽음을 기다리며 마지막 강의를 준비한 것이다. 그 강의는 어린 자녀들에게 보내는 사랑의 입맞춤이 담긴 유언이었다. 비록 지금은 그들이 알아듣지 못하더라도 나중에 아비의 조언이 필요할 그때 들려달라고 아내에게 부탁했다.

"죽음은 두렵지 않습니다. 다만 아내와 아이들이 벼랑 끝에 서 있을 때 이 아비가 손을 잡아주지 못하는 게 가슴 아픕니다." 그는 고별 강의를 이렇게 끝맺었다. "사랑하는 아이들아. 이 아비는 세상에서 가장 소중한 말을 'to be honest(정직하라)'라고 믿는단다. 거기에 세 단어를 추가한다면 'all the time(언제나)'이라고 쓰고 싶단다."

나는 그 순간, 줄탁동시(茁啄同時)에서 가장 중요한 단어가 무언지 깨달았다. 자식들의 홀로 섬(啐)에 대한 집착이나 부모 도움(啄)에 대한 안달보다 그 둘이 함께 일어나도록 때를 맞춰(同時) 주는 부모의 지혜가 더 중요함을 안 것이다.

그때란 자식들이 부모의 조언을 갈급해 하는 그들 인생의 갈림길에 선 순간이리라. 그때를 민감하게 살피며 때를 놓치지 않고 자식들의 정신적 지표를 준비해 주는 게 부모의 진정한 탁(啄)임을 알게 된 것이다.

다만 내 자식들이 이만큼 성장할 동안 닮고 싶은 삶을 보여주지 못한 아비가 새삼 무슨 할 말이 있겠는가? 늘 기도 할 뿐이다.

종잣돈

아기가 웃고 있다. 엄마의 방에서 헤엄치며 조막손을 흔드는 것 같다. 태어나기도 전에 벌써 나와 얼굴을 맞댄 태아는 전혀 낯설지 않다. 이게 핏줄인가 보다. 초음파로 찍은 아기의 방긋한 미소를 책상에 걸어두었다. 초롱초롱 빛날 눈동자를 대면할 그 날을 손꼽기 시작했다.

그러던 어느 따스한 봄날, 아들이 아들을 낳았다. 결혼한 지 5년 만이다. 아내는 밤새 할머니로 변했건만 웃음이 귀에 걸려있다. 며느리 손을 잡고 연신 다독이는 품이 꼭 옛 장모님 닮았다. 그동안 이웃집 손님 같던 며느리도 손(孫)을 낳고 나니 자식의 애틋한 정이 드는 게 인지상정인가 보다.

아기는 신기하게도 제 아비의 두상에 어미의 긴 손가락을 닮았다. 조개 같은 손을 쭉 편 채 새록새록 잠들어있다. 삼십여 년 전, 아기의 아비가 태어났을 땐, 주먹을 꽉 움켜쥐고 밤새 보챘었다. 아마도 몹시 불안했던 탓이리라.

아내는 처음 미국에 와 추운 미네소타 주, 학생 촌 단칸방에 살면서 외로움에 자주 울었었다. 부모 사랑만 받고 자랐는데 철없는 남편 따라 낯선 땅에 와 입덧을 해도 아무도 돌봐주지 않는 신세가 몹시 서러웠던 탓이다.

요즘, 아내는 며칠 분 음식을 종일 만들어 며느리 산모에게 나른다. 밤길 운전이 서툴러 엄두도 못 내던 두어 시간 고속도로를 쌩쌩 총알택시처럼 다닌다. 아들과 며느리가 밥을 먹는 동안, 손주 얼굴을 들여다보며 찬송도 불러주고, 기도도 해주는 할미 노릇이 참 행복하다고 한다. 아내는 일주일 기도 끝에 아기의 한국어 이름을 '믿음'이라고 지었다.

그런데 어느 날, 아내의 표정이 갑자기 어두워졌다. 아들네가 다음 달 직장을 따라 뉴욕으로 가게 된 것. 그것도 안타까운데, 아들만 먼저 가고 며느리와 아기는 얼마간 할미 집에 있다가 가면 좋겠다는 제의를 썩 내켜 하지 않더란 것이다. 젖먹이가 장시간 여행하는 게 걱정된다고 겉으로 내세웠지만, 얼마간이라도 손주와 정을 나누고 싶은 속마음을 몰라주는 아들 부부가 섭섭한 눈치였다.

아내는 느닷없이 『엄마를 부탁해』란 소설 이야기를 꺼냈다. 자식들 입에 밥 들어가는 재미에 자기 먹는 것까지 아까웠던 부모와 신세대 자식들 간의 괴리가 남의 이야기가 아니라는 것이었다. 2세들은 제 마누라와 새끼들밖에 모른다는데 역시 내 자식도 똑같더라고 서운해 했다.

그런데 LA계신 팔순 어머니가 전화를 주셨다. 새 증손자가 태어나면 달려오겠다고 서둘러 하신 무릎 수술이 후유증이 심해 아직도 올라오지 못하고 계신다. 어머니는 증손자의 이메일 사진으로 만족해 오시던 터였다. 아내는 대충 근황을 전하며 섭섭함을 내비치자 어머닌 웃으며 한마디 하신다. "너희들도 옛날 똑같았느니라. 결혼하고 나서 한국에 살던 내게 첫 손자를 데려온 게 몇 년 만이었는지 아니? 아무 소리 말고 애들 원하는 대로 보내 주거라."

사흘 뒤에 어머니로부터 편지 한 장을 받았다. 손자와 손자며느리에게 쓴 친필 편지였다. "60여 년 전, 혈혈단신 이북에서 피난 온 내게 증손자를 낳아 가족의 대를 잇게 해 준 너희들에게 감사한다. 자식속에 부모가 있다. 자식이 행복하게 자라려면 자식들 마음 속에 있는 부모가 건강해야 한다. 너희들에게 주려고 오려 둔 글을 보낸다. 어느 사회학 교수가 쓴 "부모가 명심할 일"이란 글이다.

"첫째, 남 자식과 비교하지 말라. 그래야 자식도 남의 부모와 비교하지 않는다. 둘째, 자녀와 매일 소통하라. 전화가 안 되면 기도로 통화하라. 셋째, 자식을 무조건 믿어라. 속아도 믿어주면 결국 돌아온다. 넷째, 자식이 두 발로 설 때까지 참고 기다려라. 자식을 살리는 유일한 길이다. 다섯째, 자식을 위해 희생할 생각을 버려라. 대신 부부간에 행복해라. 그래야 자식이 닮는다."

어머니는 편지와 함께 꼬깃꼬깃 소액권 수표 한 장을 넣으셨다. "증손자 대학입학 종잣돈."

언더독(Underdog)이 이기는 법

말콤 글래드웰(Malcolm Gladwell)은 최근 가장 잘 팔리는 베스트셀러 작가다. 그가 수년 전에 쓴, 『The Tipping Point』와 『Blink』는 각각 2백만 부 이상 팔렸고, 최근 나온 『Outlier』도 대박이 났다. 올 46세 영국계 캐나다인인 그는 유명한 잡지인 『뉴요커』의 저널리스트이자, 사회현상 분석가다.

그는 오바마처럼 혼혈이다. 백인 엔지니어 부친과 심리치료사인 자메이칸 어머니 사이에서 태어났다. 그는 사회심리 전문가의 안목과 통찰력으로 가장 보편적인 사회현상에서 아무도 예측 못 한 결론을 끌어내고 있다. 흔한 일상들을 친숙한 사례를 들어 심도 있게 분석하면서 사람들을 설득한다. 독자들은 이렇게 일리 있는 현상을 왜 진작 생각하지 못했을까 하고 무릎을 치게 된다.

『The Tipping Point』는 변화의 물줄기가 어느 순간 걷잡을 수 없이 터져 나가는 시점을 말한다. 세상을 변혁시키는 기발한 생각이나 유행은 대부분 소수의 능력자에 의해 창출된다고 한다. 그런데 그 새 사조들이 별 움직임이 없다가 어느 날 갑자기 마치 전염병처럼 한순간에 퍼진다는 것이다. 큰 짐을 버티던 낙타 등이 짚 한 단에 꺾어지듯이…

『Blink』에서는 세상사가 첫인상이나 직관력에 의해 눈 깜작할 새 결정되는 경우가 많다는 것이다. 그런데 순식간에 내린 결정이 정확할 빈도가 높다는 주장이다. 전쟁터에서 지휘관이나 응급실의 의사들이 위기 절명의 순간에 충분한 정보를 다 갖지 못하고 내리는 결정의 성공률이 더 높다고 한다. 오히려 많은 정보가 판단력을 흐리게 할 수 있음을 여러 사례를 들어 설명하고 있다.

『Outlier』는 세계적 성공자들이 타고난 재능만으로 된 게 아님을 보여준다. 빌 게이츠나 타이거 우즈도 적어도 10,000시간 이상의 훈련을 통해 달인이 됐다는 것이다. 타고난 천재성을 바탕으로 충분한 시간 동안 꾸준히 갈고 닦아야 경지에 이른다는 가설을 실험으로 증명하고 있다. 거기다 좋은 성장 환경과 행운이 따르면 금상첨화다.

흥미로운 건 동양인들이 대개 수학에 능한 현상을 조상 대대로 내려온 논농사에서 원인을 찾는다. 유난히 사람 손을 타는 논농사가 동양인의 근면성을 키웠다는 것이다. 한국 여자 골프선수들이 뛰어난 이유를 한국인 특유의 바느질 문화에서 찾는 것과 비슷한 추론이다.

얼마 전『뉴요커』에 실린 그의 고정 칼럼의 제목은 "어떻게 다윗이 골리앗을 이겼는가"이다. 사회의 주변인들, 즉 언더독(underdog)이 승리하는 비결에 초점을 맞추었다. 결론부터 말하면 자기의 강점을 십분 활용, 강자의 허를 찌르라는 것이다. 타고난 재능보다는 꾸준한 근면과 노력이 비결이라고 주장한다.

다윗도 처음엔 전쟁터에서 갑옷을 입고 칼을 들었었다. 이는 강자 골리앗의 방식이었다. 순간 목동인 다윗은 자신의 강점이 무언지 깨달았다. 불편한 갑옷을 벗어버리고, 돌팔매를 들고 튀어나가 골리앗의 허를 찔렀다. 놀라고 기가 꺾인 골리앗은 다윗에게 면적 넓은 표적에 불과했다.

전설의 인물, 아라비아의 로렌스도 언더독이었다. 일차 대전 말, 막강한 오토만 터키 군대가 아라비아를 침공했다. 당시 영국은 아랍 베두인족을 도와 터키에 맞섰다. 터키 요새의 뒤쪽은 끝없는 사막으로 그들은 전방만 구축했다. 로렌스는 아랍 유목민들의 강점, 기동력과 인내력을 활용했다. 이들은 독사가 들끓는 폭염의 사막을 600마일 돌아 적의 후방을 쳤다. 강자의 허를 찌른 것이다.

능력보다는 노력, 재능보다는 훈련, 머리보다는 다리의 힘이 언더독 승리의 비결이라고 말한다. 고통을 견디는 끈기와 참을성을 큰 덕목으로 친다.

언더독인 우리 한국 이민 1세들에게 익숙한 헝그리 정신을 성공의 비결이라고 확인해 줌이 고맙다. 그러나 작가는 동양문화의 한계도 날카롭게 지적하고 있다. 가부장적 권위주의가 걸림돌이란 것이다. 윗사람에게 떳떳이 제 의사를 밝히지 못하는 나라에서 비행기 추락사고가 잦은 통계를 예로 들고 있다. 조종사가 실수를 해도 부조종사가 떳떳이 잘못을 지적하지 못하는 경우가 많다는 것이다.

그러나 말콤 글래드웰의 통찰력을 종합해 보면, 한인 2, 3세들은 성공할 확률이 높다. 동양적 근면성과 서양적 독창력을 겸비했기 때문이다. 한인 후예들이 이런 장점과 함께 큰 비전과 도덕성을 갖고 세계의 미래를 이끌어갈 날을 기다려본다.

9장

8월의 크리스마스

7월의 비

7월에 폭우가 내린다. 캘리포니아에서 여름에 내리는 비는 하와이의 함박눈만큼이나 보기 힘들다. 그런데 왠일일까. 계절을 잊은 소나기가 세상을 두드리고 있다. 롱비치 메모리얼 7층 병동 창(窓)에 비친 시가(市街)는 물에 불은 마분지처럼 모서리부터 허물어지고 있다

내 마음이 태평양의 먹구름과 닿아있다. 세차게 내리는 빗줄기가 온 세상을 사선으로 엮어놓은 광섬유 같기도 하다. 제트 기류의 강한 손길을 뿌리치고 전령사처럼 나를 향해 달려오는 빗줄기는 무슨 기별을 전하려는 것일까?

팔순 어머니가 지난주에 갑자기 입원하셨다. 한쪽 폐에 물이 차서 응급실로 실려 오신 것이다. 7년 전 당신이 심장 수술을 하셨던 그 병원이다. 같은 병원에서 동생도 암 투병을 하고 있다. 불과 3주 전, 그를 문병 왔을 때만해도 어머니는 아무 증세가 없으셨는데…

누군가 한 말이 생각난다. 바다를 좋아하면 사랑하는 이가 있고, 비가 좋아지면 누군가를 그리워하고, 바람을 맞고 선 사람은 무언가를 찾는 이며, 어머니가 보고 싶으면 지금 힘든 처지에 있는 사람이라고…

편찮으신 노모와 아픈 동생이 누워있는 병원의 어둑한 대기실에서 빗줄기의 기별을 망연히 기다리고 있다. 집도한 의사가 직접 나와 어머니는 시술 뒤 물이 폐에 다시 고이지 않아 큰 고비는 잘 넘기셨다고 전해준다. 고개 숙여 감사를 표했다.

회복실에서 어머니는 산소호흡기를 코에 끼고 숨을 몰아쉬신다. 눈을 감고 양미간에 주름을 모으고 계신다. 나는 안다. 어머닌 병실에 누운 둘째 아들 앞에 서서 양팔을 벌린 채 온몸으로 폭우를 막고 계신 것을… 당신이 지금 쓰러지면 아픈 아들을 지켜주지 못하니 좀 더 버틸 힘을 달라고 기도하고 계신 것을…

나이 터울이 8살이나 졌던 동생과는 한 지붕 아래 오래 살질 못했다. 내가 대학 기숙사에 있다가 가끔 집에 들르면 불과 초등학생이었던 동생은 큰 눈망울을 굴리며 형 나 업어줘 하며 내 등에 업혔다.

내가 유학을 떠나던 그 날도 그는 공항에서 중학생 모자를 쓴 채 내 등에 업혔었다. 식구들은 내가 미국서 빨리 공부를 마치고 온 가족을 초청해 함께 살 것이란 꿈 하나로 10여 년을 버텼다. 마침내 장성해서 결혼한 동생이 예쁜 아내와 어머니를 모시고 미국 땅에 온 지 또 20년.

그런데 한참 행복하게 사는 그에게 병마가 찾아온 것이다. 책임감 강하고 매사에 철저한 그가 글로벌 운송 회사의 중견 간부로 사업을 확장하느라 밤낮을 가리지 않고 무리를 한 탓이다. 군대에서 얻은 잠복성 간염이 간암으로 악화되었다. 딸 둘이 아직 대학원 졸업도 못했는데…

병원에서 집으로 옮겨 호스피스 치료를 받은 지 며칠이 지났다. 통증이 날로 심해져 간다. 화장실을 갈 때마다 사지에 힘에 빠져 걷질 못한다. 그때마다 어릴 적 기차놀이를 하기로 한다. 내가 맨 앞에 서고 그를 일으켜 내 어깨를 잡게 한다. 그 뒤를 그의 아내가 허리를 받히고, 두 딸이 엄마 뒤를 따른다. "기차 길옆 오막살이, 아기 아기 잘도 잔다. 칙 폭 칙칙폭폭 칙칙폭폭…" 조금씩 발을 떼며 노래를 오물거린다.

그제 밤엔 그의 등을 쓰다듬으며 옛날 업어주던 이야길 하였다. 무취의 오일을 조금씩 발라가며 그의 야윈 등을 조심스레 쓸어준다. 독한 진통제에 취해 말없이 몸을 맡기고 있던 그가 갑자기 몸을 일으키더니 모기만 한 소리로 말한다.

"형, 이번엔 내가 안마해 줄게" 하며 내 등을 문지르려고 손을 움직인다. 그 손엔 기력이 하나도 없다. 나는 큰 소리로 그래 시원하다 아 시원하다 한다. 사는 게 무엇이고, 죽는 게 무엇일까? 행복한 삶이 무엇일까?

어머니는 다행히 병세가 조금 호전되어 회복 병동으로 옮기셨다. 그러나 동생의 통증은 매일 밤 더해가고 있다. 그러함에도 우리는 서로 등짝도 쓸어주고, 기차놀이도 할 수 있어 행복하다. 7월의 비는 슬프고도 행복하다.

맥가이버 삼촌

우리 아이들은 내 동생 건(建)이를 "맥가이버 삼촌"이라 불렀다. 맥가이버는 십수 년 전, 미국에서 한창 인기가 높았던 탐정 극의 주인공. 과묵하고 수수한 젊은이지만, 비상한 손재주와 임기응변으로 그는 위기마다 주변에 널려진 일상적인 물건이나 폐품들을 이용, 적을 통쾌하게 무찌르는 히어로였다.

동생 건이도 어릴 때부터 작은 기계들에 호기심이 많았다. 공부보다는 시계나 소형 전기 기구들을 뜯어 종일 들여다보고 다시 맞춰 놓곤 했었다. 나와 나이 차가 큰 탓에 우리는 함께 한 지붕 아래 오래 살질 못했다.

녀석이 철들기 시작하던 무렵, 나는 이미 대학 기숙사로 떠났고, 가끔 집엘 와도 나는 그에게 잔심부름 외엔 살갑게 챙겨준 기억이 별로 없다. 지금도 건이를 생각하면 큰 눈에 흥건히 고였던 눈물을 잊지 못

한다.

내가 미국 가는 날, 공항에 가족들과 배웅을 나왔던 그가 말했다. "형, 엄마와 우리 생각나면 이거 틀어봐…" 그는 제가 손수 녹음한 가족들의 육성이 담긴 테이프를 자랑스레 건네주었다. 그날도 그는 내가 물려준 구형 녹음기를 신주단지처럼 가슴에 품고 나왔었다.

내가 미국에 있는 동안 그는 형 없는 아이처럼 혼자 자랐다. 집안의 끊이지 않았던 대소사를 삼 남매를 거느린 어머니와 함께 감당하며 장남 노릇을 하고 살았다. 아버지의 사업실패로 살기가 힘겨웠던 시절, 그는 길섶의 엉겅퀴처럼, 바위산 억새처럼 세파에 부딪히며 살아냈다.

그러나 배우 송승헌처럼 이목구비가 뚜렷한 6척 장신 미남형에 성실하고 착한 심성의 그는 군대에서나 학교서나 주위 사람들의 이목을 끌었고 후의를 입었다. 그 무렵 그가 쓴 편지 구절이 생각난다. "형, 우리 걱정은 마. 형은 우리의 희망이야. 힘내"

내가 졸업 후, 캘리포니아에 정착한 후 서둘러 가족을 초청했다. 당시 그도 제대를 하고 신참 건축기사로 현장에서 일했는데 가족이 합치는 미국행을 누구보다 기뻐했다.

미국에 오자 못 나눈 혈육의 정을 쏟아내듯, 초등학생인 우리 큰 아들놈과 한방에서 뒹굴며 지냈다. 그러면서 전기선을 어떻게 연결하는지, 공구를 어떻게 쓰고 톱질은 어떻게 하는지, 새집은 어떤 요령으로 짓는지를 가르쳐주었다. 큰 아들놈은 삼촌을 나보다 더 따랐다.

돌아보면 세월이 참 빠르기도 하다. 25년도 더 넘는 그 아득한 세월 동안 건이는 한국에서 착한 아내를 데려오고, 예쁜 두 딸을 낳아 전문 인들로 성장시켰다. 그는 LA로 터전을 옮겨 글로벌 선박 회사에 입사한 후 승진을 거듭 경영팀장으로 심혈을 바쳐 일했다. 그런데 너무도 열심히 일한 탓인지 그 건장하던 몸에 병이 생겼다.

건이가 큰 수술을 받는 동안 아들녀석이 뉴욕에서 단숨에 달려왔다. 맨해튼 슬론 메모리얼 병원에서 암 전문의 과정을 밟던 아들은 삼촌의 수술을 담당의와 상의하며 주도면밀하게 도왔다.

그리고 퇴원하기 전날, 그는 재료상에서 나무, 끈, 스프링, 스티로폼들을 사와 무언가를 열심히 만들었다. 환자용 병원 침대를 들여놓을 때 까지, 수술부위가 아픈 삼촌이 몸의 각도를 바꾸며 누울 수 있는 임시 침대를 만든 것이었다. 벽에다 두 손으로 붙잡고 일어설 수 있는 쇠핸들도 단단히 박아놓았다.

따뜻한 물을 데워 수술 후 처음 삼촌을 목욕시키는 아들 녀석에게 동생이 물었다. "그 침대 덕분에 어젠 통증이 와도 잠을 잘 잤다. 그런데 어디서 그런 걸 배웠니?" 아들 녀석의 웃는 소리가 들린다. "삼촌한테 배웠잖아요. 맥가이버 삼촌한테요…."

단풍의 흔적

"이 맑은 가을 햇살 속에선/ 누구도 어쩔 수 없다/ 그냥 나이 먹고 철이 들 수 밖에는// 젊은 날/ 떫고 비리던 내 피도/ 저 붉은 단감으로 익을 수 밖에는/"

― 허영자, 「감」 중에서.

누가 이런 철든 노래를 했을까? 홍시와 노란 감잎의 계절. 젊어선 태양이 뜨거운 바다가 좋았는데 이젠 단풍 은은한 가을 심산에 가고 싶다.

가을이 아름다운 건 단풍에 새겨진 연륜 덕이다. 여린 잎들은 설푸를 뿐이지만 단풍엔 온 생애가 녹아있다. 앵두처럼 붉기도 하고, 노릇노릇 익은 옥수수 빛이거나, 포도보다 농익은 자줏빛 삶의 자취. 단풍 잎엔 철든 인생의 족적이 묻어있다.

고모님이 구순을 바라보신다. 납북 당한 내 아버지의 마지막 남은 형제시다. 뉴욕 맨해튼 건너 루스벨트 섬의 단아한 노인 아파트에 홀로 사신지 근 20년째. 오늘은 우리 부부, 큰아들 내외와 두 살배기 손주까지 고모님을 뵈러 간다. 아들이 사는 이스트 60가에서 루스벨트 섬으로 가는 케이블 카를 탔다.

퀸즈보로 철교를 지나면서 굽이치는 이스트 강에 떠 있는 긴 섬이 보인다. 세계의 용광로같이 펄펄 끓는 맨해튼을 바로 곁에 두고도 이 나지막한 섬은 은둔자의 뒤 뜰처럼 평온하다.

약간 치매를 앓으시는데도 다행히 고모님은 나를 알아보셨다. "고맙다. 네 손자까지 함께 왔으니 4대가 모였구나." 고모님의 미소가 햇살처럼 빛났다. 가문의 소중한 유산이란 피붙이 정의 대물림일 것이다. 6·25 전쟁통에 삼팔선을 넘어오신 고모님도 망백(望百) 노인이 되어 맨해튼의 단풍 아래서 두 살배기 4대째 피붙이와 만난 것이다.

섬에서 바라보는 맨해튼의 풍경은 스탠리 큐브릭의 흑백사진처럼 구도가 강렬하고 선명하다. 대리석 빛 유엔 빌딩과 그 뒤에 정렬한 높고 낮은 마천루들이 거센 흡입력으로 주위의 에너지를 모두 빨아들이고 있다. 옛 로마제국보다 더 강렬하고 웅장한 미국의 모습.

섬의 맨 끝 삼각지에 최근 착공된 프랭클린 루스벨트 대통령의 자유공원에 들어섰다. 추모 공원은 희디흰 화강암 보도 곁에 세워진 청동 두상(頭像)과 두 줄로 늘어선 너도밤나무들이 전부다. 극도의 절제미가 경건함과 결연함을 자아낸다.

루즈벨트 대통령은 1941년 미국민과 세계 인류가 누려야 할 4가지의 자유를 선포하였다. 언론과 표현의 자유, 신앙의 자유, 결핍에서의 자유, 그리고 공포로부터의 자유.

돌아보면 나는 꼭 40년 전, 빈곤과 결핍에서의 자유를 찾아 미국에 온 셈이다. 풍요롭고 너그러운 미국은 우리같이 가난한 동양의 이민자에게 배움의 기회를 주었고, 내 자식들도 책임 있는 민주 의식을 소유한 시민으로 키워주었다. 그리고 약하고 연로하신 고모님도 질병의 공포에서 벗어나게 도와주었다.

그런데 올가을은 스산하기 그지없다. 루즈벨트 자유 선언이 선포된 지 75년 만에 미국의 자유는 뒷걸음질 치고 있다. 너그러운 미국이 아니라 이민자들이 다시 추방과 배척의 공포에 떠는 도가니로 변하고 있다. 관용을 버리고 적대를, 배려 대신 분열로 기울고 있다. 과연 미국의 자유주의가 붕괴되는 서막인가? 역사의 가을은 성숙해 가지 않고 쇠망해 갈 뿐인가?

착잡한 마음으로 조지 워싱턴 다리를 건넜다. 얼마를 달리니 단풍이 불타는 산 숲길로 접어든다. 김영랑의 시구가 절로 나온다.

"오매, 단풍 들것네,/ 장광에 골 붉은 감잎 날러오아/
누이는 놀란듯이 치어다 보며/ 오매 단풍들것네···/"

— 김영랑, 「오매 단풍들것네」 중에서

아버님과 고모님은 어린 시절 감잎 단풍 아래서 오누이를 정을 나
누었을 것이다. 이제 천수를 누리시고 떠날 채비를 하시는 고모님이
단풍을 닮았다는 생각이 든다. 젊음의 엽록소도 화려했던 꽃들도 튼
실했던 열매도 자손들에게 다 물려주고 홀홀 떠나신다. 단풍처럼 다
주고 떠나는 사랑의 모습.

역사가 아무리 철없이 굴어도, 이 맑은 가을 하늘아래 단풍을 바라
보는 인간은 철들 수 밖에 없다. 정치가 아무리 요동친다 해도 단풍은
포용과 희생의 흔적으로 영원히 살아있다.

지음지교(知音之交)

"여기는 인도양, 세이셸(Seychelles) 군도이다. 우리에겐 낯선 이름이지만, 유네스코 세계문화 유산에도 등재된 지상 최고의 '환초' 낙원으로 유명하다. 제주도의 사분의 일 정도의 소국이어도 거의 1,000피트나 솟은 마헤 섬이 110개나 되는 산호섬들을 거느리고 있다. 희귀 새인 삼광조와 200년 묵은 바다거북이 사는 곳. 나는 지금 세이셸 공화국 환경부 장관의 초청으로 몇 주일을 머물고 있다…"

죽마고우 택(澤)이가 이메일을 보내왔다. 첨부한 사진을 보니 야자수가 늘어선 백사장과 에메랄드빛 바다가 천국의 정원 같다. 그 앞에서 초로의 택이가 정부 대표들과 환담하는 모습이 믿음직하다. 한국 신도시 개발 공기업의 최고 정책수립자로 수십 년 간 일해왔던 그는 지금 컨설턴트로 한국의 개발과 환경보호를 양립한 기술을 전수하기 위해 출장 중이었다.

택이를 생각하면 고맙고 자랑스럽다. 그는 나와 중학교 때부터 단짝이다. 아담하지만 다부진 체구에 누구에게나 호감을 주는 선한 인상이었다. 피난지 부산에서 큰 누나가 약국을 한 택이는 우리 중 형편이 제일 나았다. 그는 혼자 중3 과외를 했었는데 끝나면 매일 밤 10리 길을 걸어 내게 과제물을 주고 갔다. "넌 집이 어렵지만 공부를 잘하니까 이건 네가 더 필요하다"며 씩 웃곤 그냥 갔다.

나는 택이가 준 과제물로 공부하고 무사히 서울로 진학했다. 택이는 가업을 돕느라 부산에 남아있다가 지방대학에 들어갔다. 그리고 뒤늦게 서울로 올라와 직장생활을 시작했다. 그는 공채시험으로 당당하게 들어간 대기업 건축 개발부에서 오직 정직과 성실하나 만으로 경쟁에 뛰어들었다.

그러나 내가 제대 후 유학길에 오를 무렵, 그는 좌절의 시간을 지나고 있었다. 한국 재벌기업의 고질적인 학연의 연결고리에서 소외돼 승진 코스 밖으로 밀려날 수밖에 없었다고 했다. 그는 결국 토지개발공사로 옮겨갔다.

공기업으로 옮긴 것은 아마 그가 택한 신의 한수였던 것 같다. 도시개발에 따른 이권이 유독 많았던 그곳에서 바보처럼 고집스럽게 청렴했던 그가 승진의 기회가 올 때마다 우선순위에 오른 것은 당연한 일인지도 모른다. 게다가 그는 남들이 싫어하는 궂은일을 도맡아 했다.

"나처럼 지방대학 출신은 찬밥 더운밥 가릴 처지가 못 되느니라"면서 국장이 되었어도 작업복을 벗지 않았다.

그는 승승장구했다. 상사와 직원들이 다 그를 신망하고 존경했다. 아무 연줄도 없이 1급 요직인 부산지점장까지 올랐다. 수많은 일류대학 출신 브레인들을 수하에 거느리고 앞길을 열어주었다. 퇴직 후인 지금도 그는 굴지의 건축설계회사의 고문으로, 한국 우량 아파트 심사위원으로, 개발연구소장으로 왕성히 뛰고 있다. 요즘은 그의 입지전적 경험을 살려 인성과 정직을 강조하는 인기 강사로서 기량을 마음껏 발휘하고 있다.

내가 본 그의 강점은 청렴과 겸손과 함께, 열린 마음과 틀에 매이지 않는 사고에 있는 듯하다. 얼마 전, 하회탈의 본고장인 안동시에서 도시브랜드를 찾기 위해 그에게 자문을 구했다고 한다. 그는 담당자에게 물었다. "수백 년, 전통 탈의 도시 베네치아의 가면 페스티발이나 니스 카니발과 벤치마킹을 해보았습니까?"

한 번도 능동적으로 교류를 시도해보지 않은 관료적 안일함을 비판했다. 그리고 양 도시 풍속 전문가들을 상호 교환시키고 탈 축제를 브랜드화할 방도를 체계적으로 조언했다. 그 결과, 올해 안동시의 탈 축제는 대성공이었다. 이곳 미국에서도 방송된 TV 중계를 보며 택이의 선견에 박수를 보냈다.

그가 성공했어도 내겐 여전히 어린 친구다. 내가 미국 온 후, 근 10년 세월 동안 매년 명절이면 식솔들을 거느리고 내 부모님을 찾아뵙고, 동생들도 물심양면으로 살펴주었던 피붙이 같은 친구다.

어린 시절 함께 자라 비밀이 없는 친구를 죽마고우라 하고, 물과 고기 같은 숙명의 관계를 수어지교(水漁之交)라 한다. 그런데 나는 택이를 생각할 때마다 지음지교(知音之交)란 말이 떠오른다. 멀리서 백아가 뜯는 거문고 소리만 듣고도 친구의 마음을 읽어내는 고향 친구 종자기의 중국 고사 때문일 것이다.

눈빛만 보아도 마음과 영혼을 읽어내는 친구. 이 나이에도 나는 아직 그의 음덕(陰德)에 기대기만 한다. 그러나 택이 자랑은 내 평생 할 몫이다.

8월의 크리스마스

조카 앤의 영롱한 눈이 병원 불빛에 흔들리고 있다. 엄마와 혈액검사 결과를 초조하게 기다리는 중이다. 간난 아기 때 수혈을 받다가 C형 간염에 전염돼 지난 이십 년 이상 간헐적인 증세에 시달려왔다. 그러다가 새내기 간호사로 밤 근무를 시작하면서 과로 탓인지 간 수치가 눈에 띄게 오르기 시작한 것이다.

언제였던가, 영화 "8월의 크리스마스"를 보았다. 앤의 아비인 남동생 네와 함께 보면서 변두리 도시의 주차 단속원 심은하가 꼭 우리 앤같이 착하고 씩씩하다고 했었다. 정작 영화에서는 노총각 한석규가 시한부 인생을 살아간다. 그러나 은하를 만나는 순간부터 그에겐 하얀 여름비가 크리스마스 눈송이처럼 내렸었다.

앤의 아비인 내 동생, 건이가 오십 초반에 세상을 뜬지 3년이 되었다. 그도 군대에서 얻은 B형 간염으로 투병하다가 암으로 갔다. 지금도 그를 생각하면 중학생 때 미국 유학 가는 나를 마중하며 큰 눈에 흥건히 고였던 눈물을 잊지 못한다. "형, 우리 생각나면 틀어봐." 그는 제가 손수 녹음한 가족들 육성이 담긴 테이프를 건네주며 울먹였다.

내가 미국 사는 동안 그는 형 없는 아이처럼 자랐다. 아버지의 사업 실패로 기울어진 가세를 어머니와 두 자매를 이끌고 장남 노릇을 하며 지켜냈다. 억새처럼 세파에 꺾이지 않고 견뎌냈다. 배우 송승헌처럼 이목구비가 뚜렷한 6척 장신 미남형에 성실한 그는 군대서나 학교에서나 주위 사람들의 시선을 끌었다.

내가 가족들을 미국으로 초청한 후, 건이는 천생연분 아내와 예쁜 두 딸을 낳아 길렀다. LA로 터전을 옮겨 국제 항공 선박 회사에서 일하면서 승진을 거듭 경영책임자로 심혈을 바쳐 일했다. 그런데 너무 열심히 일한 탓인지 그 건장하던 몸에 병이 도졌다. 그때 아빠의 병을 고치겠다고 간호대학을 지망했던 앤은 아빠가 세상 뜨는 순간까지 수족처럼 간병했었다.

이제는 조카 앤의 C형 간염 치료가 온 가족의 염원이 되었다. 아비도 간암으로 세상 떴는데 딸까지 간 병으로 잃을 수는 없노라고 할머니와 이모들은 눈물로 기도한다. 앤도 20대 초까진 기초면역으로 버텼는데 격무에 시달리면서 간 수치가 급히 오르기 시작한 것이다.

그즈음, "길리어드(Gilead)"란 신생회사에서 만든 새 C형 간염 치료제가 FDA 승인을 받았다는 소식을 들었다. B형 간염은 예방백신은 있어도 치료 약은 없다. 대신 C형 간염은 백신은 없어도 치료제가 개발된 것이다. 그러나 기존 약들은 부작용이 많고 치료 효과도 낮았다. 그런데 길리어드의 신약은 오랜 임상실험 결과 완치율이 90% 이상 되는 기적의 치료제로 알려졌다. 희망을 걸고 약을 구입하기로 했다. 그런데 약값이 웬만한 집 한 채 값만큼 비쌌다.

법대생인 앤의 언니, 르네가 보험회사에 간곡한 편지를 써 보냈다. 사정을 설명하며 보험에서 부담해달라는 청원서였다. 그러나 세 번째 청원에도 그들은 비싼 신약 값을 부담하는 선례를 남길 수 없다며 매몰차게 거절했다. 결국 은행 빚을 낼 수밖에 없게 되었다. 앤의 간 수치는 자꾸 증가하고 안색은 점점 어두워졌다.

르네는 마지막으로 제약회사에 직접 청원해보자는 아이디어를 냈다. 투약에 성공하면 회사 명성과 함께 유망한 젊은이의 생명을 살리는 선행이 될 것이라고 호소했다.

놀랍게도 불과 2주 만에 길리어드에서 승인 편지가 왔다. 앤의 환자 기록을 검토하고 신속히 내린 결론이었다. 바로 투약이 시작되었다. 그리고 4주마다 혈액검사도 병행되었다.

오후 늦게야 병원 실험실 로비에서 기다리는 앤에게 수간호사가 검사 용지를 손수 들고 나왔다. 같은 병원 동료에 대한 배려일 것이다. "앤, 바이러스 제로, 간 수치 정상이야. 지난 세 번에 걸쳐 꼭 같이 좋은 결과가 나왔어. 축하해요" 누가 크리스마스의 기적이 이젠 사라졌다고 했던가?

그 소식을 들은 지 얼마 후, 르네도 변호사시험 합격통지를 받았다. 르네와 앤의 아비, 건이가 두 딸들에게 하늘에서 보내준 눈송이 같은 축복의 선물이었다. "8월의 크리스마스."

역(逆)방향

　김완하의 시 「역방향」을 다시 읽는다. 평생 기차가 가는 순(順)방향만 고집하며 살아온 나는 이제야 자리를 털고 역방향으로 옮겨 앉아야 할 의미를 알아차린다. 역방향에서 보니 예전엔 미처 보지 못했던 세상이 보인다.

> "마주 보고 가지만 / 그대 눈동자에 실려간다/
>
> 나의 시야가 닿는 곳은/ 그대 머물다 간/
>
> 풀과 꽃과 나무다."
>
> ─ 김완하, 「역방향」 중에서

　몇 년 전 일이다. 아주 오랜만에 모국 나들이를 했다. 어릴 적 피난가서 자랐던 부산이 그리웠다. 옛 항구의 중심은 남포동 자갈치 야시장이었다. 폭죽같이 환한 카바이드 가스등 아래 불야성을 이루던 비린내 나던 열기는 이제 세트장처럼 꾸며진 광안리 사거리로 옮겨 앉

왔다. 그리고 용두산에서 바라보던 튼실했던 영도 다리도 낡은 교각을 싸맨 채 옛날처럼 뱃길을 열어주지 못했다. 그러나 여전히 이름만 들어도 뱃고동처럼 뛰는 가슴.

죽마고우와 기차를 타고 내려갔다. 우리는 차창 밖으로 흘러가던 풍경들을 바라보며 옛 순간들을 낱낱이 되살려내려고 애를 썼다. 고교 입시 보러 친구와 서울행 새벽 발 보통 열차를 타고 상경하던 길. 깜박 졸면 삼랑진을 지났고, 깨어서 차창 밖 풍경에 넋을 놓고 있으면 금세 나를 업어 키웠던 순이의 고향, 김천에 닿았다. 누이의 따스한 등판 같던 동네.

대전역에서 모락모락 우동 한 그릇이 먹고 싶었지만 가난한 어머니가 삶아 주신 계란 두 알을 맨 목에 넘기며 천안 삼거리를 지났다. 저녁 어스름이 되어서야 여기는 수원입니다 하는 여객 전무의 목소리에 서울이 가까웠음을 알았다. 입술이 마르고 오금이 저려왔다.

친구는 오랜만에 한국에 온 나를 KTX에 태웠다. 경마처럼 빠르게 갈 목적으로 만들어진 최신형 초고속 기차였다. 처음엔 고속력이 신기했지만 그 속도감에 차창을 스쳐 가는 풍경들을 볼 수가 없었다. 산천의 정겨운 모습들과 색깔들이 채 눈길에 닿기도 전에 여우 꼬리처럼 사라졌다.

나는 일어나 친구의 맞은 편에 옮겨 앉았다. 기차가 가는 역방향이었다. 그제야 친구의 눈에 고향 산천의 옛 모습이 활동사진처럼 흘러갔다. 풀과 나무, 구름이 하늘하늘 흘러갔다. 기차간에 봇짐을 진 아낙네와 촌로들, 구겨진 모자를 쓴 통학생들도 보였다.

신기하게도 풍경들은 흑백 슬로우 모션이었다. 옛날 보통 급행의 느릿한 속도로 흘러갔다. 친구의 눈을 깊숙이 들여다 보았다. 동공 속에서 어린 우리가 함께 뛰놀고 있었다. 솔개처럼 솟구쳐 학교 운동장 위를 날았다. 담벼락에 걸린 합격자 명단에는 우리 이름 석자가 별처럼 빛났다. 심장이 꽃이파리처럼 떨렸다.

역방향은 시각도, 시간도, 공간도 달랐다. 내가 보는 세상이 아니라 남의 눈에 비춰진 풍경을 바라보는 나. 순방향이 나와 풍경만 있는 2차원이라면, 역방향은 나와 풍경과 친구의 동공이 있는 3차원의 세계였다.

순방향은 현재의 시간이 지나는 평면이라면, 역방향은 현재와 과거의 시간을 넘나드는 입체적인 공간이었다. 역동적이고 초월적이고 환상적이었다. 나의 삶도, 글도 역동적인 3차원에 세울 수 있는 통로를 본 듯하였다.

KTX같이 쏜살같이 살아가는 지금, 세월의 속도감에 멀미가 나면 천천히 일어나 역방향으로 옮겨 앉을 일이다. 그러면 못내 그리웠던 나를, 마주앉은 너에게서 볼 것이다. 나는 영원히 그대 눈동자에 담겨 있다.

> "그대가 비운 그리움이여/ 내가 머무는 이 가파른 시간은/
> 어느 누구의 기다림인가/ 스쳐간 시간의 어느 끝자락인가/
> 그대와 마주 보고 가지만/
> 나는 그대 눈동자에 담겨 있다."
>
> — 김완하, 「역방향」 중에서

10장

웰컴 투 와이오밍

웰컴 투 와이오밍

시몬 시또(citto = little) 안녕! 올해도 어김없이 생일 카드가 왔다. 35년 째다. 와이오밍에 사는 엘비라로 부터다. "내 사랑, 해피 버스 데이투 유" 엘비라는 옛 상사, 밥의 미망인으로 올해 81세시다. 그들은 우리 가족과 만나던 순간부터, 당시 갓 돌 지난 큰 아이를 시몬 시또란 애칭으로 불렀다. 이제 시몬이 서른 중반을 넘어 애기 아빠가 되었지만 그녀의 사랑은 한결같다. 콜로라도의 강물처럼, 옐로스톤의 달빛처럼…

엘비라를 처음 만났던 그해 겨울은 참 추웠다. 미국을 모르던 우리세 가족의 마음은 더 추웠다. 미네소타에서 공부가 끝난 직후 첫 직장이 와이오밍 주 환경청이었다. 왜 하필이면 그 오지에 가느냐고 주위에서 말렸다. 그러나 막 첫 아이가 태어난 그 해 살 방도를 찾아 50여 군데 보낸 취업 원서 중 딱 한군데 연락 온 곳이 와이오밍이었다. 이왕미국에 살기로 했으니 가장 미국 깊숙이 촌 동네로 들어가자고 결심했다.

　낡은 차에 세간살이를 싣고 주 수도인 샤이엔에 도착했다. 눈보라 흩날리는 오후였다. 약속한 피자집 앞에 은발의 훤칠한 백인 신사가 서 있었다. 나를 뽑아준 새 보스 밥임을 직감했다. 그의 손엔 놀랍게도 환영 꽃다발이 들려있었다. 옛날 한국에서 보던 선교사의 선한 눈이었다. 동양에서 막 내린 노무자처럼 생소했을 나를 그는 환한 웃음으로 포옹했다. 웰컴 투 와이오밍.

　아담한 그의 집은 언덕배기에 있었다. 행주치마를 두른 금발의 부인, 엘비라가 반갑게 뛰어나왔다. "아파트를 구할 때까지 우리랑 함께 지내요. 우리도 할머니랑 단출한 세 식구니까." 부엌에선 구수한 찌개 냄새가 났다. 투박한 질그릇처럼 생긴 큰 그릇에서 야채 스튜가 끓고 있었다. 얼마나 많은 나그네들을 대접한 스튜 그릇일까? 그릇에는 주홍색 유약으로 쓴 글이 보였다. 웰컴 투 와이오밍.

　저녁이면 밥은 작업복을 입고 내 낡은 자동차를 수선했다. 고장이 하도 잦아 이름도 지긋지긋했던 69년형, 머큐리 몬티고. 그는 차가운 차고 바닥에 누워 부속을 갈고 조이며 밤늦도록 꼼꼼하게 설명해주었다. 그 날부터 나는 미국 와서 처음 숙면을 했다. 엘비라가 끓여준 스튜 맛처럼 포근한 잠이었다.

몇 주 후부터 밥은 나를 데리고 와이오밍 주 전체를 순회하기 시작했다. 당시, 미국은 오일파동으로 에너지 붐이 일었다. 유전과 광산이 산재한 와이오밍은 에너지 개발의 중심지였다. 굴지의 회사들이 개발에 박차를 가했다. 일거리를 좇아 수만 노무자들이 몰려들었다. 따라서 환경문제가 급속히 대두되기 시작했다. 환경청이 빠르게 팽창한 것도 그 무렵이었다.

세월 가면서 밥은 내게 훈련과 책임의 기회를 늘려주었다. 그가 주 환경 국장으로 승진하면서 경상도 크기만 한 동북지방의 수질 관리 책임자로 나를 발령했다. 지금 생각하면 그가 무슨 배포로 백인 일색이던 그곳에서 갓 서른인 나를 그런 요직에 앉혔는지 모르겠다.

그는 나를 임명 후, 거의 매주 나를 데리고 정부 인사들, 에너지 회사의 환경 책임자들, 시의 임원들을 소개하고 친분을 쌓게 했다. 주요 환경공청회는 빠지지 않고 패널로 참석을 권했다. 비록 원형탈모증에 걸릴 만큼 고생했지만 수년 후 내가 캘리포니아의 원하는 직장으로 옮겨 경력을 쌓는데 큰 도움을 주었다.

와이오밍에 5년을 살면서 방방곡곡 가보지 않은 곳이 없었다. 그러면서 나는 서부의 투박하고 웅대한 자연과도 친해졌다. 처음엔 황야의 황량함과 불모지의 메마름이 무척 낯설었지만, 봄의 빅혼 산맥, 여름의 옐로스톤, 겨울의 그랜드 티턴 국립공원의 설원 속에 묻히면서 나는 거대한 대륙의 숨결을 비로소 맛본 것이다. 웰컴 투 와이오밍.

어제 엘비라에게 전화를 하였다. "시몬시또가 지난 달 아기를 낳았답니다. 지금도 그 야채 스튜를 그리워하고 있어요." 엘비라의 웃는 소리는 옛날과 꼭 같다. "하하하, 시몬의 아들은 시몬시또 주니어라고 부를께요. 내년에 오면 내가 또 스튜를 끓일 수 있지." 나는 큰 소리로 말했다. "웰컴 투 와이오밍 그릇을 꼭 쓰셔야 돼요."

순이의 꽃밭

꽃이 가장 좋아하는 게 뭔지 아시나요? 내가 속한 『버클리 문학』 산행 때 앞서가던 종훈 선배님이 주위를 돌아보며 묻는다. 걸음을 잠시 멈추고, 초가을 들녘에 흐드러진 야생 꽃들을 내려다본다. 무엇일까? 따스한 햇볕일까? 촉촉한 안개비일까?

바람이에요. 바람은 꽃들을 흔들어 깨웁니다. 춤추게 합니다. 꽃은 정물(靜物)이 아니에요. 운동을 해야 사는 생물입니다. 바람의 손길에 휘둘리지 않는 꽃은 향기도 맵시도 나지 않아요. 나는 농부의 아들이어서 잘 압니다.

그렇다. 꽃을 흔드는 것이 바람 풍이다. 바람 풍(風)자 속엔 곤충(蟲)이 들어있다. 나비와 벌과 같은 벌레들이 찾아와 꽃을 흔들고 생육해야만 생명력이 있다. 사랑하고, 번식하며, 그 여정 가운데 좌절하고 세파에 흔들린 꽃들만이 자신의 향기를 뿜는다.

"흔들리지 않고 피는 꽃이 어디 있으랴/ 이 세상 그 어떤 아름
다운 꽃들도/ 다 흔들리면서 피었나니/ 흔들리면서 줄기를 곧게
세웠나니/ 흔들리지 않고 가는 사랑이 어디 있으랴/"

— 도종환, 「흔들리며 피는 꽃」 중에서

순이의 꽃밭은 잘 있을까? 문득, 늘 풍성하던 그녀의 밭이 생각났
다. 순이와 데이빗은 우리 부부와 30년 지기다. 옛 얘기지만, 내가 미
국서 막 졸업하고 20대 후반에 잡은 첫 직장이 와이오밍 주였다. 그리
고 수년 후, 북동 지구 환경책임자로 부임한 곳이 쉐리단(Sheridan)이
란 소도시였다. 인구 3만의 전형적인 백인 부촌. 광활한 목장과 글로
벌 명성을 지닌 광산과 유전들, 그리고 빅혼 산맥을 끼고 절경의 휴양
지들이 산재한 미 서부의 심장 같은 곳이었다.

그 외딴곳에서 처음 만난 한국인이 순이였다. 초대받은 집안에 들
어섰을 때 검은 무쇠 난로에서 붉게 타던 석탄 화력의 훈훈함. 그 위에
서 보글보글 끓던 된장찌개를 잊지 못한다. 그리고 꽃과 열매들이 가
득하던 뒷마당 텃밭의 풍성함에 취했었다. 남편 데이빗은 나와 동년
배로 노천 광산의 불도저 기사였다. 독실한 신자인 그들은 우리를 친
형제처럼 반겨주었다.

순이는 결혼 초 꽃밭의 인연을 털어놓으며 수줍게 웃었다. 파주 어
느 국민학교 선생님이었던 그녀는 학교 꽃밭을 만들려고 인근 미군부

대에 도움을 청했다. 그때 소형불도저를 타고 나타난 이가 데이빗 상병이었다. 순진한 소년 같은 그는 작업이 끝났는데도 염치없이 매일 찾아왔다고 한다. 꽃다발을 한 아름 들고…

우리는 쉐리단에서 3년을 더 살다가 캘리포니아로 이주하게 되었다. 하루도 못 보면 탈이라도 날듯 가까웠던 순이네 부부, 일곱 살에서 기저귀 찬 아기까지 그들 아들 삼 형제와 함께 우리 가족은 송별 식탁을 마주했다. 훗날 아이들이 크면 다시 만나자고 기약 없이 헤어졌다. 간간히 소식은 주고받았지만, 30년 세월이 영화 자막의 한 줄 바람처럼 흘러갔다.

지난여름 은퇴 후에야 와이오밍을 다시 찾게 되었다. 석양 무렵인데도 순이는 꽃밭에서 일하고 있었다. 작은 농장만큼이나 널찍한 밭에서 고추며 호박이며 많은 작물들도 키워냈다. 농부의 딸. 힘들 때 밭에 있으면 마음이 편한 탓이리라. 데이빗이 후두암에 걸려 투병생활을 하던 수년 동안, 그들 부부는 흔들리면서 줄기를 곧게 세우는 야생화처럼 서로를 기대고 이겨냈다.

큰 아들은 공군 소령이 되었고, 기저귀를 찼던 두 아들들은 스프링크릭 노천광산에서 채굴과의 임원들이 되어 활기차게 살고있었다. 덥썩 포옹해오는 그들의 등판이 넓고 따뜻했다. 데이빗은 암을 극복하고 아들 부서에서 최 고참 불도저기사로 아직도 땀을 흘리고 있다. 덤으로 받은 생명이 이리도 고마울 수가 없다고 했다.

오늘 아침 순이네가 보낸 고추며, 무, 호박까지 한 궤짝 소포가 왔다. 바람의 향기가 싱싱하게 배어났다.

남편을 위한 변명

젊고, 예쁘고, 살림 잘하는 아내가 남편에게 물었다. "여보 나같이 재주 많고 알뜰한 부인을 사자성어로 무어라 하지?" 은근히 '금상첨화'란 칭찬을 기대했다. 남편은 멀뚱히 쳐다보다가 입을 연다. "자화 자찬?"

부인이 어이가 없다는 표정으로 다그친다. "아니 좀 더 깊이 생각해 봐요!" 남편이 조심스레 말한다. "과대망상?" 그러자 부인이 짜증 섞 인 목소리로 주문한다. "왜 '금'자로 시작하는 사자성어가 있잖아요." 남편은 그제야 알았다는 듯 무릎을 탁 치며 대답한다. "아… 금시초 문."

우스개지만, 남편들의 눈치 없는 대화법이 문제가 된 게 하루 이틀 이 아니다. 남자는 상대방의 심중을 읽고 배려하는 대화에 약하다. 대 개 자기주장을 일방적으로 쏟아 놓곤 대화했다고 생각하기 일쑤다.

그래서 요즘 통계를 보면, 아내 10명중 4명은 지금 남편을 못마땅하게 생각한다는 것이다. 특히 60대 한국 여성들은 지금 남편과 다시 결혼하겠다는 사람이 절반도 안 된다고 한다.

지난 5월 가정의 달에 미국의 『생명 과학(Live Science)』지는 「남편의 두뇌에 대해 여자가 알아야 할 10가지」란 특집을 실었다. 로빈 닉슨이란 심리학자는 이 글에서 여자들이 남자를 몰라도 너무 모른다고 지적하고 있다. 그는 남편들의 심리를 조목조목 변명하고 있다. 몇 가지만 추려본다.

첫째, 남자가 침묵하는 원인이 유전자 속에 있다는 것이다. 동굴 시대 때 사냥을 나간 남자들이 사냥감에 몰래 접근해 갈 때 숨소리조차 죽일 수밖에 없었다는 것이다. 이에 반해 동굴에 남아 집안일을 하거나, 냇가에서 음식을 다듬던 여자들은 맹수들의 접근을 막기 위해 함께 모여 일부러라도 큰 소리로 떠들어야 했다는 것이다. 남자가 말이 없고 여자는 수다가 된 유전학적 설명이다.

사회학자 데이비드 징크젠코도 「왜 남자들은 아내에게 침묵하는가?」란 글에서 남자들이 감정 표현에 익숙지 못함은 어릴 때부터 자신의 감정을 표출하지 않아야 강한 남성이라고 세뇌받은 데서 기인한다고 했다. 대부분 남자들은 아내와 대화 도중 전혀 의도치 않았던 말이나 감정 폭발로 낭패를 본 기억을 갖고 있다. 그래서 속내를 감추고 대화보다 행동으로 표현하는 것을 좋아한다는 것이다. 대개 남자들은 말로 설명을 하느니, 말없이 아내 차를 손봐 주거나, 생일 때 꽃다발을 안겨주는 애정표현을 더 편해 한다는 말이다.

둘째, 아내들의 아픔에 남자들이 무관심하다는 건 절대 오해라는 것이다. 남편들의 두뇌는 가족들의 고통을 듣는 순간, 금방 해결책을 찾으려 노력한다. 여자들은 남자들이 함께 아파하고 위로하고 공감대를 나누기를 원하지만 남자들은 거기까지 신경이 못 미친다. 남편들은 일이 터지면 아내에게 화부터 내는 것도 이유도 가장으로서 빨리 해결책을 찾아야 한다는 강박관념이 유전자 속에 박혀 있기 때문이란 것이다.

셋째, 남자들은 강해서 고독감 같은 것에 둔하다는 통념도 잘못이란 것이다. UCSF 임상심리학과 브리젠딘 교수는 가장 고독감과 우울증에 빠지기 쉬운 부류가 오히려 중 장년 남자들이라고 한다. 은퇴기의 남자들은 수컷의 영역 방어 본능과 성취 욕구를 박탈당한 상실감이 매우 크다고 한다. 조울증이 심한 이유이다. 게다가 가정에서도 소외당하고 있다. 젊을 때 밖으로만 나돌다가 은퇴해서 집으로 돌아온 아버지를 가족들은 모두 서먹해 한다는 것이다.

나도 올해 직장생활 32년만에 은퇴를 했다. 자식들이 다 떠난 집에서 처음 2, 3개월은 편했는데 요샌 아내의 꼭 짜인 스케줄에 맞추지 않으면 끼니도 제대로 먹기 힘든 걸 알게 되었다. 아내가 집에서 종일 뒹구는 나를 '삼시 세끼'라며 귀찮아하지 않도록 조신하게 살아가는 지혜를 터득하는 중이다.

지난 5월 21일은 '부부의 날'이었다. 한국가정법률상담소는 부부 갈등의 첫째 원인을 대화의 부재로 꼽았다. 부부간의 대화 부재가 남녀간의 태생적 차이를 모르는 데서 비롯된다는 말이 일리가 있다. 나이가 들면서 여자에게 필요한 게 '돈, 건강, 친구, 딸'인 반면, 남자는 '부인, 마누라, 처, 아내'란 말에 공감한다.

의사소통에 어눌하고, 쉬 외로움 타는 중년 남편들에게 점점 당당해지는 아내들의 속 깊은 아량과 부드러운 손길보다 더 소중한 게 없다. 아내들이여, 금시초문이라고 우기지 말기 바란다.

와이오밍에서 온 손님

낯선 이메일이 왔다. 그냥 지우려다가 어떤 예감에 끌려 창을 열었다. 꽤 긴 영문 메일이다. "저는 제이미라고 합니다. 혹시 선생님께선 30년 전, 와이오밍 쉐리단(Sheridan)이란 소도시에 산 적이 있으신지요? 제 아버지 성이 '인'씨이고 저는 26살 난 딸이랍니다."

그래, 옛날 일이다. 내 첫 직장이 와이오밍 환경청이었다. 입사 3년 후, 승진이 되어 주 북동쪽, 쉐리단이란 소도시로 전근을 갔었다. 당시 전 세계는 중동사태로 에너지 파동이 나고, 엑손, 텍사코 같은 굴지의 회사들이 와이오밍의 원유와 석탄 개발을 위해 몰려왔었다. 유전과 노천광들이 급속도로 개발되면서 하천과 지하수 오염문제가 심각하게 부각되기 시작했다. 공해 전문인력이 부족한 상황에서 내게 절호의 기회가 찾아온 셈이다.

남한의 2.5배나 되는 와이오밍은 대부분 황량한 황야의 박토이다.

그러나 지하엔 무진장한 석유와 석탄, 그리고 우라늄 등의 자원들이 매장돼 있었다. 광산 지역에서 멀지 않은 곳에 인구 3만 남짓, 쉐리단은 빅혼 산맥을 끼고 경관이 수려한 산촌이었다. 그곳으로 옮겨갔던 이듬해, 한국에서 젊은 부부가 갓 이민 왔다. 친척의 연으로 결국 이 산촌까지 들어왔는데 나와 연배가 비슷했다. 인 씨 부부였다.

제이미는 이메일에 옛 이야기를 계속 써 나갔다. "저희 부모님들은 아직도 쉐리단에 사십니다. 그런데 옛날얘기만 하면 꼭 선생님가족들을 회상하면서 가끔 눈시울을 붉히십니다. 당신들이 처음 정착할 때 도와주신 은인이라고 하셨습니다. 선생님 가족이 캘리포니아로 떠나신 후, 연락처를 몰라 애태우다가 얼마 전, 저희 아버지가 선생님이 쓰신 「환경과 삶」 칼럼을 우연히 한국일보에서 보셨답니다. 그래서 연락처를 수소문해 우선 이메일을 드립니다."

세상에 드라마 같은 해후가 있다면 이런 건지도 모른다. 30년 만의 재회. 그들의 딸, 제이미는 쉐리단에서 태어나, 아이비리그 대학을 졸업하고, 마침 세계적인 컨설팅회사의 서부 책임자로 나와 있었다. 자식 농사도 잘 지었다. 나는 곧 제이미에게 답장을 했다. 그녀는 무척 반가와 하며 2주 후에 부모님들이 샌프란시스코를 경유, 한국에 나갈 예정이니 그때 뵙자고 연락이 왔다.

30년 전, 제이미 아빠가 처음 쉐리단에 오던 때, 그는 한국에서 은행

대출 업무를 담당하던 촉망받던 젊은이였다. 그런데 말도 안 통하는 미국 산골에 와서 그는 이민 온 걸 후회막급해 했다. 시간만 나면 우리 부부에게 힘든 마음을 쏟아놓았다. 그의 아내는 만삭이었다. 그는 친척 소개로 쉐리단 하이스쿨의 청소부로 취직하였다.

그는 학교 청소를 하면서 조그만 비디오 가게를 내었다. 단돈 2천 불을 빌려 연 가게였다. 그런데 그는 사업 안목이 있었다. 당시 비디오 사업은 막 뜨기 시작한 유망 업종이었다. 그는 VCR과 TV까지 팔았다. 그 무렵, 우리는 쉐리단을 떠나 샌프란시스코로 옮겨왔다.

호텔 로비에 들어서면서 우리는 첫눈에 서로를 알아보고 얼싸안았다. 30년 세월이 눈 녹듯 사라졌다. 옛날보다 그의 눈매가 한결 편해 보였다. 부인의 착한 미소도 그대로다. 놀랍게도 그는 큰 재력가가 되어 있었다. 로키 산맥 지역을 중심으로 전자기기 도매, 주류 도매 프랜차이즈 사업을 곁들어 대형 쇼핑몰과 부동산 개발 사업을 용이 주도하게 벌이고 있었다.

"김 형, 이젠 인터넷 때문에 소도시에 살아도 전국 상대로 큰 사업을 벌일 수 있어요. 오히려 어수룩한 곳에 기회가 많습니다. 처음 백인들의 엄청난 질시와 방해를 받았지요. 사업이 커지면서 번번이 한국 관련 비자금이나 검은 돈이 아님을 증명해야만 했습니다. 그런데 세월과 함께 신용이 쌓이면서 나아졌지요."

그런데 시간이 갈수록 점점 믿을 수 없는 행운이 따랐다. 옛날 그가 청소부로 일하던 쉐리단 하이스쿨 졸업생들 중에 이제는 판검사, 시의원, 은행 중역 등 유지가 된 사람들이 많아진 것이다. 그가 이민자 청소부로 시작한 전력을 아는 그들이 지금 그의 큰 후원자들이 되었다고 했다. 바닥부터 시작해 성공한 당신을 존경한다는 말을 들을 때 가장 감격스럽다는 것이다.

"그동안 정신없이 달려왔습니다. 돈도 벌고 사업도 번창하고 있어요. 그런데 얼마 전 어느 책에서 '당신이 가장 부유할 때 당신의 삶은 가장 빈곤해 보인다'란 글을 보았어요. 비로소 내 삶이 과연 행복한가를 돌아보게 되었습니다."

그의 말을 들으며 "불행을 느끼는 것은 훈련이 필요 없지만 행복을 느끼는 데는 훈련이 필요하다."란 말이 생각났다. 행복해져야겠다고 마음먹는다고 금새 행복해지는 게 아니다. 평소 작은 일에 감사하는 마음의 훈련이 없으면 웬만한 일에는 행복을 느끼지 못하는 게 사실 아닌가.

"이렇게 옛 은인을 만나 감사한 마음을 전하는 것도 내 행복을 찾는 훈련의 첫걸음이겠지요." 나는 손사래를 쳤다. "은인이라니… 우리는 편한 옛 친굽니다." 서로의 주름진 얼굴을 들여다보며 나누는 정담 속에 샌프란시스코의 밤은 훈훈하게 깊어갔다.

망가짐의 미학(美學)

어느 한 여름날, 모처럼 큰 대자로 한숨 잘 자고 일어났다. 그런데 그런 날 보고 아내는 깔깔대며 웃는다. "여보, 망가져도 유분수지, 옛날 그 젊고 점잖던 청년은 어디 가고 그렇게 망가질 수가 있어요?" 자고 일어난 내 헝클어진 모습이 망가진 인형처럼 우습고 측은하기까지 한 모양이었다. 침을 흘리고 코를 골았나? 그런데 악의 없는 아내를 탓할 수도 없고 겸연쩍게 따라 웃다가 문득 "망가지는 게 어때서?"라는 생각이 들었다.

망가진다는 건 가식이 없다는 뜻 아닌가? 있는 그대로 솔직한 모습을 보인다는 점에서 좋은 말이다. 젊어서는 체면 지키느라 속마음을 가리고 얼굴에 가면을 쓰고 살았지만, 이젠 나이든 내 모습 그대로 보일 만큼 마음의 여유도, 자신감도 생겼다는 증거 아닌가?

내가 망가지면 남들이 편하다. 아프고 부족한 속내를 드러내는 나로 인해 사람들은 위로를 받는다. 그리고 마음을 연다. 힘들 때 푼수 친구들이 더 보고 싶은 것도 그 때문일 게다. 요즘 연속극에서도 망가지는 배우들이 인기다. 꽃미남 지성보다 인간적인 똘아이 지성이 더 좋다.

그럼에도 우리가 망가지는 걸 꺼리는 건 아무래도 마음속에 도사린 자존심 때문이리라. 섣불리 마음을 열었다가 우습게 보이면 망할 것 같은 기우도 크다.

그러나 망가지는 것과 망(亡)하는 것은 엄연히 다르다. 망하는 건 끝장이지만 망가지는 건 인생에 무엇이 중요한 줄 아는 사람만이 표현할 수 있는 성숙한 삶의 한 면모이다. 나아가 허물을 벗은 한 단계 높은 처세술이라 느껴진다.

망가지다는 순우리말이지만 한자로 뜻풀이를 해본다면 아마도 '망가(亡假)'가 제격인 듯싶다. 가식(假飾)을 버린다는 뜻. 내 본연의 모습이 아닌 가짜를 버린다는 의미다. 가식이나 허세가 원래 추하고 감추고 싶은 내 민낯을 잠시나마 가려주니 완전히 끊어 버리긴 힘들다. 그러나 진실이 아닌 것은 언젠가는 드러날 터이고, 진실과 비슷한 것도 가짜임이 분명하다.

망가짐에 좀 더 긍정적인 의미를 부여하고 싶어 한자로 뜻 말을 만

들어본다. 좀 억지인지 모르나 이것도 나이 먹었기에 가능한 자유로움이란 생각이 든다. 망자가 바라볼 망(望)자로 보인다. '망가'짐의 색다른 의미가 드러난다.

우선 '망가(望家)'라고 적어본다. 미국 땅에서 행복한 일가(一家)를 이루려는 내 첫 소망. 그 꿈을 안고 30여 년을 살아왔다. 아내는 처녀때 내가 슈퍼맨인 줄 알고 결혼했다고 한다. 그런데 날이 갈수록 실망이 커졌다. 집안에 문제가 생기면 나는 옛날 크로마뇽인처럼 동굴 속에 들어가 혼자 끙끙대며 머리를 짜내었다. 아내는 반대로 말이 많아졌다. 맹수들이 다가오는 것을 막기 위해 큰 소리로 떠들며 밥을 짓던 원주민 여인들처럼 아내는 수다가 되었다.

그렇게 다른 남녀가 만나 살아왔는데 세월 지나면서 한 집안을 이루었다. 여전히 아내는 내가 크로마뇽인 게 못마땅하지만 한 동굴 속에서 오손도손 살아간다.

'망가(望可)'도 좋은 말이다. 새로운 가능성을 바라본다는 뜻이 된다. 중년을 지나며 부나 명예의 축적보다는 내가 사랑하는 일, 하고 싶은 일, 좋아하는 일을 좇아 사는 게 바로 사는 것이란 말에 공감이 난다. 돈과 명예를 거머쥘 재주가 없는 것이 내 진짜 모습인 것이 이제 확연해졌기 때문인지도 모른다.

그리고 '망가(望架)'라고도 적어본다. 십자가(十字架)를 바라본다
는 뜻이다. 나이 들면서 신앙적으로 더 성숙하고픈 바람이 담겨있다.
사실 망가짐이란 우리 모두의 신앙 고백이란 생각이 든다. 허세 부리
지 않고 솔직하게 털어놓을 수 있는 망가짐은 남을 배려하는 겸손이
있어 아름답다.

11장

파묵칼레, 목화성

이스탄불

벗이여. '보스포루스' 해협에서 성 소피아 성당의 돔을 바라봅니다. 가을 하늘은 이곳도 얼마나 맑고 깊은지 성 소피아 미나레트(첨탑) 들이 물 대신 푸른 하늘에 긴 그림자를 드리우고 있습니다.

성스러운 지혜라는 "하기야 소피아(Hagia Sophia)." 1,500여 년이나 된 이 聖所는 기독교와 이슬람 산의 수천 년 간 긴 투쟁과 살육의 세월을 견뎌낸 채 과거와 현재 사이에 서 있습니다. 아니 천상과 땅 사이에 떠 있습니다. 소피아 성당은 정복자 술탄 메흐메트 2세의 상징인 거대한 "블루 모스크"와 마치 힘겨루기라도 하듯 마주보고 있습니다. 기독교와 이슬람, 이 배다른 형제들은 오늘 이 땅에서의 반목과 공존을 거듭하며 얼마나 많은 피를 흘렸는지요.

형도 알다시피, 보스포루스 해협은 아시아와 유럽 대륙이 맞닿은 곳입니다. 마치 샌프란시스코에서 피안의 버클리 언덕을 바라보는 듯합니다. 이런 지정학적인 위치로 옛 로마의 콘스탄티누스가 세운 성 소피아 성당은 900여 년간 가톨릭 성당으로 지속하다가, 1453년 오스만 제국의 점령으로 이슬람 사원으로 변모했습니다. 근세에 들어와 비잔틴 양식의 최고 걸작으로 인정받은 성 소피아는 성당도 모스크도 아닌 인류 유산 박물관으로 쓰이고 있습니다.

우리는 설레는 마음으로 회당 안으로 들어갔습니다. 높은 천장 돔에는 창이 많아 실내는 밝고 환합니다. 검은 바탕, 금색 문양으로 쓰여진 둥근 아라베스크 벽 판이 회교 사원 이었음을 알리고 있습니다.

그런데 이 층으로 올라가니 놀랍게도 옛날 성당 시절의 벽화, 데이시스(Deisis) 모자이크가 나옵니다. 금박을 입힌 모티프 벽화로 중앙에 예수님이 성모마리아와 함께 인자한 모습으로 서 있습니다. 어떻게 성화들이 말살되지 않고 남아있는지 궁금함을 인솔자가 풀어줍니다. "정복자 메흐메트 2세(Mehmet II)는 종교적인 아량을 가졌던 지도자였지요. 교회를 사원으로 변경할 때 옛 성당의 벽화를 말살하지 않고 그 위에 회로 덧칠을 하라고 명령했답니다. 그 덕분에 수천년이 지난 오늘 날 인류 유산은 살아남았습니다."

아량과 용납. 이것이 종교의 본질일 터인데 21세기 지금도 중동에서 불길처럼 타오르는 서방국들에 대한 광란적인 증오를 봅니다. 이에 대해 응징으로 맞서는 기독교인들의 반감도 못지않습니다. 아직도 종교의 맹목에 매달려 인종말살까지 서슴지 않는 광분을 보며 인류의 존망이 걱정스럽습니다.

벗이여, 문득 이슬람의 덕장 살라딘과 그의 맞수로 십자군을 이끈 사자 왕, 리처드 1세가 떠 오릅니다. 아시다시피 살라딘은 이집트의 술탄으로 3차 십자군 원정에 맞서 싸웠습니다. 그는 무자비했던 십자군의 군주들에 비해 덕망이 높아 그의 기사도 정신과 자비심은 서방 세계에 널리 전해졌습니다.

전설 하나. 살라딘이 리처드 1세 군대와 아르서프 전투를 벌였던 때 일이라고 합니다. 리처드 왕이 부상을 당하자 살라딘은 공격을 멈추고 의료진을 보냈습니다. 그리고 말을 잃은 리처드 왕에게 두 필의 말도 보냈다고 합니다. 비록 살라딘은 리처드와의 전투에서 패배하였지만 리처드 역시 예루살렘을 정복하는 데는 실패했습니다. 두 왕은 서로 존경하게 되었고, 결국 1192년 평화협정을 맺어 예루살렘은 이슬람의 지배하에 두되 기독교인 순례자들이 자유로이 왕래할 수 있게 되었다고 합니다.

친구여, 이 평화의 이야기가 여행자의 마음을 흐뭇하게 합니다. 모든 인류의 염원인 평화를 이뤄내는 것은 인간의 모략이나 전쟁이 아닌 하늘의 지혜임이 분명합니다. 그래서 1,500년 전부터 그 염원을 담아 소피아 성당을 세웠을 것입니다.

석양 무렵, 골든 혼의 선착장에서 배를 떠웁니다. 왼쪽엔 유럽대륙
이고 오른쪽은 아시아입니다. 물가에 서 있는 화려한 돌마바흐체 궁
전, 그리고 멀리 언덕에 솟은 슐래이마니에 사원을 바라보다가 유명
한 위스크다르, 아시아의 땅끝까지 왔습니다

"위스크다르 가는 길에 비가 내리네/
내 님의 외투 자락이 땅에 끌리네/
우리 서로 사랑하는데 누가 막으리…"

— 터키민요, 「위스크다르」 중에서

유명한 터키 민요, '위스크다르'입니다. 6·25때 터키군인들에 의해
전해졌던 사랑노래. "위스키 달라, 기대릴께…" 하며 불렀던 우리들
의 추억의 노래입니다. 위스크다르의 처녀가 해협 건너 이스탄불의
총각을 사랑한 노래는 오스만시대부터 내려온 포크 송이라 합니다.
아시아와 유럽을 사랑으로 묶고 싶어 했던 소박한 심정을 표현한 게
아닌가 싶었습니다.

벗이여, 사랑과 평화만이 이슬람과 기독교를 공존케 할 수 있겠
지요? 새 시대에 살라딘과 리처드 1세 같은 "성스러운 지혜(Hagia
Sophia)"를 가진 지도자들이 나오길 기도합니다.

카파도키아

　벗이여. 요정의 계곡, 카파도키아(Cappadocia)를 향해 갑니다. 연전에 『내셔널 지오그래픽』의 표지에서 이곳 풍광 사진들을 처음 보았습니다. 자연이 빚어낸 색과 형상의 오묘함에 숨이 멎을 듯한 전율을 느꼈었지요. 마치 화성에라도 온 듯한 생경한 아름다움이었습니다. 여행의 묘미는 상상을 뛰어넘는 4차원의 세계를 이 지구 상에서 맞닥뜨리는 일일 것입니다.

　앙카라를 떠난 버스는 남쪽을 향해 달립니다. 반사막 성 기후에 거친 산맥을 관통하는 도로를 따라 두어 시간을 올라갔습니다. 오스만 터키의 용맹스런 전사들의 근육질을 연상케 하는 골산(骨山)들입니다. 그런데 예사롭지 않은 지형을 예고라도 하듯 해발 1,000m 산 속에 갑자기 수평선이 나타났습니다. 소금 호수, '투즈 골루(Tuz Golu)'입니다.

터키에서 두 번째로 크다는 그 내륙 호수는 얕은 물 위에 하얀 소금으로 덮여 있었습니다. 캘리포니아의 레익 타호(Tahoe)보다 3배나 넓다더니 멀리 수평선이 하늘과 맞닿아 있습니다. 끈끈한 소금 바람을 얼굴에 맞으며 맨발로 호수 가운데로 걸어갑니다.

K 형, 여행객의 치기라고 웃지 마십시오. 먼발치에 선 아내가 흰 캔버스 속에 피어난 한 송이 수선화처럼 보입니다. 더욱 놀라운 건 바닥을 적시고 있는 물기로 인해 그녀가 마치 물 위를 걸어가는 듯합니다. 실루엣이 물과 하늘에 떠 있습니다. 나는 환상의 나라로 가고 있음이 분명하지요.

높은 에르키에스(Erciyes) 산의 흰 정상(3,917m)이 먼발치에서 아까부터 우리들의 안내자인 양 따라 옵니다. 거대한 옛 화산이 태곳적부터 이 계곡에 벌여 놓았던 방대하고 흥미진진한 역사를 지구 반대편에서 온 이방인들에게 들려주고 싶은지도 모릅니다.

아늑한 계곡의 모퉁이를 돌자 갑자기 연황색 망토를 입은 수도사들의 모습이 나타납니다. 하나, 둘, 그러다가 너 댓이 함께 웅기중기 서 있거나 천천히 걸어가는 듯도 합니다. 그들 뒤로 버섯 숲들이 늘어서 있습니다. 송이버섯들처럼 검은 머리를 이고 포동포동한 줄기가 튼실한 버섯 기둥들입니다. 누군가는 요정들이 사는 집의 굴뚝(fairy chimneys)이라고 이름 붙였습니다.

이곳이 유명한 카파도키아의 기암(奇巖) 지대이지요. 천만년 전부터 이곳엔 화산활동이 잦았다고 합니다. 용암과 화산재가 반복적으로 분출되며 수백 미터의 지층이 쌓였다지요. 그 위에 바람과 비는 하늘이 디자인한 대로 조각품을 새겨 넣기 시작했습니다. 단단한 현무암질의 용암은 풍화 속도가 더뎌 수도사나 송이버섯의 검은 머리가 되었습니다. 부드럽고 흰 화산재는 근사한 망토나 버섯의 속살로 되살아났습니다. 온 계곡이 송이버섯밭이고 가끔 생뚱맞게 낙타가 쪼그리고 앉아있기도 합니다.

이곳 카파도키아는 기독교가 전파되던 무렵부터 굴을 파고 수도원들이 지어졌다고 합니다. 그리고 수백 개의 암굴교회들도 생겨났습니다. 서기 700년 후반 비잔틴 제국 때 '성화상 금지'가 끝난 시기여서 프레스코 벽화들이 비교적 잘 보존되어 있었습니다. 사람 대여섯 들어가면 꽉 찰 그 바위 속 교회 안에 예수님과 성인들이 평화롭게 거하셨습니다.

질그릇같이 작은 교회 안에 살아계신 예수님. 거대하고 화려한 유럽의 대성당에서 느끼지 못했던 질박하고 친밀한 경외감이 마음에 밀려옵니다. 예수님은 누구를 향해 회칠한 무덤 같다고 질타하셨을까고 생각해봅니다. 아마도 크고 화려한 것만 갈구하는 내 껍데기 마음을 향하신 훈계일 것입니다.

벗이여. 교회는 예나 지금이나 핍박받을 때 능력이 있음을 느낍니다. 우리는 세계 8대 불가사의로 알려진 지하도시의 지하 8층, 십자가 교회당 흙 바닥에 무릎을 꿇고 앉았습니다. 거대한 개미집 같은 지하도시에서 2~3만 명이 공동생활을 했다고 합니다. 이슬람에 쫓겨 이 지하교회에서 신앙을 지킨 선인들의 희생으로 수천 년이 흐른 후, 나 같은 자가 복을 받고 있구나 하는 감사기도가 절로 나왔습니다.

에베소

벗이여. 에베소로 들어갑니다. 지중해가 에게 해와 만나는 해안 길을 돌아갑니다. 사도 바울이 3년 동안 머물며 선교 교회를 세웠던 곳이요, 사도 요한이 성모 마리아를 모시고 말년을 머물렀던 곳입니다. 아! 에베소 성이 성경 속에서 걸어 나와 나를 친히 맞아줍니다.

약 2천 년 전, 기독교가 막 전파되던 시절, 바울과 요한이 복음의 거점으로 삼았던 이 항구는 로마, 안디옥, 알렉산드리아 등과 함께 로마 제국의 4대 도시에 속한 곳입니다. 상업과 학문, 예술의 중심지로 한때 인구가 25만이나 되는 이곳엔 세계 7대 불가사의라는 아데미 신전이 있었다고 하지요. 그리고 신전을 중심으로 우상숭배와 음행의 도시로 이름을 날렸습니다.

친구여, 이런 설명을 들으면 에베소는 지금의 샌프란시스코나 인천항 같았을 것입니다. 단지 그때는 아데미 신의 세력이 절대적이어서 사도 바울은 죽음을 무릅쓰고 그리스도의 말씀을 전했겠지요.

사도행전 18, 19장을 보면 이런 바울에게 하나님의 능력이 임해 에베소에서 예수의 이름이 날로 높임을 받았다고 합니다. 심지어 이곳 마술사들이 회개하여 수만 권 되는 사악한 책들을 불사르고, 그리스도의 말씀이 흥왕하게 되었다고 기록되어 있지요.

그 덕분에 에베소교회는 요한계시록에 나온 7 교회 가운데 하늘의 칭찬과 책망을 함께 받았습니다. 칭찬은 주의 이름을 믿고 인내한 점, 책망은 나중에 예수님에 대한 "첫사랑"을 버린 것이라고 기록되어 있지요.

에베소교회의 믿음은 바울의 담대한 가르침에 기인함에 틀림없습니다. 한 예로 바울은 당시 에베소의 경제 실권층이었던 아데미 신전 은장색들에게 우상을 만든다고 거침없이 질타합니다. 진리 앞에서 타협하지 않았던 그는 실권자들의 미움을 받아 추방되고 말지요.

그런데 이번 여행에서 놀라웠던 것은 옛 에베소 도성이 얼마 전까지 땅속에 묻혀 있었다는 사실입니다. 에베소의 존재는 성경 기록에 있었지만 매몰로 인해 오랫동안 물증이 없는 한갓 전설에 불과했습니다. 그런데 1863년 영국인 우드(J. T. Wood)가 처음 고고학적 발굴을 한 후, 수십 년 만에 에베소 구시가의 전모가 모두 밝혀지게 된 것이라지요.

벗이여, 그 옛 에베소의 시가를 걸어 내려갑니다. 헤라클레스 문에서 셀수스 도서관으로 이어지는 대리석 포장이 된 시가는 마치 영화 세트장 같습니다. 곳곳에 공동목욕탕과 분수와 신전들의 기둥들이 서 있습니다. 수세식 화장실과 홍등가의 흥미로운 유적들도 있습니다. 또한 만 이천권을 소장됐다는 셀수스 도서관은 지금 봐도 아름답기 그지없습니다.

우리 일행은 3개의 단으로 된 대극장으로 들어섰습니다. 25,000명을 수용할 수 있는 반원형의 큰 노천극장입니다. 공명이 잘 되어 한 곡조 뽑는 이도 있습니다. 그런데 내 귀에는 이곳에서 기독교리를 강론하며, 이방인들과 열띤 논쟁을 벌이던 사도 바울의 카랑카랑한 목소리가 들리는 듯합니다.

벗이여, 나는 맨 꼭대기 계단까지 올라갔습니다. 거기서 요한계시록에 나타난 일곱 교회의 의미를 다시 생각해 보았습니다. 형도 아시다시피, 계시록의 일곱교회는 당대 실제 교회라기보다는 이 땅에서 그리스도의 오심을 예비하는 교회의 모델이라고 볼 수 있지 않습니까?

친구여, 그런데 그 교회의 첫 열매였던 에배소엔 지금 이슬람의 성

전으로 가득 차 있습니다. 바울이 에베소 교인들에게 "내가 삼 년이나 밤낮 쉬지 않고 눈물로 각 사람을 훈계하던 것으로 기억하라" 하셨는데 교회는 어디로 갔을까요? 에베소 교회가 왜 예수님의 "첫사랑"을 송두리째 잃어버렸을까요?

근처 모스크에서 코란 독경 소리가 스피커로 크게 들립니다.

파묵칼레, 목화성

벗이여. 파묵칼레(Pamukkale)로 향합니다. 하얀 목화성(木花城)이란 뜻입니다. 그곳에 가면 하늘도 땅도 햇살마저도 모두 목화송이처럼 하얗게 흩날릴 듯합니다. 그리고 밤새 내린 달빛이 소복이 목화송이로 피어나는 곳.

친구여. 여행이 사무치게 고맙습니다. 그 이유는 동경(憧憬)의 성을 향해 밤새 걸어가면 새벽녘엔 달빛을 흠뻑 품은 목화송이를 내 손으로 딸 수 있기 때문일 것입니다.

파묵칼레는 자연이 수 세기 동안 석회석으로 지은 온천의 성곽이었습니다. 멀리서 바라보는 언덕은 초록빛 캔버스에 누군가 큰 붓으로 흰 물감을 듬뿍 찍어 거침없이 일필휘지(一筆揮之) 한 듯합니다. 남한산성만큼의 높이에 2km나 뻗어있는 언덕은 햇살 아래 흰 대리석처럼 빛나고 있었습니다.

이 석회 선반은 칼슘과 중탄산염을 함유한 온천수가 수 세기에 걸쳐 경사진 언덕 아래로 흘러내리며 만든 자연의 조각품입니다. 이 세상에 같은 현상으로 빚어진 경관이 많지만 파묵칼레는 순결한 목화성의 아름다움으로 인해 이 세상에 둘도 없는 비경이 되었습니다.

지하에서 뜨거운 탄산수가 솟아 나와 탄산가스는 증발하고 남은 침전물이 크고 작은 계단을 층층이 만들며 대지 전체를 덮었습니다. 마치 수백 개 계단식 논처럼 둘레는 흰 둑을 두르고 그 가운데 파란 물이 고였습니다. 그리고 그 못물의 품에 안긴 하늘.

벗이여. 문득 글도 이렇게 써야겠다는 생각이 듭니다. 가슴에서 분출되는 뜨겁기만 한 설익은 감정들을 먼저 탄산가스를 뽑듯 걷어내야겠지요. 그리고 그 속에 녹아있는 순수한 상념들을 서서히 가라앉히고 농축시켜야겠지요. 그런 모습을 파묵칼레에서 봅니다.

파묵칼레는 단단한 생각 한 가운데 항상 자연이 비치는 유체적(流體的) 공간을 두었습니다. 세월 가면서 점점 각질화되어가는 생각의 중심에 하늘의 빛이 담기고 바람도 쉬어갈 수 있는 흐름을 마련해 놓았습니다. 석회로 둘러싸인 작은 못들은 그 못을 넘쳐흐르는 물로 인하여 더 이상 고착화된 정물이 아닙니다. 물과 함께 끊임없이 흘러갑니다.

그 물속에 하늘도 흘러갑니다. 하늘에 담긴 구름이 바람을 불러 함께 흐릅니다. 못은 서서히 무한대 우주로 팽창해 가는 듯합니다. 석회질처럼 굳고 좁은 내 두뇌가 우주와 소통할 수 있는 비밀은 내 마음속에 흐름의 공간을 두는 것이겠지요. 그런 마음으로 쓰는 글만이 사람들과 소통하고 자연이 주는 설렘을 일으키지 않겠습니까? 고백건데 요즘은 글 쓰는 게 부끄럽기만 합니다.

파묵칼레 언덕 뒤편엔 BC 190년에 지어졌다는 옛 도시, 히에르폴리스가 숨어있었습니다. 지금은 폐허가 되었지만 그레코 로만과 비잔틴 시대를 거치며 흥했던 역사를 보여주듯 뭇 교회당과 야외공연장, 목욕탕 등의 흔적들이 여러 곳 남아있습니다.

로마황제 도미시안에 의해 십자가에 못 박혔다는 빌립 사도의 순교비 아래서 잠시 그 고통의 순간을 상상해보기도 합니다. 그런데 인상적인 것은 넓고 긴 공동묘지입니다. 병든 몸을 이끌고 온천의 치유능력을 믿고 왔다가 수천 년 동안 죽어간 사람들이 묻힌 돌무덤들이었습니다.

우리 일행은 죽은 자들의 무덤을 등지고 살아있는 이 찬란한 순간을 감사해 하며 석양을 바라봅니다. 옛날 아픈 몸을 이 온천수에 담근 사람들도 이 석양을 바라보며 목숨을 빌었을 것입니다. 석양은 희뿌연 하늘빛을 유지하다가 점점 연홍색으로 짙어집니다. 어느 순간 목화송이같이 소리 없이 떨어집니다.

친구여, 하늘 아래 영원한 것이 없음을 새삼 느낍니다. 하 세월 펑펑 쏟아져나올 줄 알았던 온천수가 이젠 바닥이 난지 꽤 오래라고 합니다. 주위에 관광 숙박소들이 우후죽순처럼 들어서서 지하수를 고갈시켰기 때문이라지요. 관광객이 들끓는 곳에만 눈가림으로 물을 펌프질로 보내고 있었습니다.

가까이서 보니 생수를 잃은 파묵칼레가 흰빛을 잃어가고 있습니다. 목화송이는 더 피지 않고 석회 연못엔 더러운 먼지와 때가 끼었습니다. 오늘도 목화성이 허물어져 갑니다. 밤새 내린 달빛이 고일 데가 없겠지요. 자연의 숨결이 흐르지 않는 죽은 글처럼…

12장

세도나의 적벽

빛의 고통

"색채는 빛의 고통이다. 어느 날 책을 읽다가 이 한마디를 읽는 순간, 갑자기 가슴이 아리고 멍해졌습니다…. 이 말을 누가 한 말이라는 것은(문호 괴테가 한 말입니다만) 이미 아무런 의미가 없었습니다. 이 세상을 아름답게 하는 모든 색체가 빛의 고통에 의해서 이루어진다는 사실에 정신이 번쩍 들었습니다. 빛에게 고통이 있나면 바로 어둠이라고 생각했으나 빛의 고통은 오히려 아름다움이었습니다."

— 정호승, 「색채는 빛의 고통이다」 중에서

시인 정호승의 산문을 읽다가 멈칫 섰다. 책을 내려놓고 시인의 충격을 생각해본다. 물론 나도 이 세상 모든 색깔들이 빛의 영광이라고 생각했다. 어머니가 도시락에 넣어주신 빨간 능금, 아내가 그린 연초록 숲, 금문교에서 바라보는 갈치 등비늘처럼 반짝이던 바다. 이 아름다운 색채를 내기 위해 빛이 그토록 고통스러워했음을 미처 생각지 못했다.

왜 색깔은 빛의 영광이 아니고 고통일까? 곰곰이 생각해보면 색깔은 빛의 산고(産苦)를 통해서만 나타난다. 하얀 태양 빛은 그 속에 '빨주노초파남보' 파장이 다른 모든 색깔들을 한 띠에 품고 있다. 가시광선뿐만 아니라 눈에 보이지 않은 적외선, 자외선 같은 광선에너지도 품고 있다.

이 색깔들이 선명하게 드러나려면 햇빛이 프리즘이나 물방울 같은 매체 속을 통과하며 허리를 꺾는 굴절(屈折)의 고통을 감수해야 한다. 직진할 줄밖에 모르는 빛을 굴절시키는 것은 강직한 투사의 무릎을 강제로 꺾는 것과 같은 수모의 고통일지도 모른다.

빛의 고통은 이것만이 아니다. 흰빛은 사물을 비출 때 스스로를 죽이고, 그 사물의 고유한 색깔만 드러낸다. 빛이 사과를 비추면 오직 빨간색 파장만 반사하고 다른 색들은 사과 원자 속으로 흡수시킨다. 빛은 자신을 감추고 자기가 비추는 대상의 색깔(개성)만 드러낸다. 빛의 희생 없이 이 세상 어느 것도 아름다울 수 없는 또 하나의 이유일 것이다.

그런데 또 한편 생각하면 빛은 오직 희생만 강요된 것일까? 아닐 것이다. 오히려 오묘한 조물주의 십리가 있다. 빛은 색깔을 냄으로 생명을 낳는다. 꽃 색깔을 보고 벌과 나비들이 날아와 사랑을 교감한다. 푸르고 무성한 나뭇잎 속에 설렘을 안고 산새들이 둥지를 튼다. 그래서 새 생명이 잉태되고 탄생시킨다. 빛은 광자의 파장을 절묘하게 조절해 색상을 드러내고, 밝기(명도)와 농도(채도)를 살려 생명의 매력과 힘을 입체화시키는 것이다.

빛이 생명과 직결된 가장 확실한 증거는 광합성이다. 식물들은 햇빛을 받아 이산화탄소와 물을 포도당과 산소로 만든다. 햇빛의 수고로 만들어진 산소는 인간에게 가장 중요한 생명소가 된다. 그리고 식물 속에 쌓인 거대한 유기물 포도당도 수억 년 동안 땅속에서 엄청난 압력과 고온을 견뎌낸 뒤 석탄이나 석유 같은 화석연료로 다시 태어난다. 빛은 스스로 고통을 감수함으로 생명을 살린다. 즉, 빛의 고통은 생명으로 부활한다.

지난 세월 동안 내 삶의 고통이야말로 내가 변화되고, 성숙되고, 생명력을 얻는 원동력이었음을 고백한다. 자연의 찬란한 색깔들도 고통의 소산인데 하물며 평범한 내가 예외일까 보냐? 고통을 통해 인간미나는 개성을 지니는 게 너무 고마운 일이 아닐 수 없다. 자연이나 인간의 영광이 모두 아픔의 열매란 사실을 묵상한다. 노을 색이 시리도록 곱다.

세도나의 적벽(赤壁)

아내는 세도나(Sedona)에서 돌아오자 붉은 적벽(赤壁)들을 화폭에 담기 시작했다. 햇빛이 오렌지색 불꽃처럼 돌산의 벽을 어루만지며 타오르는 그 광경을 오래 기억하고 싶은 듯했다. 세도나를 병풍처럼 둘러싼 적벽들은 그 웅장한 규모에도 불구하고 군림하지 않았다. 마치 어미 닭이 병아리를 품듯 모닥불처럼 따뜻했다.

"김 형, 세도나로 갑시다. 신비로운 붉은 돌산 아래 서서 마음껏 기를 받고 옵시다." 20년 지기 조형 부부는 이민생활 동안 거의 쉴새 없이 일해온 터였다. 손 타는 가업(家業)을 부부가 일주 닷새 꼬박 꾸려 왔다. "그래. 이제 떠납시다. 여행만한 보약이 어디 있겠소." 이민자들의 업보가 일복이라고 서로 위로하면서 행장을 꾸렸다.

세도나는 북 애리조나 사막의 일부다. 그러나 4,500피트 고원 지방의 온화한 기후에 유독 맑은 하늘, 손때 타지 않은 삼림과 형형색색의 지형이 빚어내는 조화 때문에 소문대로 신비감 넘치는 곳이었다. 근처의 그랜드 캐니언처럼 위압적이지 않고, 소노란 사막처럼 황량하지 않고, 콜로라도 산정처럼 고독하지 않았다.

레드 락(Red rock) 공원에 들어섰다. 멀리 형형색색의 기묘한 붉은 암석들이 보인다. 햇빛의 각도와 농도에 따라 불그스레하다가 자색을 띄기도 하고, 분홍빛이 흐르다가 귤황색으로 바뀌기도 한다. 중앙에 가장 높은 캐피탈 뷰트(Butte)가 우뚝 서 있다.

문득 머리 위에서 솔개의 울음소리가 절벽을 타고 메아리친다. 그제서야 내가 잊고 살았던 게 상상력임을 깨닫는다. 상상력은 자연과 교감할 수 있는 비밀 코드가 아닌가. 비로소 기암들이 살아 움직인다. 낙타가 머리를 들고, 도마뱀이 꿈틀거린다. 거인의 엄지, 쌍둥이 바위 옆에서 커피 포트기 끓는다. ⏌ 곁엔 스누피가 혀를 빼물고 늘어지게 자고 있다.

"세도나엔 볼텍스(vortex) 에너지라는 신비한 힘이 있다고 합니다. 강한 기운이 회오리처럼 용솟음치는 몸의 혈(穴)과 같은 곳이라지요. 지구 상에 모두 21군데 볼텍스 혈이 있는데 이곳 세도나에 4군데나 있답니다." 곁에 선 안내자가 친절히 설명해 준다.

과학적 증거를 반신반의하면서도 볼텍스가 전자장(電磁場)이라면 세도나 흙에 포함된 철분(鐵分) 때문이 아닐까 하고 생각해본다. 사실 세도나가 붉은빛을 띠는 것도 옛날 바다였던 이곳 사암(沙岩) 속에 포함된 철분 때문이다.

그런데 이곳 특유의 강렬하면서도 신비한 적색은 산화된 철분, 즉 쇠의 녹이 시간이 갈수록 선명하게 드러나기 때문이라고 한다. 마치 사람도 나이 들수록 익은 성품이 드러나듯…

근 900년 전의 인디언 유적지, 몬테주마 캐슬을 찾았다. 절벽 안에 만들어진 5층 공동주택지다. 앞에 흐르는 강물로 농사를 지은 흔적이 있다. 옥수수, 호박, 목화 등을 키웠다고 한다. 40여 개 되는 방마다 도토리 빻던 돌 접시 절구들이 놓여있다.

인상적인 것은 나무 사다리로 연결된 옥상의 망대다. 그 위에서 파수꾼은 외적과 맹수의 침입을 끊임없이 살폈고, 하늘과 땅에서 시시각각 벌어지는 천재지변을 두려움에 떨며 망보았을 것이다. 그리고 세도나의 적벽에 임재한 수호신에게 목숨을 빌었으리라.

문득 원주민들의 군집 생활이 이민 생활 같다는 생각이 들었다. "김 형, 옛날 어리숙했던 이민 초기, 절망적일 때면, 절벽 끝에서 눈 딱 감고 한 발짝 더 내디뎠으면 하던 때도 있었지요." 그래. 이국땅에서 살아보려고 발버둥 치던 그때가 망대 위에서 두려움에 떨던 시절이 아니었던가.

"김 형, 그러나 오늘 세도나의 붉은 절벽 앞에서 마음이 평온합니다. 모처럼 치유를 받은 느낌입니다." 어찌 우리만의 고백이랴. 이민 일세들이 모두 받아야 할 치유가 아닌가.

아내는 일주일 만에 그림을 완성했다. 화폭에 담긴 세도나의 적벽은 석양이 아닌 새벽빛이 타오르고 있다. 여명을 향해 마음의 혈(穴)을 연다. 세도나의 평온한 볼텍스 기운에 나를 맡긴다. 살아있다는 기쁨이 밀려온다.

목련나무 아래서

봄비 그치자 뒤뜰에 자목련이 활짝 피었다. 목련 송이들이 마치 보 랏빛 등(燈)처럼 꽃불 밝혔다. 그 화사한 빛으로 하늘이 유난히 눈부 시다. 태가 곱고 품이 넉넉한 목련 나무 아래서 이맘때 돌아가신 장모 님 생각을 한다. 작은 바람에 설핏 비치는 이파리가 당신의 수줍은 덧 니 같다.

막 제대하고 유학을 준비하던 때니 삼십 성상(星霜)도 더 지난 일이 다. 후암동 윤 씨 댁 따님과 결혼하겠다고 무작정 찾아간 날. 장모님은 무를 넣고 소고깃국을 한 솥 끓이셨다. 큰 어른이신 할머님과 정성 들 여 상을 보시곤 나를 옆에 앉히셨다. 별말씀 없이 인자한 미소만 지으 신 채 그저 많이 들라고만 하신다.

학교 기숙사에서 늘 허기졌던 내가 놋쇠 그릇 그득한 고깃국을 채 비우기도 전에 듬뿍 채워주신다. 몇 그릇 비우고 나니 웃으시며 말씀

하신다. "잘 먹으니 건강해서 좋네. 혼인은 하늘의 뜻이니 이루길 원하면 기도하게."

믿음의 어머니. 애송이 같던 나를 배냇신앙이란 말만 듣고 믿어 주셨다. 어려서는 교회 마당에서 자랐어도 커가면서 공부 핑계로 제대로 신앙생활을 못 한 주제였지만 예수님 덕에 장가가는 셈이었다. 첫인사 이후 장모님은 장인어른과 달리 재산이나 세력 있는 집들의 청혼에도 별 관심을 두지 않으시고 나를 밀어주셨다.

신실한 믿음의 어머니. 그 옛날, 삼팔선이 갈리고 장모님은 먼저 월남하신 장인어른을 찾아 평안도 선천에서 갓 난 자식들을 데리고 피난을 내려오셨다. 그때 바로 코앞이 삼팔선인데도 성수 주일 하시느라 넘질 않으셨다고 한다. 공산군들에게 붙잡히면 영락없이 잡혀가는 삼엄한 감시망 아래서 주일예배를 드리고 난 나음 날에야 경계를 넘으셨다는 것이다.

장모님은 일제 말기 신사참배를 끝까지 반대하다가 순교하신 손창원 목사님 교회에서 자라 오신 분이라 말씀에 순종함이 몸에 배인 분이셨다. 나중에 당시 어디서 그런 용기가 나셨냐고 여쭈었더니 밤에 숨죽여 기도할 때 품에 안은 갓난아기들도 미동도 않고 울지도 않아 하나님이 함께하심을 확신했다고 하셨다.

장모님은 피난 나오셔서 고향 사람들과 해방촌에 터를 잡으셨다. 그리고 손수 벽돌을 찍어 교회당부터 지으셨다. 온유한 현모양처이셨지만 생활력은 남달리 강하셨다. 피난 통에 동대문 시장에다 성격이 불같은 장인어른의 반대를 무릅쓰고 포목상을 여셨는데 후한 성품과 철저한 신용으로 크게 번창했다. 주일날 문을 닫는 유일한 점포였는데 단골들은 기다렸다가 다음날 몰려왔다고 했다.

장모님은 주위의 어려운 인척과 동향민들을 오래 도우셨다. 누구든지 생활형편이 어려워 찾아오는 사람들을 그냥 돌려보내지 않으셨다고 한다. 친척 자제들은 물론, 가난한 교회 청년들에게 등록금을 도와줘 훗날 의사나 목사가 된 젊은이들도 여럿 되었다. 동네 행상 할머니들은 매일 팔다 남은 떨이감을 으레 이 댁에 부려놓고 갔다.

그런데 신기하게도 장모님이 하나씩 장만한 상가나 땅들은 예상을 뒤엎고 나중에 꽤 큰 재산이 되었다. 번번이 장인어른이 반대하셨던 거래였다고 한다. 나라의 경제통으로 대한상공회의소와 전국경제인연합회 발기인이셨던 장인 어른도 나중엔 부인께 손을 들었다고 하신다. "당신이 나보다 몇 배 낫소. 하나님 빽이 세긴 센 모양이요."

장모님은 자식들에게도 지혜롭게 대하셨다. 신혼 때 유학 생활로 고생하던 아내가 좀 나이 든 사람에게 시집가서 사랑이나 듬뿍 받을 걸 하고 푸념하자 한마디 하셨다. "내 나이든 남편하고 살아보니까,

남자란 나이 상관없이 부인을 제 엄마처럼 기대고 부려먹으려고만 하더라. 친구 같은 남편이 좋으니라" 하시며 내 기를 살려 주시곤 했다.

그런데 이제 우리가 장모님 나이가 되었다. 부모님 덕에 더 배우고 미국서 자리 잡았지만 나이 들수록 그들보다 훨씬 미흡함을 고백지 않을 수 없다. 당신처럼 역경을 헤쳐나간 믿음도, 어려운 집 자식들의 등록금을 선뜻 내준 여유도, 고향 분들을 끝까지 돌보신 우애도 본받지 못했다. 내가 고작 사위 노릇을 한 건 장모님이 예순 넘어 신학교를 졸업하셨을 때 미국 구경시켜드린 것이 전부였다.

얼마 전부터 장모님을 어떻게 추모해드릴까 생각하다가 아내가 먼저 아프리카 고아들을 돕자고 했다. 어머니를 닮고 싶은 딸의 심정일 것이다. 벌써 4명에서 6명으로 늘었다. 그들이 보낸 감사카드를 보면 장모님이 칭찬하신 것 같이 행복해진다. 올해는 10명을 목표로 세웠다.

봄날, 목련 나무 아래 서면 보랏빛 치마에 흰 고름 한복 곱게 입고 환히 웃으시던 장모님이 그립다. 나이 들수록 그 후덕하시던 품이 그립다.

작약 위로 구름이 흐르는 집

고국 나들이에 난생처음 해남 땅끝 마을과 강진을 둘러 오기로 했
다. 오래전, 문화유산답사기를 쓴 유홍준 교수가 이곳부터 출발하라
고 일러주었던 곳이었다. 그는 이곳을 "영랑의 슬픔과 다산의 아픔"
이 스민 남도의 일 번지라고 했다. 한 번도 가본 적이 없으면서 평생
그리워한 곳이었다.

나는 2박 3일 일정을 잡고 해남 땅 월출산 가는 지도를 펼치니 길목
에 담양이 눈에 들어왔다. 태학사의 지현구 대표께 여정을 알리자 바
로 문자가 왔다.

"담양엔 꼭 들르세요. 그곳 거쳐 남도 일 번지는 저도 철마다 가는
곳입니다. 유능한 해설사들의 안내를 받으세요." 지자체가 도입된 후
지방마다 유산들을 복원하고 그 고장 문화와 역사를 전문적으로 안내
하는 해설사 제도가 탄탄히 뿌리를 내린 것 같았다.

서울에서 새로 난 서해안고속도로를 탔다. 충청도를 지나 전라도로 드는 산천은 경상도 쪽보다 순하고 고즈넉해 보였다. 곳곳에 산허리를 뚫고 최신공법으로 지은 긴 터널을 연이어 지나다가도, 어느 틈엔가 지평선이 펼쳐진 푸른 평원을 나룻배로 물 건너듯 유유히 흘러갔다. 모처럼 입가에 육자배기가 흥겹다.

담양은 광주의 동북쪽 무등산 기슭에 닿아 있었다. 예로부터 많은 정자와 누각들이 있음을 들어온 터였다. 담양 10 정자 중에서도 조선 시대 유명한 원림 건축의 백미 〈소쇄원〉과 송강 정철이 가사 성산별곡을 노래한 〈식영정〉을 찾고 싶었다. 그리고 대나무 숲 〈죽녹원〉에서 대나무에 스치는 바람소리를 들으면 하루 해가 떨어질 것 같았다.

그런데 도착하자 해설사는 우리를 "메타세쿼이아" 가로수길부터 안내했다. 영화에서 본 젊은 연인들이 자전거를 타고 달리던 길이었다. 외국에서 왔다고 서구적인 풍치부터 보여주려는 의도가 있었는지 몰랐다. 캘리포니아의 레드우드나 킹스케니언의 세쿼이아보다는 훨씬 작지만 일정한 간격으로 곧게 뻗은 나무둥치들과 무성한 이파리들은 숲의 터널을 이루며 잘 가꾸어져 있었다.

그러나 영화 세트 같은 인공적인 운치였다. 나는 문득 메타세쿼이아 가로수 밑 개천에 아무렇게나 핀 맥문동 들풀에 눈길이 갔다. 물가 음지에 자라며 사람들에게 진액을 보해준다는 약초. 유서 깊은 담양도 떼로 몰리는 관광객들의 취향 따라 인공 조림한 외래종 가로수들을 더 선호하는 게 아닌가 하는 조바심이 들었다.

맥문동 풀꽃에서 눈을 떼지 못하는 우리들을 보고 해설사는 가장 담양다운 곳으로 안내하겠다고 했다. 그곳이 슬로시티였다. '느리게 사는 마을'이란 뜻인데 이젠 세계 여러 곳으로 확산되고 있다고 했다. 분초를 다투며 살아가는 산업 도시 속 생활 형태로부터 자연 친화적인 삶을 찾아 공동체를 회복하려는 운동의 일환인 셈이다.

삼지내 마을로 접어들자 옛 전통한옥들이 올망졸망 앉아있다. 돌담길을 끼고 맑은 시내가 졸졸 흐르는데 집집마다 문패들이 달려있다. '아궁이가 예쁜 집', '분꽃이 웃는 집', '누렁소랑 누렁흙이랑' 시구 같은 이름들이 마음에 와 안긴다. 우리는 목을 빼고 집안을 기웃거리다가 정원이 예쁜 민박 찻집에 들어갔다.

마흔 갓 넘은 듯한 부부가 다기에 불을 붙여 황차를 끓여준다. 녹차보다 맛이 순하다. 방의 앞뒤 미닫이를 다 여니 서늘한 바람이 뺨에 닿고, 툇마루 지나 붉고 흰 작약 꽃들이 화폭에 가득 담긴 듯하다. 그들은 어린 자식들을 흙 만지며 키우고 싶어 낙향했다고 했다. 참 어른스런 사람들이다.

나는 미국 땅에서 40년을 촌음을 아끼며 쫓기듯 살아왔다. 무얼 위해 이리도 허둥대었을까? 문득 흐드러진 작약 꽃 더미 위로 바람에 몸을 맡긴 채 흘러가는 구름의 그림자가 보인다. 나도 꽃 한 뿌리 얻어다가 정원에 심고 싶다. 그리고 '작약 위로 구름이 흐르는 집'이란 문패를 달고 싶다.

남성 중창단 "좋은 이웃들"

복더위로 엊그제까지 허덕였는데 어느 틈에 가을이 샛길로 돌아와 저만치 앞질러 간다. 세월이 더 가기 전에 내가 속한 남성 중창단 "좋은 이웃들(Good Neighbors)"의 자선 콘서트를 열기로 했다. 첫 공연을 하고 봉사활동을 한 지 올해로 꼭 십 년 째다.

"좋은 이웃들" 멤버들은 지난 15년여 내가 샌프란시스코 한국일보에 「환경과 삶」 칼럼을 쓰고, 북가주 자선합창단을 이끌면서 사귄 친구들이다. 모두 전문직에 일하면서 글과 노래의 꿈도 평생 버리지 못한 철없는 중년들이다. 나이가 들었어도 스스로를 낭만 인생이라고 자부하는 아마추어들이다.

창단 멤버는 6명이었다. 당시 미주 중앙일보 발행인으로 글을 쓰면서 노래해 온 이연택, 은행 지점장으로 일하면서 TV 대담프로를 진행해 온 이원창, 신경정신과 의사로 성가대를 지휘한 정유석, 산부인과 전문의로 자선합창단을 설립한 김종대, 산호세 KTN-TV 대표 성기왕, 그리고 나까지이다.

팀 식구들로는 피아니스트 김영미와 장신희, 연습 지도에 변은희, 총무로 봉사활동 섭외를 총괄해 온 정은숙 시인과 카니 리가 있었다. 모두가 요세미티에서 열린 샌프란시스코 문학 캠프에 참석했다가 자선과 봉사를 위한 중창단을 만들기로 의기투합한 것이다.

첫 공연을 중앙일보 커뮤니티 홀에서 열었다. 콘서트는 노래와 함께 우리들이 쓴 수필과 시 낭송이 어우러졌다. 타고난 미성에 기타를 잘 치는 이연택이 리드싱어이고, 정유석과 성기왕이 깊은 베이스와 바리톤을 맡았다. 그리고 김종대와 내가 하이 테너에 이원창은 중간 테너를 각각 불렀다.

그때 부른 노래들이 성가곡들과 대학 시절 팝송과 가곡들. 이를테면 "바닷가의 추억"과 "Sunrise, sunset", "나물 캐는 처녀", "장안사", "희망의 나라로" 등이었다. 멤버들이 합창을 오래 해 온 터라 호흡을 맞추는 게 그리 어렵지가 않았다. 게다가 당시는 이민 사회에 7080 세대를 추억하며 즐길 만한 문화공간이 적어 지역사회의 호응도 컸었다.

그러나 바빠 사느라 오랫동안 후속 공연을 못 가졌다. 마침내 수년 만에 "버클리 대학 한국어 프로그램"을 돕는 음악회를 꾸미기로 서로 독려했다. 이번 공연에는 이민규 한국일보 국장, 서형민 장로, 이영호 CPA, 젊은 기타리스트 김우일 등이 합류했다.

큰 창이 사방으로 훤하게 뚫린 공연장이 아늑하다. 정원의 단풍 진 나무들이 친구들의 노래에 박수를 치듯 우수수 흩날린다. 시간이 되자 친지들, 대학 관계자들, 그리고 옛 노래가 그리운 사람들로 그득하게 찼다. 지역 신문들도 큰 관심을 보여주었다.

우리는 첫 곡, "주님 만이"를 부르면서 점점 긴장이 풀리고 가슴이 벅차 오름을 느낀다. 서로를 쳐다보며 화음의 명수들 '브라더스 포'의 "Try to remember", "Let it be me"를 불렀다. 배경화면에 낙엽 지는 덕수궁 돌담길이 흘러간다.

가곡, "기러기 떼"는 내가 얼굴 한번 못 본 외삼촌을 그리며 불렀다. 원산 중학 졸업반이던 해, 인민군으로 끌려가 낙동강 전투에서 산화한 외삼촌.

"한 줌의 흙이 바람에 흩날리 듯/ 수많은 목숨 앗아가던 총탄자국이/ 산허리를 수 놓아둔 채 말이 없는데/ 기러기 한 떼 줄지어간다…"

콘서트의 하이라이트인 정지용의 "향수"를 부를 땐 청중들의 입가에 피어나는 미소를 보았다. 대부분 고향을 떠올리듯 눈을 지그시 감고 조그맣게 따라 부르신다. 우리는 '얼룩배기 황소가 헤설피 금빛 게으른 울음 우는 소리'를 따라 동산에 올랐다.

해바라기의 "사랑으로"를 마침 곡으로 청중들과 함께 서서 손을 잡고 불렀다. 공연이라기보다 한마음으로 즐겼다는 뿌듯함이 퍼진다. 과분한 박수와 성원이 느껴져 온다.

그 순간, 창단 멤버 중에 몇 년 전 병으로 세상을 뜬 김종대 형의 빈자리가 크게 느껴진다. 그는 늘 열정이 넘치고 적극적이었다. 그리고 공연 아이디어도 많았다. 그가 아프지만 않았더라면 우리는 여러 번 콘서트를 열었을 것이다.

그가 입버릇처럼 말했다. "인생은 후반전에 행복해야 합니다. 나이 들수록 열정을 잃지 말고 이웃과 나누어야 합니다. 그것이 '좋은 이웃들'을 잘해야 되는 이유입니다."

누군가가 이야기했었다. 아름다운 영화 한 편을 본 후 그 자리에 잠시 머물라고. 모두의 행복한 순간을 위해 뒤에서 수고한 사람들의 엔딩 크레딧을 자막에서 읽어주라고. 콘서트의 막이 내리고 김종대 형의 이름이 크게 비친다.

13장

이민문학의
정체성

합리와 낭만

문우(文友)여. 창밖에 훈훈한 봄비가 내립니다. 북 캘리포니아의 봄은 온통 연초록 새 생명의 축제입니다. 이 소생의 계절에 세계사를 다시 섭렵하는 기쁨을 누립니다.

지난번 우리들의 〈버클리 문학회〉 모임에서 "19세기 사상의 변천사"를 흥미롭게 공부했지요. 어제를 통해 오늘을 바라보고 내일의 삶을 가늠해보는 시각으로 부족하나마 제 소감을 보냅니다.

잘 아시는 대로, 19세기 유럽은 계몽주의(啓蒙主義)를 꽃피웠습니다. 눈부신 과학의 발전 때문이지요. 물론 계몽주의의 본원은 17세기 데카르트입니다. 그는 냉철한 이성(理性)과 과학적 합리주의로 인간의 무지를 깨우쳐야 한다고 믿었습니다.

이에 맞서 낭만주의(浪漫主義)가 나타났습니다. 낭만주의자들은 인간의 합리적 사고와 판단을 믿지 않았습니다. 오히려 인간들은 아무리 배워도 순간적 충동에 따라 행동한다고 맞섰지요. 그 당시에 이런 진보적 사상의 출현은 놀랍습니다. 산업화가 가속화되고 기독교 윤리가 퇴색하면서 인간들은 감정표현에 더욱 솔직해졌기 때문이겠지요. 19세기 말에는 비이성적인 낭만주의가 과학적 합리주의를 밀어내기 시작했습니다.

문우여. 여기서 계몽주의와 낭만주의, 양대 사조를 좀 더 구체적으로 살펴볼 필요를 느낍니다. 19세기 초, 과학적 합리주의를 꽃피운 사조가 실증주의(實證主義)입니다. 이는 추상적 이론보다 과학적 관찰과 실험을 통한 자료만이 가치가 있다고 주장했습니다. 합리주의의 우월성을 실험에서 증명된 사실만을 써서 나타내려 했지요.

이즈음 찰스 다윈이 『종의 기원』(1859)을 발표하였습니다. 이 진화론(進化論)은 사회 모든 분야에 큰 충격을 던졌습니다. 다윈의 진화론, 적자생존의 논리는 전통적 교회의 가르침과 정면으로 맞섰습니다. 이 비전통적 인간 중심의 진화론은 낭만주의에 가깝다고 볼 수 있지요. "인간은 신에 의한 특별한 창조물이 아니라 진화과정에서 우연히 나타난 종에 지나지 않는다"라는 가설이 번져 나갔습니다.

그런데 그 결과, 사람들은 "내가 왜 태어났는가?" 하는 존재의 의미를 잃고 불안감에 싸이게 됩니다. 더구나 유럽인들은 진화론을 백인 우월주의를 합리화하는 데 이용하기 시작했습니다. 진화론자들은 백인들이 유색 인종보다 우수함으로 정복할 권리가 있고, 실패한 민족은 망해도 당연하다는 이론을 펴나갔습니다. 제국주의와 인종차별이 팽창했습니다. 그렇다면 무엇을 위한 진화이며 진보인가? 그 질문에는 그들도 묵묵부답이었습니다.

그러다가 계몽주의도 쇠락합니다. 그 대표적 비판자가 니체(1844-1900)입니다. 그는 신은 죽었다고 선포했지요. 인간을 신의 위치로 끌어올려야 한다고 주장했습니다. 그래서 유럽의 구원을 위해 초인(超人)의 등장을 믿었습니다. 그런데 그의 이론은 스스로를 초인이라고 믿은 나치 히틀러의 등장을 도와주는 아이러니를 낳고 말았습니다.

당시, 유대계 의사였던 지그문트 프로이트(1856-1939)의 등장은 정신과학의 대전환기가 되었습니다. 그는 인간의 모든 행동은 이성적 판단보다 잠재의식에 의해 좌우된다고 보았습니다. 그는 『꿈의 세계』에서 "인간의 본능은 원래 선한 것이 아니라 공격적이고 악하다"라고 주장했습니다. 그의 학설은 합리주의를 부정하고 본능에 좌우된 인간상을 부각시켰습니다. 이로써 현대의 인간은 자신도 믿지 못하는 존재임을 밝힌 셈이지요.

과학의 첨단인 물리학에서도 큰 변화가 일어났습니다. 17세기이래 뉴턴의 고전 물리학은 불변으로 알았지요. 뉴턴은 우주의 모든 만물은 반드시 원인과 결과가 있는 인과(因果) 법칙에 의해 존재 된다고 믿었습니다. 그러나 근대에 들어오면서 고전 물리학이 전자(電子)의 세계에서는 적용되지 않음이 밝혀졌습니다. 미립자의 세계에서는 인과법칙 대신 가능성과 확률의 법칙만이 적용됨을 안 것입니다.

아인슈타인(1879-1955)은 상대성원리를 통해 불변으로 믿었던 시간(time)마저도 변함을 증명해냈습니다. 사람들은 인간 두뇌에서 나온 모든 학문이 불확실함을 깨닫게 된 것이지요. 그 결과, 세상은 개인적 불안과 두려움에서 점차 민족간의 증오, 폭력의 난무 속으로 빠져들게 된 것입니다. 드디어 세계는 1차 대전이 발발, 대 살상의 소용돌이 속에 휩싸이고 말았습니다.

문우님, 역사는 거울이란 말을 실감합니다. 우리의 모습을 솔직하게 비춰주는 거울. 인간이 최고의 사상과 이론을 세웠다고 자만하는 순간, 세상은 예전보다 더 아득한 혼돈의 나락으로 떨어지는 것을 봅니다. 과연 진리가 어디에 있을까요? 어쩌면 합리와 낭만, 어느 쪽에도 치우치지 않은 그 사이에 있는지도 모릅니다. 과학과 감성(感性), 어느 쪽에도 손 닿지 않는 그 너머에 있는지도 모릅니다. 분명한 것은 우리는 아는 만큼 모른다는 것입니다. 창밖의 비가 점점 세차게 뿌립니다.

봄날은 간다

'연분홍 치마가 봄바람에 휘날리더라/ 오늘도 옷고름 씹어가며/ 산 제비 넘나들던 성황당 길에/ 꽃이 피면 같이 웃고/ 꽃이 지면 같이 울던/ 알뜰한 그 맹세에 봄날은 간다…'

수많은 가수가 불렀던 "봄날은 간다" 중에 나는 장사익의 노래가 제일 좋다. 낭랑한 목소리로 구성지게 부르는 백설희가 원조이고, 작은 입에서 실을 뽑듯 소리를 뽑아 올리는 조용필의 리메이크도 좋다. 하지만 한복을 입고 한 손에 부채를 든 채 심장에서 쥐어짜는 듯한 장사익의 무반주 노래가 제일 슬프다.

이 노래의 작사가 손로원은 원래 화가였다고 한다. 그는 6·25 전쟁 때 피난살이 하던 부산 용두산 판잣집에 어머니 사진을 걸어 뒀다. 연분홍 치마에 흰 저고리 입고 수줍게 웃는 사진이었다. 사진은 판자촌에 불이 나면서 타버렸다. 그때 황망한 마음으로 써 내려 간 곡이라고 했다.

 나는 이태 전 5월 봄날, 미국서 오래 벗하며 지냈던 이 형과 화개장 터로 들어서며 이 노래를 들었다. 마음이 금방 아련해 왔다. 그런데 손 바닥만 한 장터는 옛 토속적인 멋은 간데없고 값싼 관광지 냄새만 진 하게 풍겼다. 예전엔 구례 등지의 풍성한 농산물과 하동 포구의 물 좋 은 해산물이 모여들던 전국 3대 장터 중 하나였다는데…

 마을 초입에는 천하대장군 대신 조잡한 노래비가 서 있었다. 봇짐 진 장사치들이 땀을 훔치며 걸었을 서낭당 고갯길은 모두 깎여 삭막 한 아스팔트 길만 훤하다. 첫 새벽 산나물 소쿠리를 머리에 인 산골아 낙네들을 실어 나르던 나룻배도, 강나루도 흔적이 없다. 대신 그 자리 에 서양식 현수교가 높이 세워져 관광차들이 줄지어 달리고 있다.

 김동리는 단편소설 '역마'에서 화개장터를 이렇게 그리고 있다. 1948년 작이니 근 70년 전 일이다.

 "… 그곳이 언제나 그리운 것은, 장터 위에서 화갯골로 뻗쳐 앉 은 주막마다 유달리 맑고 시원한 막걸리와 펄펄 살아 뛰는 물고 기의 회를 먹을 수 있기 때문인지도 몰랐다. 주막 앞에 늘어선 능수버들 가지 사이사이로 사철 흘러나오는 그 한 많고 멋들어 진 춘향가 판소리 육자배기…"   — 김동리, 「역마」 중에서 우리는 이내 마음을 고쳐먹었다. 그 옛 소설 속의 화개장터로 들어가기로 하였다. 섬진강이 내려다보이는 장터 어귀 식당의 평상에 걸터앉아 동동주와 은어 튀김을 청했다. 짙은 화장을 한 젊은 아낙네가 연신 물고기를 튀겨내고 파전을 구워 한 상을 차려온다. 제법 따가운 한낮 볕 탓인지 동동주 한 모금이 그리도 시원할 수 없다. 여기 오래 사셨나요? 지나가는 인사치레였는데 아낙네는 기다렸다는 듯이 이야길 쏟아놓는다.

"저는 강원도에서 이곳까지 흘러왔지요. 남자 따라 어느 봄날 마실 가듯 예까지 왔는데 그에게 버림받고 장터에서 생계를 이어온 지 몇 년 되었답니다. 섬진강이 흐르듯 또 떠나야지요. 제게 붙은 역마살 때문에 어디론가 또 가야지요"

역마살! 소설 역마는 역마살로 일컬어지는 당사주(唐四柱)에 대한 얘기가 아닌가. 떠날 수밖에 없는 운명을 타고났다고 믿고 그 팔자소관에 몸을 맡기던 우리 선조들의 뿌리 깊은 운명관. 소설 속의 두 젊은 남녀도 맺어질 수 없는 사랑을 역마살이 낀 천륜으로 체념하고 화개 장터를 떠나지 않았던가. 어쩌면 세월 가고 산천은 변해도 사람들의 이야기는 이렇게 꼭 같이 되풀이되는 것일까?

생각해 보면 젊은 시절 미국으로 떠나 40여 년을 살아온 나도 역마살이 낀 팔자인지도 모른다. 떠날 운명으로 믿고 고향을 떠났는데, 이제 고향 그리워 다시 돌아온 이 마음도 역마살의 소치일까? 허나 어찌 나뿐이랴! 이 따뜻한 봄날, 평생 부평초처럼 떠돌다가 고향을 찾아온 사람들이 이곳 화개장터에서 서로 옷깃을 스치며 서성이고 있다.

아낙네가 청하지도 않은 노래를 나지막하게 부른다. 옛 시절 장터에서 사시사철 흘러나왔다던 한 많은 춘향가 판소리대신 제법 구성지게 부른다.

"연분홍 치마가 봄바람에 휘날리더라/..알뜰한 그 맹세에 봄날은 간다."

역마살 긴 5월 봄날은 이렇게 우리 곁을 떠나고 있었다.

목어(木魚) 앙상블

바람이 대나무밭에서 불면 대나무가 울지만, 바람이 지나지 않
으면 대나무는 소리를 남기지 않는다.

모처럼 가야금 연주를 들으며 '채근담'의 한 구절을 떠올렸다. 가야
금 연주 속에서 음이 끊긴 자리, 그 여운이 주는 잔향 감이 오래도록
마음에 남는다.

북가주에서도 잘 알려진 나효신 작곡가의 국악 신곡 발표 콘서트
에 참석한 자리였다. 지난여름, 그녀 부부가 사라토가에서 열린 아내
의 서양화 전람회에 들렀다가 우리를 초대해 주었다. 음악회는 샌프
란시스코의 고풍 어린 음악당에서 열렸다. 팸플렛에 새겨진 콘서트의
주제가 '동양과 서양이 만나는 목어 앙상블'이다.

목어(木魚)란 나무로 깎은 잉어 모양의 법구(法具) 아닌가. 부처님

앞에서 염불이나 예불을 할 때 쓰는 목탁, 또는 법당에서 사람을 모을 때 쓰는 악기와도 같은 법구. 어느 스님의 책에 목어의 의미는 수행자도 물고기처럼 밤낮 눈을 감지 말고 깨어서 수도에 정진하라는 뜻이라고 했다.

음악회에서 나 작곡가는 12현 전통 가야금과 25현 개량 가야금, 그리고 우리 가야금을 닮은 일본 전통악기 고토를 위한 곡들을 선보였다. 나는 이제까지 우리의 전통악기 가야금에 대해 아는 게 없었다. 오랫동안 서양음악에 길들여졌을 뿐 아니라 한국을 떠난 후에도 우리 고전 음악에 대해 관심을 가질 겨를이 없었다. 그런데 음악회 내내 청정한 가야금의 소리가 대나무 숲 바람 소리처럼 가슴을 파고들었다.

콘서트 이후, 나는 나 작곡가의 스승이자 한국 가야금의 명인인 황병기 선생의 가야금 독주곡들을 여러 번 들어보았다. 그가 나 같은 문외한들을 위해 귀띔해 준 가야금에 대한 간결한 설명이 큰 도움이 되었다.

"한국의 12현 전통 가야금 소리는 농현(弄絃)이 생명입니다. 농현이란 손 떨림으로 음을 올리고 내리며 변화를 주는 기법이지요. 마치 붓글씨를 쓸 때 획의 변화와 같습니다." 참 명쾌한 설명이다. 왼손으로 가야금의 현을 눌러 소리를 높일 때 누르는 손을 빠르게 떨고 힘을 달리하면 음이 미세하게 높아졌다 낮아졌다 한다는 것이다. 현(絃)을 가지고 논다(弄)는 한자어가 흥미롭다.

12현 전통가야금에 농현이 강조되는 이유는 한국적인 아름다움이 선율에 있기 때문이라고 한다. 그러고 보니 우리 국악엔 화음이 없다. 올곧은 선(線)의 음이다. 서양음악은 화음을 넣어 여백이 없이 꽉 채워져 있다. 그러나 국악은 여백이 크다. 그래야 선의 미가 산다는 것이다. 단조로운 선율이지만 들으면 들을수록 깊고 풍요로운 감동이 가슴에 전해져 오는 까닭이 여기 있는 듯 싶다.

깊은 떨림과 여운을 자아내는 농현의 중요한 비밀이 또 있었다. 바로 연주자의 변화무쌍한 심리와 감정을 표현하는 일인 것이다. 서양음악은 화성(和聲)을 통해 기쁘고 슬픈 정서를 비교적 다양하게 나타내지만 직선적인 가야금의 선율만으로는 수월치 않을 것이라 추측할 수 있다.

그러나 나도 체험을 통해서 안다. 우리 고유의 정서 한(恨)을 가야금보다 더 생생하게 표현해 주는 악기가 어디 있을까. 기약도 없이 서울로 간 남편을 그리워하는 아낙의 심정을 가야금의 선율보다 어떻게 더 애절하게 토해낼 수 있을까.

좋은 가야금은 보통 30년이 넘은 오동나무를 베어 6~7년간을 바깥에서 말린다고 한다. 가장 자연과 닮은 소리를 내려는 염원 때문이다. 오동을 자른 뒤 원틀을 밖에 내놓아 수년간 뜨거운 햇볕을 쬐고, 소슬

한 바람을 쐬고, 찬 빗물에 흠뻑 적신다. 자연의 온갖 풍상을 울림통이 몸소 체험해 그 소리를 몸으로 익히게 하려는 것이다.

그 후에 손 대패로 조금씩 깎아내면서 속살에 소리를 담아간다. 때가 되면 표면을 인두로 지진다. 그러면 비로소 자연의 소리가 바깥으로 새거나 나무에 먹히지 않고 사방으로 울리기 시작한다고 한다.

이번에 초연한 나효신 작곡가의 작품들과 황병기 선생의 "비단길" 가야금 독주곡을 다시 들어본다. 그리고 자연의 소리에 귀 기울인다. 달빛 내리는 소리, 다람쥐가 바스락거리는 소리, 여울물 흐르는 소리, 새벽 까치가 짝을 찾는 소리, 낙엽 지는 소리, 사슴이 물 먹는 소리, 대나무 숲 사이로 지나는 바람 소리, 그리고 산사에 목어 우는 소리…

문학은 만남이다

"문학은 만남입니다." 〈버클리 문학회〉 특강에서 서울대 명예교수, 권영민 교수가 던진 첫 말이었다. "저는 두 시인의 만남이 한국 문학사에 어떤 족적을 남겼는지 소개하려 합니다."

그는 마치 다큐 영화를 틀듯 이야기를 시작했다. "1939년 일제강점기, 촉망받는 두 시인이 문단에 나란히 얼굴을 내밀었습니다. 잡지 『문장』을 통해 데뷔한 박목월과 조지훈입니다. 당대 명망이 높았던 정지용 시인은 목월을 추천하며 '북에는 소월이 있었거니, 남에 목월이 날 만하다'고 극찬했습니다."

두 시인이 등단한 직후, 일본의 한글 말살 정책으로 모든 신문과 잡지들이 문을 닫고 만다. 『문장』도 곧 강제 폐간됐다. 지훈과 목월도 펜을 놓을 수밖에 없었다. 지훈은 혜화전문을 졸업한 뒤 바로 오대산 월정사로 들어갔고, 목월은 고향 경주에 머물며 금융조합 서기 일을 했다. 누구도 이들을 시인으로 알아주지 않던 시기였다.

글에 목말랐던 지훈은 다른 문우들의 근황이 궁금했다. 1941년 봄, 그는 옛 잡지에서 찾은 주소로 목월에게 편지를 썼다. 얼굴 한번 보고 싶다는 내용이었다. 뜻밖에도 답장이 왔다. '경주박물관에는 지금 노오란 산수유 꽃이 한창입니다. 늘 외롭게 가서 보곤 하던 싸느란 옥적(玉笛)을 마음속 임과 함께 볼 수 있는 감격을 지금부터 기다리겠습니다.'

권 교수는 마치 서정시를 읽듯 만나는 순간을 묘사했다. "1942년 이른 봄날 해 질 녘의 건천역. 하늘에서는 봄비가 분분히 내렸습니다. 목월은 한지에 '박목월'이라고 자기 이름을 써 들고 기다렸습니다. 기차가 역 구내로 들어오자, 시골 아낙네 서넛과 촌로 두엇이 플랫폼에 내렸습니다. 마지막으로 천천히 내려선 사내. 훤칠한 키에 긴 머리를 밤물결처럼 출렁거리던 신사. 조지훈이었습니다."

"목월은 자기 이름을 적은 한지를 어린아이처럼 높이 흔들었습니다. 두 청년은 얼싸안았습니다. 목월이 스물여섯, 지훈은 스물둘이었습니다."

암흑의 시대를 살아가던 두 시인은 이렇게 건천역에서 처음 만난 뒤 문학적 동지가 되었다. 둘은 폐허의 고도 경주의 여관에서 거의 매일 뜬눈으로 밤을 새우며, 문학과 역사를 논했다. 지훈은 시인이라는 자기 존재를 귀히 여기는 목월이 고마웠고, 무엇보다 그가 발표할 수도 없는 시를 써 두고 있는 점이 믿음직했다.

조지훈은 열흘 넘게 경주에 머물렀다. 그리고 둘은 헤어졌다. 지훈이 목월에게 고마움의 편지를 보내왔다. 목월을 위해 정성스레 쓴 시 한 편이 덧붙여져 있었다. 「완화삼」이었다.

"차운 산 바위 우에/하늘은 멀어/산새가 구슬피/울음 운다.//구름 흘러가는/물길은 칠백 리//나그네 긴 소매/꽃잎에 젖어/술 익는 강 마을의/저녁 노을이여…"(중략)

지훈의 편지를 받은 목월은 밤새 화답 시를 준비한다. 그것이 바로 「나그네」다.

'강나루 건너서/밀밭 길을//구름에 달 가듯이/가는 나그네//길은 외줄기/남도 삼백 리//술 익는 마을마다/타는 저녁 놀//구름에 달 가듯이/가는 나그네.'

"이 아름다운 만남은 광복 후 박두진과 함께 엮은 3인 시집 『청록집』으로 꽃피우게 됩니다. 이 시집에 수록된 시들은 한국 현대시의 정신적 좌표가 됐습니다. 건천역에서 이루어진 두 청년 시인의 소박한 만남이 한국 현대 시의 흐름을 바꾸게 하고, 「나그네」란 한국의 명시를 탄생시켰습니다."

내가 권영민 교수를 처음 만난 것이 1990년 초, 그가 버클리 대학에 초청 교수로 왔을 때였다. 한국일보에서 명 칼럼으로 이름을 날리던 고 이재상 형, 극작가 고 주평 선생, 소설가 신예선 여사, 김정수 형, 김옥교 시인 등과 문학활동으로 자주 만나게 되었다. 그는 이민 후 초야에서 거의 잊혀졌던 소설가 최태응 선생과 초기작품들을 발굴, 한국 문학사에 재조명시키는 일을 벌였다.

또한 북가주에서 문학인들의 글을 모아 책을 내었다. 무슨 예지였을까? "해냄"에서 1995년에 펴낸 그 책의 이름도 『서른세 사람의 만남』이었다. 그 후 그는 서울대학으로 돌아가 후학을 가르쳤고, 우리는 생업과 함께 북가주에서 "이민 문학"을 계속해왔다.

『서른세 사람의 만남』이 나온 지 꼭 20년 만이다. 건천역의 만남의 상징에 기대어 회고하면 우리의 만남도 태평양을 건너 거의 사반세기 만에 이뤄진 셈이다.

이민자로 살면서 술 익는 고향이 그리워 평생 모국어로 글을 써온 우리들에게 「나그네」는 가슴 뜨거운 우리들의 시다. 오늘도 떠나듯 만나며 살아간다. "구름에 달 가듯이/가는 나그네…"

이민문학의 정체성과 상징성

초가을 샌프란시스코만은 신비롭다. 버클리 부두에서 바라보면 도시는 호화 여객선처럼 넘실대는 물결 위에 떠 가고, 금문교 붉은 교각은 안개 위로 춤추듯 날아오른다. 물 한 가운데 짧은 시 한 수 처럼 솟아있는 바위섬 알카트레즈!

내가 몸담고 있는 버클리 문학협회에서 올해 『버클리 문학』 3호를 출간하였다. 2009년, 본회가 태동한 이래, 2013년 낸 창간호에 이어 세 번 째 발간이다. 이번 3호에도 버클리 대학의 한국학 센터(CKS)와 대산 재단이 주관하는 교환 학자 프로그램에 다녀간 한국의 저명 작가 및 교수들 20여 명과 이곳 동포 문인 35명이 함께 필진으로 참여했다.

고은, 오세영, 권영민, 문정희, 조경란, 김연수 등 한국의 대표적 문학인들과 미국에서 오래 정착하며 모국어와 영어로 글을 써온 동포 문인들이 함께 정기적으로 문학지를 출간하는 일은 한국이나 미주에서 처음 시도된 일이다. 이런 의미에서 『버클리 문학』의 출간은 이민 문학의 정체성과 상징성을 함께 담고 있다고 볼 수 있다.

사실 오랫동안 한국 문단의 소위 '이민 문학'에 대한 시각은 그리 긍정적인 것만은 아니었다. 이민 와서 생업을 영위하며 틈틈이 모국어로 글을 써온 교포 1세들의 글을 한국 전업 문학인의 잣대로 볼 때 미흡한 게 사실 이었을 것이다. 그러나 이제는 한국과 미국, 양쪽 언어와 문화를 수십 년 생활 속에서 체득한 이민자들이 한국문학을 넘어선 새로운 이민 문학관을 정립할 만큼 시간과 경륜이 축적되었다.

현대 미주 이민 문학사의 시작을 유학생들이 대거 들어온 1960년대로 보면 거의 60년이 지났다. 처음 이민 문학을 시작한 1세대는 이제 70~80세 원로들로 한국문학을 이식하고 한국 문단을 통한 등단과 연대에 주력해 온 세대였다.

그러나 현재 버클리 문학회를 포함한 여러 미주 문단에서 활동 중인 중심 세대는 30~60세의 이민 2세대로 한국과 미국의 언어와 문화에 모두 익숙한 독특한 체험과 문학세계를 소유하고 있다. 미 주류사회에서 생활터전을 다지고 2세들을 키우면서 교수, 화가, 의사, 엔지니어, 요리사, 간호사, 회계사, 음악가, 자영업자 등 다양한 직종에 종사하며 글을 써오고 있다. 이민자이자 생활인으로의 사고와 감성, 경류을 통해 새로운 이민 문학관을 보다 적극적으로 추구하게 되었다.

게다가 이제는 대부분 학자들도 인정하듯 문학이 전문인들만의 영역이던 시대가 지나고 있다. 쓰기만 하는 자와 읽기만 하는 자들의 경계가 엷어졌다. 소셜 네트워크가 범람하면서 평범한 생활인들의 다양한 소재와 장르들이 공유되며 공간적인 한계도 허물어지고 있다. 한국문학이 꼭 한국에서만 쓰이던 시대는 갔다. 미국이나 세계 어디에서나 한국어로 쓰인 글은 한국문학으로 인정되고 있다.

『버클리 문학』의 고문으로 오랫동안 이민 문학의 성장을 도와온 권영민 서울대 명예교수는 동포 문인들이 한국 문단에 기대고 모방하는 자세를 벗어나 이민자들의 독특한 체험이 살아있는 정체성 있는 문학관이 정립돼야 한다고 강조했다. 이러한 관점은 한국이나 미국의 주요 학자 문인들이 대부분 공감하고 있다.

오늘날, 이민 문학의 정체성은 한국과 미국, 동서양 양쪽의 언어와 문화를 습득한 세대들에 의해 새로이 정립되고 있다. 이민자이자 생활인으로의 사고와 감성, 경륜을 통해 다문화적 안목을 가진 이민 문학관이 형성되고 있다. 반면에 한국문학은 좁은 공간에서 누렸던 안일함을 떨치고 세계로 뻗어 나가야 한다는 자각이 커지고 있다.

이런 관점에서 이민 문학은 한국문학의 변방이 아니라 세계로 나아가는 프런티어라는 상징성이 크다. 글로벌화 하려는 한국 문학과 이미 그 첨단에 뿌리내린 이민 문학 간의 동반자적인 교류가 큰 긍정적인 시너지효과를 가져올 가능성을 보는 것이다.

이번 『버클리 문학』의 발간은 한국 문인들과 동포 문인들이 같은 공간에서 글과 문화를 나눔으로 이민 문학의 정체성을 높이고 한국 문학의 세계화를 지향하는 상징성을 적극적으로 실현하고 있다고 믿는다. 그러나 이민 문학이 한시도 잊지 말아야 할 과제는 독특한 다문화적 이민 체험을 완성도 높은 언어와 표현력으로 창작해낼 수 있는 역량을 계속 치열하게 키워나가야 하는 것이리라.

14장

에코토피아

개미 농장

악어는 뱃속에 돌 뭉치를 넣고 산다. 어금니가 없어 통째로 삼킨 먹이를 소화시키는 데 맷돌 역할을 한다는 것이다. 거북이나 물소같이 크고 딱딱한 먹이를 분해하는데 위산만으로는 어림도 없을 법하다. 게다가 돌들은 선박의 바닥짐처럼 악어가 물에서 부침(浮沈)하는데 도움을 준다는 것이다. 근간 생명과학지에 소개된 동물들의 환경적응력이 흥미롭다.

새들은 어떻게 수천 마일 목적지까지 정확히 날 수 있는 것일까? 북극 제비갈매기 같은 철새는 매년 2만5천 마일을 왕복한다고 한다. 이들은 몸속의 강자석체를 이용, 지구의 자력계와 방향을 일치시킨다는 것이다. 그런가 하면 비둘기들은 활공 루트를 익히는데 지형지물을 이용하기도 한다.

기린의 적응력도 놀랍다. 16피트나 되는 머리까지 피를 공급하려고 심장이 소보다 두 배나 빨리 뛴다는 것이다. 게다가 머리를 숙일 때 피가 역류하지 않도록, 또 발에 피가 고이지 않도록 혈관 구조가 아주 촘촘하고 세밀하게 되어있다고 한다.

큰 동물들의 적응력도 놀랍지만 압권은 단연 개미들이다. 개미들은 지구상에 가장 오래된 농사꾼들이다. 남미의 파라솔 개미들은 나뭇잎을 잘라 영양가 있는 펄프로 만든 다음 이를 먹여 곰팡이를 키운다. 일종의 버섯 농사인 셈이다. 잡초도 솎으면서 정성 들여 키운 곰팡이들을 수확해 양식으로 삼아온 지 수백만 년이 흘렀다. 인간들의 농경 역사가 불과 만 이천 년인 데 비하면 비교도 되지 않는다.

또 개미들은 가축 사육도 한다. 진딧물들을 키우면서 그들이 분비하는 단물을 채취한다. 마치 젖소에서 우유를 짜는 것과 같다. 아예 진딧물 알들을 우리 속에 가둬 키우며 천적들로부터 보호해주고 공생한다. 성충 암컷 진딧물들이 우리를 벗어나면 다시 잡아 오는 게 가축 농장주와 똑같다.

놀랍게도 개미는 농사를 병충해로부터 방지하는 법도 터득하고 있다. 개미 농장에 병충들이 침범하는 걸 막기 위해 항생제를 분비하는 박테리아를 사육한다. 개미들은 이로운 박테리아를 살갗 위에 키우며 땀샘에서 분비되는 영양분을 먹여 공생한다는 것이다.

개미들은 타고난 농사꾼 체질이다. 우선 신체적으로 이중 턱인데 바깥 턱은 땅을 파거나 물건 나르는 데 쓰고 안쪽 턱은 씹는 데 쓴다. 강한 턱으로 몸무게의 7배 되는 먹이도 거뜬히 들 수 있다. 게다가 컴퓨터같이 효율적인 영농법을 구사할 줄 안다는 것이다. 즉, 개미는 먹이까지 항상 최단 거리를 찾아낸다.

이는 상관의 명령에 의해서가 아니라 서로의 소통에 의해 가능한 조직의 신비다. 개미는 가는 길에 페로몬이란 물질을 분비하고 제일 빨리 도착한 개미의 강한 페르몬의 자취를 무리가 따라 움직이기 때문이라고 한다.

그런데 개미의 성향 가운데 생존을 위한 공격적인 면모가 돋보인다. 자기 농장과 종족을 보호하는데 치열한 용사들이다. 그래서 다른 부족과의 피나는 전면선생이나 구데타도 마다하지 않는다. 여왕개미가 다른 부족 농장에 몰래 잠입, 원래 여왕을 죽이고 그 체취를 몸에 바른 뒤 그 부족을 점령하는 무혈 혁명도 흔하다는 것이다.

그러나 개미나 동물들은 종족 보존을 최우선으로 한다. 이에 반해 개인 권력 지향적인 인간들은 같은 종족 말살도 서슴지 않는다. 이 차이 때문에 개미들은 수천만 년을 생존해왔지만 인간들의 미래는 불투명한지도 모른다.

조지 오웰이 1945년에 쓴 동물농장은 인간의 전체주의를 풍자한 소설이다. 수백만 동족을 숙청하고 탄압한 소련의 독재자 스탈린의 권력욕을 비판했다. 만약 그가 다시 살아나 소설을 쓴다면 동물들을 인간 독재자들의 심벌로 삼는 우(愚)는 되풀이 하진 않을 듯 싶다.

또 하나의 지구를 찾아서

"저 분화구 가장자리에/ 얼음 녹여 물길 내는 빙어 몇 마리 있었으면/ 그래서 아가미가 산유화처럼 붉어지고 있었으면/ 그것도 아니면, 태고적 홍수로 얼어붙은 바다 속/ 아메바 하나 긴 꿈에서 깨어나며/ 하품하면 좋겠다// /"

— 유봉희, 「화성으로의 산책」 중에서

화성이 지구에 가장 근접한 밤에 망원경으로 분화구를 찬찬히 살핀다. 지구는 불야성인데 검붉은 화성은 적막 속에 떨고 있다. 지구와 가장 가까운 행성인데도 죽음뿐이다. 별들 사이가 수만 광년이 예사인 우주 속에서 지구와 화성 간은 지척 간인데 왜 생사가 갈릴까? 이 광활한 우주 속에 생명이 사는 곳은 과연 지구뿐일까?

천문학자 칼 세이건의 대답은 놀랍게도 단정적이다. "우리가 사는 은하계에만 2천억개의 별이 있습니다. 그중 생명이 존재할 가능성이 있는 별이 적어도 백만 개는 됩니다" 정말 그럴까? 헌데 우주안(宇宙眼)으로 보면 수긍이 간다. 태양은 2천억 별 중의 하나일 뿐이다. 지구는 은하계 한 귀퉁이에서 태양을 도는 지극히 평범한 행성이다. 게다가 팽창하는 우주공간의 무한정한 별 가운데 생명이 사는 행성이 왜 지구하나 밖에 없겠는가는 것이다.

나사(NASA) 당국은 이 추론을 증명키 위해 2009년 봄 인공위성을 띄운다. 소위 케플러(Kepler) 미션이다. 허블 망원경보다 100배나 더 강력한 우주 망원경을 장착하고 태양을 돌면서 은하계 별들을 면밀히 살핀다. 6.5시간마다 10만 개의 별을 관찰한다. 지구와 크기도 비슷하고, 해처럼 에너지를 공급하는 별들과의 거리도 엇비슷해 생명이 살 만한 행성을 찾는 것이다. 물론 쉬운 일이 아닐 것이다. 달리는 차의 헤드라이트 앞을 반 마일 밖에서 휙 날아가는 파리 한 마리 감지하는 것과 같다고 한다.

이쯤에서 지구에 생명이 살게 된 조건을 따져본다. 우선 물이다. 물은 생명의 산실이다. 지구 전체 수량(水量)은 딱 적정량이다. 넘쳐서 산을 잠그지도 않고, 또 모자라 화성이나 금성처럼 사막도 아니다. 지구의 위치도 이상적이다. 태양에서 조금만 더 멀었으면 꽁꽁 얼었을 것이고, 조금만 가까웠으면 다 타고 말았을 것이다.

공기도 소중하다. 질소 78%와 산소 21%의 분포로 대기압도 적당하다. 생명에 필요 불가결한 산소가 식물의 탄소동화작용으로 끊임없이 생산된다. 산소와 함께 오존도 만들어져 지구 상층권에서 해로운 자외선을 차단해 준다.

그런데 지구에 생명이 살 수 있는 또 하나의 중요한 원인이 지각(地殼, plate tectonics)운동임을 아는 사람은 흔치 않다. 지각운동은 거북 등처럼 여러 판으로 나뉜 지각이 서로 맞물려 움직이는 것이다. 물론 갑작스런 지각운동으로 지진과 화산이 터지기도 한다.

그러나 이 지각운동으로 공기 중의 이산화탄소가 지구 속으로, 또 지구 속의 뜨거운 열이 화산으로 분출되며 농도를 조절한다. 지구가 온화한 기온을 유지하는 것도 이 때문이다. 반면에 금성은 뜨거운 이산화탄소로 인해 지각이 아예 굳어버려 죽음의 혹성이 되고 말았다.

흥미로운 건 지구 도우미들의 역할도 크다는 사실이다. 태양계에서 목성(Jupiter)다음으로 큰 토성(Saturn)은 지구로 쏟아지는 쓰레기 유성들을 몸으로 막아주는 방패막이다. 운석이나 혹성들이 지구를 강타하기 전에 스위퍼처럼 쓸어버린다는 것이다. 게다가 놀랍게도 진짜 근사한 도우미는 달이다. 달은 지구가 안정된 자전을 할 수 있도록 중력으로 잡아준다. 그리고 밀물 썰물을 일으켜 생명의 잉태를 돕는 인큐베이터와 같은 역할을 하는 것이다.

또 다른 지구가 발견되는 날, 우리 지구인들은 어떻게 반응할까? 외계인들이 갑자기 나타난다면, 영화 〈컨택트(Arrival)〉에서처럼 절망하고 서로 반목할까? 아니면 영화 〈인디펜던스 데이〉처럼 우리끼리의 분쟁을 멈추고 힘을 뭉쳐서 외계인의 침략을 막을까?

기독교와 이슬람이, 이스라엘과 아랍국가들이, 남한과 북한이, 미국과 러시아나 중국이 적대감을 버리고 하나밖에 없는 지구를 위해 뭉친다면 그토록 고대하던 평화가 찾아오지 않을까? 영원한 지구를 위하여 또 하나의 지구를 꼭 찾았으면 좋겠다.

에코토피아(Ecotopia)

한국이 만든 로봇 휴보(HUBO)가 세계 재난 수습 경연에서 우승했다. 지난주 미 국방부, 방위고등연구계획국(DARPA) 주최로 열린 '로봇공학 챌린지' 결선에서 한국 카이스트팀의 휴보가 미국, 일본, 독일 등, 로봇 강국들을 제치고 정상에 오른 것이다.

이 대회는 2011년 후쿠시마 원자력발전소 사고와 같은 극한의 재난 상황에서 인간을 대신할 로봇이 필요하다는 취지로 시작됐다. 휴보는 스스로 운전해 경기장에 문을 열고 들어간 뒤, 밸브를 잠그고 계단을 오르는 등 8개 과제를 45분 만에 모두 완수하면서 경쟁 로봇들을 압도했다. 한국의 로봇 기술이 세계 첨단임을 입증한 셈이다.

이 낭보를 보며 몇 년 전 상영된 애니메이션 영화에 나왔던 로봇 '월이(Wall-E)'를 생각했다. 월이는 총명한 청소부 로봇.

월 이는 엄청난 쓰레기가 쌓여 폐허가 된 29세기의 지구에서 청소부로 산다. 인간들은 쓰레기 청소를 로봇들에게 맡긴 채 재벌이 운영하는 우주유람선을 타고 우주를 떠돌고 있었다. 그런데 독성물질의 증가로 인간들은 영원히 지구에 못 돌아올 위기에 처하고 만다.

흥미로운 건 미래 인간들의 모습이다. 수 세기 동안 자동 장치와 액체 식량에만 의존해 과 비만에다 심한 골다공증을 앓고 있다. 일 인승 비행 좌석으로 움직이며 대화도 영상으로만 한다. 더 이상 얼굴을 맞대고 소통하지 않음으로 사랑의 교감도 나눌 줄 모른다. 지구를 망친 인간들은 스스로의 영육마저도 잃어버렸다.

영화 〈월 이〉의 주제는 인간과 자연 회복이다. 이를 표현하는 말로 에코토피아(Ecotopia)란 신조어가 뜨고 있다. 생태계란 뜻의 'Eco'와 이상향 'Utopia'의 합성어다. 미래는 자연과 함께 사는 녹색 유토피아여야 한다는 예언적 암시다.

에코토피아란 용어를 처음 쓴 이는 칼렌바크란 과학 소설가였다. 버클리 토박이인 그는 1970년대 환경문제에 경종을 울리기 위해 동명 소설을 썼는데 미국서만 40만 부가 팔렸다. 그 후 잊혀졌다가 21세기 녹색환경운동의 관심이 고조되면서 새로 주목받기 시작한 것이다.

그의 소설은 섬뜩할 정도로 예언적이다. 미국에 극심한 경제 공황과 오염이 닥친다. 워싱턴, 오리건과 샌프란시스코를 연상시키는 태평양 연안 서북 주들은 미연방에서 탈퇴한다. 그리고 에코토피아 건설을 목표로 삼는다. 탐욕적인 월 스트리트 중심의 경제가 아닌 다수 이익을 위한 상생 정책을 편다. 스칸디나비아식 유기농법으로 농사를 짓는다. 자전거로만 통근하고, 숲과 내는 복원되며, 모든 쓰레기는 재생된다.

다행히 미국은 꾸준히 에코토피아를 향한 노력을 계속하고 있다. 얼마 전, 상원은 9개 주, 2백만 에이커를 야생구역으로 지정했다. 개발업자들의 반대가 심했던 안이었다. 그중 하이라이트가 시에라네바다 산맥의 페라조(Perazzo) 평원이다. 약 1,000에이커나 되는 이 청정지역을 환경보존협회에서 공공기금으로 사들였다. 앞으로도 레이크 타호에서 라센 국립공원에 이르는 20만 에이커를 공유지로 매입할 예정이다.

놀랍게도 시에라 산간 지역엔 사유지가 무려 150만 에이커나 된다. 거의 벌목 회사 땅이다. 1862년 연방정부가 철도 부설을 위해 무상으로 철도회사에 준 땅을 벌목회사들이 야금야금 사들인 탓이다.

지금도 레딩의 시에라 태평양 목재 회사(SPI)가 캘리포니아 최대의 땅 주인이다. 이들은 아름드리나무를 베어낸 후, 리조트 개발업자들이나 목장 주들에게 땅을 팔아왔다. 시에라 청정 숲이 지난 200년간

합법적으로 사라져간 이유다.

에코토피아 건설은 사람과 자연의 상생 모델이다. 서둘지 않으면 영화에서처럼 지구 전체가 쓰레기장으로 변하고, 로봇이 인간을 대체하는 로보토피아가 올지도 모른다. 월 이는 훗날 인간들이 우주의 미아로 떠돌지 않도록 우리에게 충고하고 있다. 푸른 지구가 인류의 유일한 이상향이라고…

지구온난화와 스타워즈

스타워즈 7편의 열풍이 뜨겁다. 무대는 은하계 변방의 어느 사막 행성, 마지막 현자 루크 스카이워커가 사라진 뒤 30년이 지난 시점이다. 레아 공주가 이끄는 선한 공화국과 악의 화신 퍼스트 오더를 비롯한 카일로 렌이 여전히 첨예하게 대치하고 있다. 공화국의 목표는 실종된 현자를 되찾고 은하계에 평화를 구현하는 일이다.

거시적으로 보면 지구가 싸워야 할 악의 세력은 지구온난화이다. 2016년은 인류가 기상을 기록해온 이래 가장 뜨거운 해였다. 대기중의 이산화탄소가 400ppm에 달했다. 이는 안전 상한치 350ppm을 초과하는 수치다. 기상학자들은 2020~30년까지 지구 온도가 섭씨 3.5도 (화씨 6.3도)까지 상승하리라고 예측하고 있다.

산업혁명 이후 불과 섭씨 1도 남짓 상승으로 현재 우리는 점점 높아지는 해수면, 극과 극을 오가는 기후 변화와 가속화되는 사막화 등을 경험하고 있다. 갑작스런 질병의 창궐로 인류의 건강도 위협받는다. 온난화가 계속되면 지구가 멸망할지도 모른다는 비관론이 팽배해간다.

지난 12월, 파리에선 유엔 지구온난화 정상 회의가 열렸다. 오바마 대통령의 주도로 195개국이 역사적인 합의에 도달했다. 지구 온도를 산업혁명 당시보다 최소한 섭씨 2도를 넘지 않도록 목표를 세운 것이다. 이를 성취하기 위해선 2050년까지 지구상에서 이산화탄소의 방출을 멈춰야 한다.

파리기후변화협약엔 개발도상국들도 선진국들의 경제적 원조없이 시행하기로 서명했다. 그리고 2023년부터 매 5년마다 각국의 온난화 목표달성 현황을 보고해야 한다. 미달국들은 세계적인 지탄을 받게 된 셈이다.

문제는 어떻게 지구온난화를 막을 것인가이다. 과학자들은 스타워즈 같은 상상력을 동원하고 있다. 기발한 아이디어들 중엔 신선한 것도 있고 황당한 것도 있다. 그러나 할리우드의 공상 영화들에 나왔던 일들이 수년 후에 실용화되는 걸 보면 불가능한 일이 아닐 것이다.

우선 재미있는 건 '우주 거울'이다. 지구 궤도에 알루미늄 실로 촘촘히 짜여진 대형 거울을 설치해 태양 빛만 통과시키고 뜨거운 열선을 차단시키는 발상이다. 일단 궤도에 올려놓으면 운영비가 거의 들지 않는다. 하지만 태양열 1%를 감소시키기 위해 거울 면적이 156만 평방 킬로에 달해야 돼 엄청난 비용이 든다.

'구름 방패'도 있다. 바닷물을 분사해 구름양을 증가시키는 것이다. 이는 기술적으로 가능하고 비용도 적게 든다. 그러나 지구 기후 변화에 심각한 영향을 끼칠 위험이 있다. 화산 폭발 시 나오는 유황을 이용, 햇빛 반사율을 높이자는 착안도 있다. 실제 1991년 필리핀의 피나투보 화산 폭발 때 지구 온도가 0.6도 정도 떨어졌다. 100만 톤 정도 유황 로켓을 터뜨리면 효과를 볼 수 있다고 한다. 그러나 문제는 오존층 파괴와 산성비다.

또 다른 착상은 '이산화탄소 흡수법'이다. 심해의 바다 생물들을 해양 펌프로 수면으로 끌어올린다. 이들, 해저 플랑크톤이나 수초들의 활발한 광합성을 통해 이산화탄소를 대량으로 흡수하는 것이다. 물론 바다 생태계의 파괴가 큰 단점이다. 또, 이산화탄소를 모아 심해 속에 묶어 두자는 의견도 있다. 그러나 언젠가는 새어 나올 우려가 크다.

가장 실용 가능한 방법이 '바다 목초지'와 '인공나무' 설치다. 바다에 이산화탄소를 잘 흡수하는 플랑크톤을 대량 재배하는 방법이다. 이는 벌써 실험 중이다. 그러나 바다 오염이 문제다. 인공 나무는 이산화탄소만 흡수하는 나무를 만드는 것이다. 이것도 에너지가 많이 드는 게 흠이다.

어느 것 하나 쉬운 방법이 없다. 한번 방출되면 생태계에서 백 년 이상 사라지지 않는 이산화탄소를 인공적으로 제거하는 데 묘안이 없다. 그러나 과학자들은 오늘도 황당한 꿈을 꾼다. 이를 '지구 엔지니어링'이라 부른다. 문제는 지구 환경개선을 위한 우주적인 환경 조작이 재앙을 일으킬 위험부담이 큰 데 있다.

기술의 발전이라는 이름 아래 자행되었던 환경파괴의 모습이 흡사 아나킨 스카이워커를 꼬드겨 다스베이더로 만든 어둠의 포스 같다. 환경오염으로 물들어가는 지구를 지키기위해서는 포스를 바르게 사용하는 마지막 제다이를 빨리 찾아야한다.

15장

알람브라
궁전의 추억

포르투갈의 해양 왕

리스본 앞을 테주 강이 흐른다. 바다 하구인 탓에 강물이 넘실넘실 구비 친다. 그곳에 20여m 높이의 '신대륙 발견 탑'이 큰 돛을 편 범선처럼 떠 있다. 대리석 탑에는 포르투갈이 낳은 해양 탐험 영웅들 – 아프리카 희망봉을 돌았던 바르돌로뮤 디아스, 인도까지 이른 바스코 다가마 등, 낯익은 이름들이 새겨져 있다.

나는 목숨을 걸고 바다를 향했던 탐험가들의 출항지에 한 마리 갈매기처럼 서 있다. 그들이 개척한 땅들이 조각된 광장 바닥의 세계지도를 밟고 서서 그 정복의 뜨거운 시대를 상상해 본다. 포르투칼은 장장 600여 년간 – 불과 10여 년 전 마카오를 중국에 반환하기까지 – 해 지지 않는 제국으로 군림했다. 남한만 한 크기에 천만 인구에 불과한 이 소국은 14세기 무렵 어떻게 대서양 시대를 열었을까?

인솔자가 당시 포르투갈이 바다로 진출한 배경을 흥미롭게 설명해

준다. 몽골, 흑사병과 터키 때문이라고 했다. "13~14세기는 칭키즈칸의 몽골 제국이 세계를 제패할 때였지요. 유럽과 아시아의 모든 육상 교역을 장악했습니다. 그때 통상로를 재빠르게 이용한 세력이 베니스 같은 이탈리아의 도시국가들이었지요. 13세기 말에 벌써 마르코 폴로가 몽골족이 세운 연 나라에 다녀와 여행기를 쓸 정도였으니까요."

"그러나 몽골이 내분으로 갑자기 150년 남짓 만에 망하고, 흑사병이 돌면서 육로 통행이 위험하게 됐습니다. 1450년 전후, 강력한 오토만 터키가 팽창하면서 육로가 완전 차단됐지요."

그때 포르투갈에 현군(賢君)이 나타났다. 해양 왕으로 불린 엔히크(Henrique O Navegador) 왕자다. 그는 왕위를 사양하고 오직 해양 개척에 전념했다. 우선 북아프리카 이슬람 요새인 세우타를 점령, 대양 개척의 거점을 확보했다. 그리고 과학적으로 항해사와 지도제작자들을 양성했다.

우리의 이순신 장군이 거북선을 만들었듯, 그는 빠르고 실용적인 범선들을 만들어 대양 개척에 투입했다. 돛이 2~3개, 이삼십 미터 길이로 대양항해에도 안전하고 상륙에도 용이한 배들이었다. 1492년 콜럼버스의 산타마리아나 1497년 바스코 다가마의 배도 엔히크가 고안한 카라크(carrack)선 이었다고 한다.

"엔히크 왕자는 아프리카를 식민지화하고, 인도와 중국까지 가 향신료와 비단을 사들였습니다. 일본에는 조총을 전수해 임진왜란 땐 왜국에 결정적인 도움을 주었지요. 1,500년에는 자원의 보고, 브라질을 점령한 게 정점(頂點)이었습니다. 당시 리스본은 세계에서 몰려오는 부로 황금기를 이루었지요."

우리 일행은 강변 벨렘탑 앞에서 사진을 찍었다. 마누엘 양식의 상아빛 탑은 배 출입 감시소라고 한다. 벨렘은 베들레헴이란 뜻이다. 유적지마다 배어있는 당시 군주들의 신앙심을 보면서 의문을 떨쳐버릴 수 없다. 과연 독실한 기독교 군주들은 어떻게 원주민들의 몰살도 서슴지 않는 악랄한 노예 식민주의를 합리화할 수 있었을까?

안내자의 설명이다. "흥미로운 건 엔히크 같은 성군도 원주민들을 노예로 부리면서도 그들을 지옥에서 구원한다고 믿은 겁니다. 배 밑창에선 노예들이 신음하는 데 정복자들은 갑판에서 찬송을 부르며 신의 가호를 찬양했지요."

17세기 들면서, 5대 주에 걸친 식민지를 관리하기엔 포르투갈로선 힘에 부친다. 인도는 영국에 뺏기고, 아프리카와 북남미 식민지는 프랑스와 화란이 넘보기 시작했다. 포르투갈의 해양독점시대가 끝나고, 유럽 강국들이 식민지를 분할하는 제국주의 시대가 도래한 것이다.

여행은 역사 속으로 걸어 들어가는 것이란 말이 실감 난다. 엔히크
가 세운 수도원에 안치된 바스코 다가마의 석관 앞에서 마음의 촛불
하나를 밝힌다. 그 전인미답의 신항로를 개척한 해양 왕들의 불굴의
용기에 경의를 보내며…

알람브라 궁전의 추억

벗이여, 세르비아를 떠나 그라나다(Granada)로 향합니다. 설익은 정을 뒤에 두고 날만 새면 떠나는 나그네 여정입니다. 몸은 바람처럼 휘이 휘이 떠나려는데 차마 발길이 떨어지지 않습니다. 두고 가는 정이 자꾸 그립습니다. 리스본의 노란 전차와 세르비아 강변의 카르멘 동상이 눈에 아른거립니다. 인생길에서 어느 누가 옛정의 포옹으로부터 자유로울 수 있겠습니까?

안락한 버스 좌석에 묻혀 잠시 눈을 붙인 사이 꿈결에 '알람브라의 추억(Recuerdos de la Alhambra)'을 듣습니다. 이 감미로운 기타 곡은 내 젊음이 녹아있는 노래입니다. 나는 이 곡을 대학 기숙사에서 처음 들었습니다. 뚜렷한 목표도 없이 방황하던 시절, 선배 방에서 들려오던 이 선율은 내게 새로운 세계가 있음을 알려주었습니다. 내가 무얼 좋아하는지도 몰랐던 때에 큰 바깥세상엔 낭만과 음악과 사랑이 강물처럼 흐른다는 사실을 처음 알려주었습니다.

'알람브라의 추억'을 들으면 별들이 쏟아지는 소리가 납니다. 나는 두 개의 기타 합주인 줄 알았는데 트레몰로 주법으로 켜는 독주임을 나중에야 알았습니다. 그리고 스페인의 기타의 대가, '타레가'가 그라나다의 언덕에서 그 옛날(1896) 만든 곡임을 알고 알람브라는 내게 꿈의 궁전이 되었습니다.

K 형. 반백이 되어 그 옛꿈 앞에 섰습니다. 형도 알다시피, 알람브라 궁전은 711년부터 스페인을 800년간 다스렸던 이슬람의 마지막 왕조, 나사리의 최후 거점이지요. 유럽이 중세의 암흑시대를 지날 때 이슬람교는 고대 그리스와 로마의 많은 문헌들을 라틴어로 번역해 중세문화와의 가교역할을 하지 않았습니까. 당시 크게 발전된 이슬람 문화가 알람브라를 가능케 한 것이지요. 극단주의로 치닫는 금세기 이슬람을 생각할 때 격세지감이 있습니다.

아내와 손을 잡고 알람브라 궁전으로 오릅니다. 측백나무들이 늘어선 언덕길 양옆으로 시에라네바다의 눈 녹은 물이 시원하게 흐릅니다. 코란의 에덴동산을 본 땄다는 '헤네랄리페' 정원에 들어섰습니다. 장미, 오렌지, 측백나무 등의 정원수들과 단정한 분수들이 물을 뿜고 있습니다. 자연과 조형미를 융화시킨 흔적이 여성적이고 부드럽습니다.

왕궁 정면에 가늘고 우아한 석주가 지탱하는 7개의 말굽 아치가 보입니다. 그 위로 붉게 빛나는 높이 45m의 '코마레스' 탑이 커다란 직사각형 연못 속에 고스란히 빠져 대칭의 환상을 이루고 있습니다. 천국의 꽃이란 '아라야네스' 뜰입니다. 하늘을 올려다보니 안달루시아의 푸른 하늘 속에 연못이 담겨있습니다.

왕궁에서 가장 넓은 대사의 방. 천장의 상감 세공과 벽의 석회 세공, 벽면을 장식한 아술레호(그림 타일)까지 정교하기 이를 데 없습니다. 아라베스크 문양의 파노라마입니다. 이슬람 교리에 따라 사람이나 동물 대신 꽃, 과일, 아라비아 문자들이 리드미컬하게 반복됩니다. 시선을 구속하지 않고 타오르는 불꽃과 쟈스민의 봉우리와 흩날리는 눈송이들이 기하학적 문양으로 교차되며 상상의 나래를 펴게 합니다.

궁내 아라베스크 문양의 압권은 단연코 '모카라베'라고 부르는 종유석 장식이었습니다. 왕의 할렘, 사자 궁전 속의 '두 자매의 방' 천장에 달린 종유석 조각은 정교한 우려함이 말로 표현하기 어려울 정도였습니다. 보석이 주렁주렁 달린 듯도 하고, 은하계가 장엄하게 펼쳐져 있는 것 같기도 하고, 작게 보아서는 수많은 벌집이 매달려 있는 듯도 합니다. 모하멧이 적을 피해 칩거한 동굴을 표현했다지요. 그들처럼 양탄자에 비스듬히 누운 자세로 올려다보니 채광이 오묘하게 퍼져 신비로움을 더해줍니다.

K 형. 장식미의 극치를 보며 의문이 떠나질 않습니다. 나라가 망해

가는 시기에 어떻게 이런 궁전을 지었을까. 시시각각 다가오는 최후를 예감하면서 더욱 탐미에 빠져든 것일까 하는 의문입니다.

1492년, 마지막 이슬람 왕 '보아브딜'은 궁전 열쇠를 스페인 왕에게 넘겨주고 망명길에 오릅니다. 그는 '무어 족의 마지막 한숨'이란 언덕에 올라 궁전을 바라보며 울었다고 합니다. 바로 그 순간, 그는 400년후 타레가가 켤 '알람브라의 추억'을 영감으로 들었을지도 모릅니다. 벗이여. 알람브라는 누구에게나 영원한 추억인 듯합니다.

게르니카의 통곡

　벗이여, 스페인의 고도 톨레도(Toledo)의 언덕에 섰습니다. 타호 강이 휘돌아 흐르는 섬 같은 도성(島城)이 한눈에 내려다보입니다. 14세기 고딕식 대성당과 알카사르 성채가 가장 높은 산마루에 기념비처럼 우뚝 서 있습니다.

　톨레도는 옛 대학 기숙사 친구 방에 걸려있던 꿈의 성입니다. 조감도 파노라마 사진엔 라틴어로 톨레툼(방어지대)이라고 적혀 있었지요. 코발트 빛 하늘과 검푸른 강줄기 품 안에 새 둥지같이 똬리를 튼 천연 요새. 그 중세의 성을 향해 상상의 나래를 펴고 훨훨 날아가던 기억이 또렷합니다.

　그런데 그 옛 톨레도가 희미한 기억의 안개를 헤치고 눈 앞에 펼쳐집니다. 어디선가 본듯한 말발굽 아치문이 걸린 알칸타라 다리를 건너 언덕을 오릅니다. 이곳은 고대 로마가 진을 친 이후, 서고트, 이슬람, 가톨릭 왕국을 거치면서 3,000년의 유적이 담겼다고 합니다. 비로소 내가 동화 속의 성밖에 서 있음을 실감하게 됩니다.

먼저 산토 토메 성당에 도착했습니다. 1586년 엘 그레코가 그린 유명한 '오르가스 백작의 매장'을 보기 위해섭니다. 화집에서 익숙한 그림이지만 실제 상하 2단으로 구성된 대작을 대하니 세월을 초월한 그의 독창성과 표현력에 감전이나 된 듯 모두 침묵할 뿐입니다.

땅에서는 백작이 매장되는데 천상에선 그의 혼이 만유의 주께로 올라갑니다. 그레코는 영혼의 승천을 그렸으면서도 '매장'이란 제목을 달아 육신의 한계를 일깨운 합니다. 이 그림 속에 담긴 인간 사후의 비밀을 보며 마음을 여밉니다.

그런데 톨레도는 자연미나 천상의 섭리와는 상관없이 전쟁과 살육의 상흔이 서린 도시였습니다. 알카사르(Alcazar)란 스페인 특유의 성채가 그 증거이지요. 이는 수도원, 병영, 방어 진지가 복합된 건물이라고 합니다. 특히 1936년 스페인 내란 땐 육군보병학교의 본거지로 최대 격전이 벌어졌던 곳이라고 합니다.

내란 당시, 이 전략적 요충지를 프랑코군 산하 모스카르도 대령이 이끄는 1,600여 명의 사관생도들이 55일간 사수했다고 합니다. 대령의 어린 아들이 적군에게 인질로 잡혀 처형당하는 통첩을 받고도 굴하지 않은 이들의 투혼이 전설처럼 내려오고 있습니다. 그런데 이 무용담을 들으며 가슴이 먹먹해집니다.

K 형, 과연 이념과 애국의 정의가 무엇인지요. 누가 적이고 아군인가요. 역사상 프랑코파는 나치 독일과 손을 잡았던 파시스트들입니다. 그런데 모스카르도 대령 휘하의 무용담이 가증스럽기는커녕 파시즘이란 이데올로기의 허울 속에 희생된 사람들이란 생각이 듭니다.

6·25 때 납북되신 제 아버지도 그러셨지요. 이데올로기완 상관없이 고법 판사의 직분을 끝까지 지키시다가 희생당하셨습니다. 예나 지금이나 이데올로기를 앞세운 민족간의 전쟁은 허상인 듯합니다. 나아가 인류가 인류를 학살하는 모든 전쟁 자체가 선의 탈을 쓴 악의 실체라고 느껴집니다.

이런 생각은 마드리드에 와서도 지워지지 않았습니다. 프라도 박물관에서 고야의 그림 '1808년 5월 2일' 앞에 섰을 때도 마찬가지였지요. 나폴레옹 군대에 항거하던 시민들이 총살되는 그림입니다. 그리고 소피아미술관에 걸린 피카소의 '게르니카'를 보는 순간, 나치 독일의 폭격으로 죽어 가는 스페인 시민들의 절규보다 더 절박한 함성소리가 들렸습니다. 그것은 500여 년 전, 신대륙에서 무자비한 스페인 군인들에 몰살당한 아즈텍과 마야인들의 통곡 소리였지요.

형도 알다시피, 종교와 제국주의의 깃발 아래 수백만 원주민들이 몰살되지 않았습니까? 16세기엔 데란다 주교에 의해 마야의 연대기가 모조리 불태워졌고, 모든 기록들은 마야의 상형문자를 해독할 수 있는 열쇠와 함께 영원히 사라져 버렸습니다. 찬란한 잉카와 마야의 황금들은 녹여져 세비야와 톨레도의 대성당을 장식했지요.

　벗이여, '게르니카'에서 아즈텍과 마야인들의 통곡 소리를 들은 사람이 어찌 저 뿐이겠습니까?

세고비아와 수로교(水路橋)

벗이여. 스페인 중북부의 고도, 세고비아(Segovia)에 왔습니다. 세고비아란 말만 들어도 가슴이 설렙니다. 클래식 기타의 신이라고 일컫는 '안드레스 세고비아'의 연주에 취했던 젊은 날의 기억 때문입니다.

그가 켜던 스페인 소야곡, 바흐의 변주곡들, 그리고 '알람브라의 궁전의 추억'을 들으며 새털같이 가볍거나 깊이를 알 수 없는 저음의 공명 속으로 빠져들곤 했습니다.

그는 기타를 집시들의 플라멩코 반주 악기에서 클래식 음악의 독주 악기로 승격시킨 장본인으로 알려졌지요. 형도 아시다시피, 그가 1987년, 94세로 타계하기까지 기타의 여섯 현이 뿜어낼 수 있는 최상의 음역을 넘나 들은 베르추오소(virtuoso)로 추앙 받고 있습니다.

강렬하다가도, 어느 순간 나락으로 떨어지는 듯한 소리를 들으면

아, 영혼을 일깨우는 소리가 저런 것일까 하고 전율을 느낄 때가 있습니다. 타고난 천재성과 피나게 갈고 닦은 주법(奏法)으로 심오한 영혼의 소리를 재창조해 낸 달인의 경지가 세월이 갈수록 빛을 발하는 듯합니다. 그의 멘토였던 토로바가 그를 위해 작곡했다는 소나티나를 들으며 세고비아로 올라갑니다.

그런데 이곳 카스티야 지방에서 가장 아름답다는 인구 5만 남짓한 도시 세고비아는 기타의 거성과는 별 관련이 없음을 여기 와서야 알았습니다. 안드레스 세고비아는 그가 음악적 영감을 받은 그라나다(Granada)가 터전이었다고 합니다. 세고비아의 뜻이 시에그(Sieg), 즉 승리란 설명을 듣고 이곳이 구아다라마 산맥 해발 1,000m에 자리잡은 옛 전쟁의 요충지임을 새삼 깨닫습니다.

K 형, 밤새 비가 그치고 청명한 아침, 도시 서북쪽 끝 높이 솟아있는 알카사르(Alcasar de Segovia) 성채로 올라갑니다. 훗날 디즈니 백설 공주 성의 모델이 되었다는 이 우아한 성채가 햇빛을 받아 황금관처럼 빛납니다. 우리 일행은 가파른 클라모레스 강변을 따라 성문까지 올라갔습니다.

성안엔 12세기 국토회복운동을 이끌었던 이사벨라 여왕과 페르난도 왕 부부의 유물들로 가득했습니다. 무데하르 양식으로 꾸며진 성채 안에서 여왕의 왕좌, 기사들의 갑옷들을 둘러보다가 옥상에 올랐습니다. 눈앞에 카스티야와 레온 지방의 전원이 풍경화 화폭처럼 펼쳐집니다. 그들이 평화의 수호자로 추앙받는 이유가 이 목가적인 풍경을 지킨 공이었을 것이란 생각이 들었습니다.

오후엔 도성 남쪽 아소게호 광장에서 로마 시대가 남긴 가장 뛰어난 건축물인 수로교(Acueducto)를 만났습니다. 로마 황제가 1세기 말에 지었으니 2,000년도 넘는 세월을 서있는 셈입니다. 프리오 강물을 16km의 떨어진 시내로 끌어오는 수로로 전장이 700여m, 높이가 28m, 167개의 균형 있는 아치로 이루어져 있습니다.

더 놀라운 건 회반죽을 전혀 사용치 않고 20,000여 개의 화강암 덩어리로 세워졌다는 사실입니다. 화강암을 네모꼴, 혹은 세모꼴로 잘라 각도를 맞춰 층층이 쌓아 올렸습니다. 특히 서로 견고하게 지탱해주는 힘만으로 아름다운 아치를 이룬 것은 공학과 미학의 합작품입니다. 2천년 세월을 틈새 하나 벌어지지 않고 버텨온 돌을 쓸어봅니다. 아, 살아있는 돌들의 온기.

K 형, 샌프란시스코 지역에서 신선한 상수 공급을 업으로 30여 년 일해온 내게 이 수로교가 주는 영감은 대단한 것이었습니다. 나는 일행들과 떨어져 높은 교각 위로 올라갔습니다. 돌로 만든 수로가 수리공학적인 미세한 각도로 기울어져 물을 모두 중력으로 흘러내릴 수 있게 설계되었습니다. 게다가 지극히 실용적인 구조물을 이렇게 아름

다운 예술품으로 승화시킨 옛 장인들에 대한 경외감으로 발길이 떨어지질 않습니다.

고대 로마의 상하수도시설은 경이로운 세계유산에 속해 있습니다. 당시 인구 100만이 넘던 로마엔 공공목욕탕과 수세식 화장실, 분수나 연못들이 산재해있어 11개의 수로를 만들어 상수를 공급했다지요. 로마 장군 프론티누스가 설계한 시설들이 전 로마제국으로 퍼져나갔다고 전해집니다. 세고비아의 수로교도 그의 유산인 셈입니다.

K 형, 돌아다니다 보니 시장해졌습니다. 우리들은 안내원을 따라 수로교 앞 "코치니요"라고 하는 새끼 돼지 통구이 집에 들어갔지요. 맛과 고풍의 전통을 잘 살려내는 유명한 식당이라고 했습니다. 백발의 주인장이 훈장을 단 정장을 입고 김이 모락모락 나는 통고기를 자른 뒤 손님들에게 정중히 나누어줍니다.

그러더니 갑자기 고기를 담았던 큰 사기 접시를 바닥에 사정없이 내동댕이칩니다. 접시는 산산조각이 나는데 노인장은 터지는 손님들의 박수 소리에 자랑스레 답례를 합니다. 음식에 담긴 악귀를 쫓는 퍼포먼스가 멋진 관광상품이 되었습니다. 수도교 아래서 통구이의 달인을 만난 셈입니다.

스페인에는 클래식 기타와 수도교 건축물과 통구이 음식의 전통이

곳곳마다 살아있었습니다. 어디선가 세고비아가 켜는 '아스투리아스'
가 흘러나옵니다.

바르셀로나와 천재 가우디

벗이여. 스페인 여행의 마지막 기착지 바르셀로나에 왔습니다. 비엔나가 모차르트의 무대였다면 바르셀로나는 가우디의 캔버스일 것입니다. 150여 년 전에 태어난 한 천재 건축가의 작품들로 인해 바르셀로나는 관광객들이 넘쳐나고 있었습니다. 마치 18세기 모차르트로 인해 지금도 비엔나가 융성을 누리는 것과 같습니다.

가우디의 건축물들을 보면서 천재의 손길을 실감합니다. 모차르트도 마찬가지지만, 천재는 광인(狂人)이란 느낌을 지울 수가 없어요. 시대를 앞질러간 귀인입니다. 전무후무한 강렬한 개성이 작품마다 뿜어져 나오면서도 전체적인 균형미가 사람을 옴짝달싹 못 하게 합니다.

K 형, 가우디의 작품엔 직선이 없습니다. 앞은 들쑥날쑥하고, 바로크 양식으로 보이는 외관은 얼핏 불합리해 보입니다. 기하학적인 형태에 얽매이지 않고 자연적인 곡선을 마음껏 부렸습니다. 사이사이에

오브제 같은 기묘한 형태의 모자이크와 채색 글라스가 자연광을 더욱 빛나게 합니다.

작품 속엔 들풀이나 잠자리 같은 들 벌레들이 살아있습니다. 발코니 창들은 동물의 뼈마디나 사람의 해골을 연상케 합니다. 통로는 넘실대는 큰 파도 속을 들어가는 듯하고, 종유석이 달린 동굴 같기도 합니다. 주먹만 한 자연석들을 포개 쌓아 소용돌이 쳐가는 바람벽을 만들고, 나선형 기둥들을 날렵하게 세워놓았습니다. 동화 속 요정들의 숲에 들어온 듯 맑은 휘파람 소리가 납니다.

K 형, 그는 가난한 집에서 태어나 장난감도 친구도 없었다고 합니다. 혼자 들로 산으로 다니면서 자연을 벗하고 가까이 관찰할 기회가 많았다고 하지요. 하늘과 구름, 나무와 곤충들이 훗날 그의 건축 언어가 되었습니다. 그는 아무리 아름다운 돔이라도 해골의 내부에 비할 수 없고, 어떤 건축물도 산의 안정감에 못 미친다고 믿었습니다.

가우디는 균형미의 신봉자였습니다. 디자인과 구조의 균형. 그가 파격적인 곡선미를 구현했음에도, 중력의 법칙에 따른 안전구조설계를 엄격히 지켰다고 합니다. 그의 대표작이며 바르셀로나의 상징인 성가족성당의 종루는 옥수수형 포물선으로 젖은 모래를 떨어뜨릴 때 나타나는 형태입니다. 그 모형을 만들면서 탑과 전체 부분에 추를 중간중간 매달아 그 휨의 강도를 면밀히 측정해 나갔다지요. 쉼 없는 작업으로 만든 모형은 현대 첨단 구조계산에서도 오류가 발견되지 않았다고 합니다. 완벽한 균형 감각입니다.

또 놀라운 건 백여 년 전에 이미 재활용 건축자재들을 쓴 그의 환경의식입니다. 세라믹 타일이나 도자기, 벽돌들을 공장에서 버린 걸 수집해 썼습니다. 원자재를 아끼고 비용을 절약하려는 환경보호의 선견지명이 지금 더욱 돋보입니다.

K 형, 가우디의 작품을 보면서 그의 천운은 구엘이란 후견인을 만난 데 있다는 생각이 듭니다. 그의 건축을 가능케 한 장본인이지요. 파리 박람회에 낸 젊은 가우디의 작품을 보고 감동한 구엘 백작은 그 후, 건축주와 건축가의 관계를 넘어 예술을 위한 동지로 발전합니다. 당시 가우디에 대한 비판에도 불구하고 그를 끝까지 밀어주며 기념비적 건축을 맡깁니다. 모차르트도 누리지 못했던 행운을 그가 누린 셈이지요.

벗이여. 해가 눈 부신 오후, 가우디가 친구 구엘을 위해 지었다는 구엘 공원에서 한나절을 보냈습니다. 자연과 한 몸 같은 동화 속 꽃동산 속에 머물며 가우디의 말을 생각했습니다. "내 스승은 자연입니다. 조물주가 지으신 자연에서 태어나고, 자연과 어우러진 집을 짓는 게 내 할 일입니다." 하늘하늘 풀벌레가 날아갑니다.

생활의 글쓰기를 위해

권영민 (서울대학 명예교수 및 버클리대학 초빙교수)

김희봉 형!

형이 오랜만에 출간을 준비하고 있는 산문집 『안개의 천국』의 원고를 차분히 읽었습니다. 글 자체에서 오는 감동도 감동이려니와 나는 참으로 빠르게 흘러간 지난 세월의 끝자락을 붙잡고 한동안 망연히 앉아있어야 했습니다.

우리가 처음 만난 것이 1990년대 초반이니, 벌써 25년 전의 일이 되었습니다. 그 무렵 나는 버클리대학 초빙교수로 2년 동안 한국문학을 가르치고 있었습니다. 버클리대학에서 본격적인 한국문학 강의가 시작된 것이 그때부터였습니다. 우리 곁에는 이미 고인이 되신 원로 소설가 최태웅 선생님, 극작가 주평 선생님이 계셨고, 수필가 이재상 형이 늘 함께했습니다. 소설가 신예선 선생님, 시인 김옥교 선생님 등이 언제나 우리를 응원해주었으며, 시를 통해 알게 된 정은숙 시인, 오소미 시인 등을 비롯한 여러분들이 우리를 따랐기 때문에 우리들은 40대의 젊음과 문학에 대한 열정으로 뜻을 모을 수 있었습니다. 그리고 베이 지역의 한국 교민사회에서 함께 만난 여러분들이 가슴 속에 품고 있던 문학에 대한 갈망도 알아차렸던 것입니다. 『샌프란시스코 한국일보』가 우리들의 모임을 적극 지지해 주는 데에 힘을 얻어 베이 지역의 문인들이 함께 모여 〈샌프란시스코 문학회〉를 결성한 것도 그 무렵이었습니다. 그리고 여기 참여한 이들이 서로 힘을 합쳐 『33인의 만남』이라는 작품집을 내놓게 되었던 것이 바로 엊그제의 일처럼 생생하게 떠오릅니다.

김희봉 형!

형은 미국의 주류사회에 전문직으로 일찍 진출하여 자신의 직분을 다하는 성실한 생활인이었습니다. 또한 자신의 전공 분야와는 다른 문학에 유달리 관심이 많았습니다. 그래서 우리는 만났고, 형은 언제나 내가 하고자 하는 일을 적극 지지해 주었습니다. 형은 자신의 삶과 전공분야인 자연환경을 소재로 글을 쓰면서 기성 시인을 흉내 내지 않았고, 소설가를 생각하지 않은 채 언제나 자신만의 글쓰기에 매달렸습니다. 나는 그러한 형의 소박한 모습에 더욱 친근감을 느꼈고 글을 읽고 쓰는 과정에서 우리는 더욱 친해질 수 있었습니다.

이제 형은 평생을 일했던 직장에서 은퇴하고 〈버클리 문학회〉라는 모임을 주도하면서 여전히 자신의 글쓰기를 지속하고 있습니다. 청년 시절 미국에 대한 꿈을 실현하기 위해 유학을 결정했던 형은 이제 초로의 나이가 되었고 전문직으로 일해 온 직장을 은퇴하면서 자연인이 되었습니다. 모든 일에서 자유로워졌습니다. 그사이에 나도 32년간의 서울대 강단에서 내려왔습니다. 옛말에 '종심(從心)'이라 했던 나이에 들어섰는데 나는 아직도 마음의 행보를 자연스럽게 따르는 데에 서툴기만 합니다.

그렇지만 문학이라는 세계의 큰 인연으로 우리는 다시 만나게 되었습니다. 내가 버클리대학의 초청을 받아 한국문학 강의를 다시 맡게 되었고, 형을 만나고 여러분들의 얼굴을 대할 수 있게 되면서 우리들의 첫 만남이 소중했음을 새삼 느낍니다. 인연이라는 것이 바로 이렇게 깊고 융숭해질 수 있는 것임을 다시 깨닫습니다. 형을 다시 만나게 되었을 때, 형은 내게 글을 쓰는 일만이 가장 큰 짐으로 남아 있다고 하였습니다. 나는 형의 말을 듣고 자신의 글에 대한 사랑과 자부심이 여전히 크다는 사실을 알아차렸습니다. 그리고 생활 속의 글쓰기를 이상적으로 실천하고 있는 형의 모습이 너무도 아름답다고 생각했습니다.

김희봉 형!

글은 곧 사람이라는 말이 있습니다. 글쓰기의 모든 것이 사람에게 달려 있다는 뜻입니다. 글의 힘도, 글의 흐름도, 글의 느낌도 모두 글 쓰는 사람의 마음에서 우러나온다는 것을 부인할 수 없는 일입니다. 나는 이 평범한 진리를 형의 글을 보면서 다시 깊게 느끼고 있습니다. 형은 언제나 생활 속에서 글을 쓰는 사람임을 자처해 왔습니다. 문학을 전공하거나 글 쓰는 일을 전문으로 삼았던 적도 없습니다. 형이 서울 공대를 졸업한 후 미국으로 건너와 전문 직업인으로 평생을 살아오면서 생활 속에서 글을 접하고 생활을 통해 글과 친해졌다는 사실을 나는 잘 알고 있습니다. 나는 형의 글에서 바로 그러한 삶의 경험에서 우러나오는 진실미를 누구보다도 잘 알아차리고 있습니다.

형이 내게 보내준 원고 뭉치에서 가장 많은 부분을 차지하고 있는 것은 일상 속에서 느끼는 생활 감정을 기록한 글이었습니다. 나는 이 글들 가운데 이민 초기의 생활과 그 애환을 그려낸 것들을 아주 소중하게 읽었습니다. 이것은 형 자신의 개인사에 해당하는 것이지만 그 하나하나가 모두 우리 이민사의 소중한 자취에 해당하는 것이었습니다. 나는 30여 년 전의 청년 김희봉이 안고 있던 젊은 꿈이 진실한 아름다움으로 꽃피우고 있는 장면들을 확인하면서 혼자서 흐뭇하였습니다. 아내에 대한 배려, 가족 친척들과의 우애, 자식에 대한 사랑이 그대로 배어나는 글들이었습니다. 물론 자신의 일에 대한 신념과 자부심을 드러내는 부분들은 성공한 이민자로서의 형의 모습을 그대로 말해주고 있습니다. 나는 이러한 글 속에 드러나는 형의 인간적인 모습과 그 아름다운 마음과 진실한 행동을 사랑할 수밖에 없습니다. 한국 전쟁 당시 부친이 납북된 후 넉넉하지 못한 어린 시절을 보냈지만 꿈을 버리지 않고 노력하여 서울대학교 공과대학에 입학할 수 있게 된 청년의 모습에서부터 유학과 직장생활을 거쳐 이제 초로의 나이에 들어서면서 성실 하나로 자기 세계를 자랑스럽게 이루어낸 과정들이 모두 자랑스럽습니다.

형은 모든 일에 조밀하고 실질적이라는 생각을 나는 늘 갖고 있었는데, 이번에 생각이 약간 바뀌었습니다. 형의 글에는 생에 대한 긍정과 사랑이 넘쳐납니다. 이러한 특징은 형이 쓴 소박한 여행기에서 잘 확인할 수 있습니다. 나는 이러한 형의 모습을 생각하면서 생활 속에 꿈을 가꾸어 나가는 형이야말로 이 시대의 로맨티스트라는 사실을 꼭 밝히고 싶습니다. 유럽의 여러 나라를 두루 돌아보면서 쓴 짤막한 여행기에는 실감의 정서라든지 발견의 기쁨보다 가족과 친구에 대한 회억(回憶)과 상념들이 묻어납니다. 그러기에 더욱 정감을 느낄 수 있는 것도 사실이지만 여정의 감상이라는 것이 유별난 것이 아님을 말해주고 있습니다.

형의 글 가운데 나를 놀라게 만든 것은 생활 속에서 발견하게 되는 인간과 자연의 섭리에 대한 새로운 해석이 돋보이는 부분들이었습니다. 나는 이 새로운 접근법을 두고 '생태주의 글쓰기'라고 명명하고 싶습니다. 이것은 물론 형이 지니고 있는 자기 전공분야의 전문 지식을 바탕으로 한 것이지만 결코 삶의 영역과 동떨어진 것이 아니라 삶의 체험에 깊이 연관되어 있습니다. 우리 생활 주변의 물과 땅과 공기와 같은 자연물에서부터 멀리 우주 공간의 해와 달과 별들에 이르기까지 거기 숨겨진 잘 알려지지 않은 전문적인 지식들을 형은 자신의 체험 속에서 녹여내어 멋진 칼럼을 만들어내고 있습니다. 김희봉 형만이 쓸 수 있는 김희봉 형이 만들어낸 새로운 글쓰기 영역임은 물론입니다. 그러므로 형의 이런 글은 일상적인 개인의 수필이 아닙니다. 오히려 전문가의 '칼럼'으로서 그 성격이 분명하게 드러나고 있습니다. 자연과 생태 환경을 소재로 전문 '칼럼니스트'로서 형은 자신만의 글쓰기의 성격을 고정시켜 왔습니다. 베이지역의 수질 관리를 책임 맡아

일했던 전문 기술자로서 당연한 일이라고 할 수도 있지만 이러한 태도는 자연에 대한 무한한 사랑과 친화의 마음이 없이는 불가능한 일입니다. 나는 자연과 더불어 살아가는 지혜를 스스로 실천하면서 글을 통해 이를 다시 확인하고 있는 형의 모습이 자랑스럽습니다.

김희봉 형!

우리는 서로 다른 길을 걸어왔지만 글쓰기라는 하나의 영역 안에서 이렇게 함께 만났습니다. 이것은 매우 소중한 인연입니다. 나는 한국 문학을 미국에 심어가는 길을 내 학문적인 삶의 마지막 작업으로 여기고 있습니다. 형은 아마도 형이 써오고 있는 글쓰기를 계속하면서 『버클리 문학』을 키워 나아갈 것으로 생각됩니다. 영어권의 나라에서 한국어라는 작은 언어를 모국어라는 이름으로 지키면서 살아야 하는 것은 우리가 택한 마지막 임무입니다. 나는 『버클리 문학』에서 우리들의 뒤를 이어줄 젊은이들이 우리가 처음 만났던 그 시절처럼 서로 만나서 새로운 꿈을 심어 주기를 기대하고 있습니다. 그들이 또 언젠가면 훗날에 오늘의 이야기를 우리들처럼 추억해 주기를 바랍니다. 글쓰기의 삶이란 그렇게 면면하게 이어지는 것입니다.

김희봉 형! 우리 함께 다짐합시다. 우리 모두가 언제나 글을 통해 만날 수 있다는 것을-. 우리가 쓰는 글들이 우리의 꿈을 키워준 우리말에 대한 마지막 봉사라는 것을 잊지 맙시다.

2017년 봄, 버클리에서